我们的成长

武汉市2007年自由择业知识分子培训班访谈录

武汉市社会主义学院　组编

WUHAN UNIVERSITY PRESS
武汉大学出版社

图书在版编目(CIP)数据

我们的成长:武汉市2007年自由择业知识分子培训班访谈录/武汉市社会主义学院组编.—武汉:武汉大学出版社,2020.5
ISBN 978-7-307-21249-7

Ⅰ.我…　Ⅱ.武…　Ⅲ.访问记—作品集—中国—当代　Ⅳ.I253

中国版本图书馆 CIP 数据核字(2019)第238272号

责任编辑:胡国民　　责任校对:汪欣怡　　版式设计:韩闻锦

出版发行:**武汉大学出版社**　(430072　武昌　珞珈山)
(电子邮箱:cbs22@whu.edu.cn　网址:www.wdp.com.cn)
印刷:湖北恒泰印务有限公司
开本:720×1000　1/16　印张:16.25　字数:237千字　插页:4
版次:2020年5月第1版　2020年5月第1次印刷
ISBN 978-7-307-21249-7　定价:50.00元

序　言

为什么要出这个书，或者具体说为什么要将一个培训班部分学员的访谈记录结集出版？这得从武汉市社会主义学院2017年中标中央社会主义学院统战高端智库课题说起。

2016年，中央社会主义学院正式成立统战高端智库，2017年面向全国招标，武汉市社会主义学院经过认真研究，确定投标“新的社会阶层代表人士成长规律研究”课题。当时之所以选这个题目，概括起来，主要有三个方面的原因：

首先是国家所需。任何一个社会，伴随着经济基础的变化，都会产生新的社会群体，而这个新的社会群体人数达到一定规模，就必然会产生规模或大或小的群体聚合，进而产生共同或相似的利益诉求。在这个过程中，会自觉不自觉、自然不自然地产生群体代表，并成为这个群体利益诉求的代言人，这是不以人的意志为转移的客观规律。我国新的社会阶层，从20世纪70年代末80年代初开始孕育产生以来，经历了90年代的初步发展、21世纪初10年的加快发展到党的十八大以后的全面发展，目前已逾7千万人，无论是经济、政治、文化、社会还是生态建设，都发挥着越来越重要的作用，具有越来越重要的地位。其中不少群体已经开始初步具备独立的细分阶层特征，其代表人士呼之欲出！这个时候开展其代表人士研究，正是整个队伍健康成长的需要，也是所在行业健康发展的需要，对于在新时代巩固中国共产党的执政基础、扩大党的群众基础，实现国家治理能力和治理体系现代化都具有十分重要的意义。基于此，2016年全国统战系统都开展了新的社会阶层人士大调研，2017年中央专门召开了会议，下发了《关于加强新的社会阶层人士统战工作的意见》。我们开展这个课题，正是以实际行动响应国家所需。

其次是地方所要。21世纪以来，湖北武汉同全国一样，按照中央部署，紧锣密鼓地开展新的社会阶层人士工作，特别是统战部门为此倾注了很大心血，将其作为统战工作新的着力点，发现、联系、培养了一大批新的社会阶层人士，在代表群体参与政治、运用专业服务地方建设等方面发挥了很好作用，如全国政协委员、众环海华专业服务集团首席合伙人石文先，全国人大代表、湖北得伟君尚律师事务所主任蔡学恩等就是其中的佼佼者。同时，在实践工作中也面临着不少困惑，如新的社会阶层代表性究竟如何确定？如何增强拟作政治安排的新的社会阶层人士在其群体中的公认度？能否简单将非公经济人士综合评价办法套用到新的社会阶层人士身上？我们认为湖北武汉在实践中形成的经验需要得到总结和提炼，遇到的问题需要得到剖析和破解，这些都涉及对新的社会阶层代表人士成长规律的把握。

最后也是单位所能。武汉市社会主义学院有着长期开展新的社会阶层研究的传统，特别是课题组负责人曾长期在武汉市委统战部从事新的社会阶层人士工作，亲眼见证了其代表人士成长历程，结交了一大批新的社会阶层朋友，而且一直将新的社会阶层人士作为研究的主攻方向，近些年，先后发表了30多篇论文和调研报告，对新的社会阶层的发展历程、主要群体、社会属性、地位作用乃至政治参与的方方面面都有所涉及，这些成果已编入2018年出版的《当代中国自由择业知识分子及其政治参与研究》一书中。所以当中央社会主义学院统一战线高端智库发布招标课题时，我们很快就确定了这个题目并进行投标，也成功中标；中央社会主义学院很重视，将其列为招标的重点课题。我们希望通过这个课题将新的社会阶层人士研究打造成为武汉社会主义学院的研究特色和品牌。

当课题确定后，在向中央社会主义学院申报统战课题的同时，我们不等结果出来，即开始了课题启动和初步研究工作。这是我们第一次做这种国家级课题，也是第一次做这种主题的课题（据我们在中国知网上搜索，好像全国还没有人做过）。因此我们边探索边前进，结果很快就发现：这个课题按我们最初的方案做不下去！

按最初设计，此课题的研究要经历酝酿准备、方案制订、文献搜集、深度访谈、问卷调查、比较研究、咨询认证七个阶段，可是在方案制订阶段，我们就发现最初的想法行不通。按最初的想法，是从新的社会阶层四大群体中每个群体选择 2~3 位进行座谈，初步得出些规律性认识，然后开始问卷调查，最后召开座谈会来认证。可是在此期间，我们找一名估价师和一名民营企业管理人员进行了试访谈，发现：新的社会阶层四大群体除了在占用文化资源、采用脑力劳动方式这一共同阶层特征外，各群体之间其实差异极大，想通过一次座谈会就总结出所有新的社会阶层代表人士的成长规律是不现实的。于是决定先从律师群体开始研究，探索出可行方法来，再来研究其他群体。

律师在新的社会阶层细分群体中人数并不是最多，但能量是最大的，如与政治表达的高度相关性、与经济规则的高度密切性，与社会服务的高度广泛性，以及自身的法律专业集合性，在我国政治、经济、社会生活中显得十分活跃。目前，律师中党代表、人大代表、政协委员的人数远远超过其他新兴职业群体。可以这样说，无论是阶层发育程度、组织强度，还是政治参与力度在新的社会阶层中都处于遥遥领先地位，如果把这一群体代表人士的成长规律搞清楚了，可以为其他新的社会阶层群体提供很好的借鉴和比较平台。

在调整对象的同时，我们也改变了传统的以问卷调查和座谈会为主的方式，改为以深度访谈为主。这是基于开展类似课题研究时的教训，以往一上来就进行问卷调查，问的问题往往是调查者的主观设想，并不切合被调查者实际，导致答卷有效性很差；至于座谈会，每个人发言也就 10~20 分钟，很难谈深谈透，而且后发言者容易受前者影响。因此这次我们下决心以访谈为主，先得出基本性认识，然后设计问卷，以更好地进行取证。当然访谈要达到效果，访谈对象的确定、访谈提纲的设计及访谈过程的组织都十分重要。

后来事实证明：对象的调整及方法的改变是非常成功的，特别是相关部门的支持和新阶层人士的响应出乎预计：省市统战部门、相关行业主管部门、行业协会及武汉大学马克思主义学院、中国统战理论研究会党外知识分子统战工作理论研究湖北基地对于这个课题都给予了大力支持，武汉市司法局分管副局长亲自与我们一起商定律师群体研究方案和访谈人员名单，在阶段成果咨询认证会上，上述单位相关负责人全部出席。让我们更惊喜的是新的社会阶层人士响应之热烈！开始我们曾担心这些人士对于此课题的参与意愿，因为此课题开展的主要方式是深度访谈，找的基本上都是业内公认比较成功的人士，换句话说也就是行业“大腕”，他们的工作时间都非常繁忙，可是只要我和他们联系，他们都欣然前来，几乎每个人都谈了半天，大大超出了我们和他们自己的预期。许多人到吃饭时间了，仍觉得意犹未尽。有位人士说：自己从事律师 30 多年，这是第一次对自己整个执业经历进行系统回顾，觉得非常有意义。还有位人士说：如果这次访谈没有邀请我，会让人觉得我在业内是不是做得不好，会很没面子。尽管到后来我们因时间、精力有限，努力控制人数，实际访谈人数仍达 29 人，这恐怕是一般这类课题所没有的。

第一阶段律师部分进行得很顺利，但也耗去了不少时间，从 2017 年 6 月一直到 10 月。到 11 月要进入第二阶段了，这时在调研对象上又发生了改变！

按我们最初的计划，第二阶段调研对象是新媒体从业人员和民营中医师，并先期进行了文献搜集。这时，武汉市 2007 年自由择业知识分子①培训班（以下简称“07 班”）学员策划来武汉市社会主义学院举行办班十周年活动。这个班是武汉市新的社会阶层工作史上具有标志性意义的一个班：一是它是 2006 年第 20 次全国统战工作会议之后举办的第一个完全由新的社会阶层人士组成的培训班，正是在这次会议上中共中央第一次系统阐述了党对新的社会阶层的方针政策。二是它是武汉市社会主义学院建院 30 多年来举办的数以百计的班中唯一一

① “自由择业知识分子”的内涵和政治属性几经变化，现在很少见到此类称呼。由于在概念界定上自由择业知识分子属于统一战线工作对象的“党外知识分子”和“新的社会阶层人士”的组成部分之一，所以由当地统战部门、行业协会、有关管理部门进行安排在社会主义学院进行政治学习。

个一直坚持开展班集体活动，始终保持强大凝聚力的班。三是在这个班上涌现出一批迄今为止全市甚至全省新的社会阶层代表人士。据不完全统计，在 2018 年完成的湖北省政协换届中，这个班就有 4 名学员担任湖北省政协委员，还有两名湖北省政府参事，2019 年成立的湖北省新的社会阶层人士联谊会，班上两名学员担任副会长，这是其他新的社会阶层人士班所没有的。四是这个班学员在全市新的社会阶层人士工作中始终发挥了骨干作用，全市许多重要工作是依托这个班上学员而展开的。五是这个班上学员其实起点并不是很高，但在最近十年中发展迅速，不少已成为所在细分行业中的领军人物。正是基于这五点，这个班学员这些年走过的道路可以看做是武汉市新的社会阶层人士成长的一个缩影，在他们身上体现出来的相关工作也是全市新的社会阶层人士工作的真实写照。为什么不以这个班为样本进行研究呢？不正好可以弥补我们在研究对象方面综合性不足吗？而且通过不同群体的比较可以更好发现武汉市新的社会阶层代表人士内在的成长规律。由此，我们改变了原来方案，把第二阶段的研究对象聚焦到这个班上来。

该班当时有 37 名学员，这次我们选择了 13 人，他们是：

估价师一人，即潘世炳，选择他，其一是因为他是湖北省最大评估机构——永业行的总经理，是比较公认的估价行业代表人士；其二是他是我省第一位估价行业的湖北省政协委员，且连任三届，参政议政非常活跃；其三是他本人是中共党员，在我国单一评估机构中第一个建立了党委；其四是他一直担任与估价相关的行业协会领导职务；其五是因为他是“07 班”的班长，在这个班中始终发挥着旗帜作用，而且是班上学员中综合来看发展最好的一位。

房产经纪人 1 人，即谢娟。选择谢娟，首先是因为她很早就是武汉房产经纪行业的标志性人物，其执掌的百居易很长时间内是武汉仍至湖北最大的房产经纪企业，现在仍排名第四，在这个领域她作了大量探索和创新；其次是因为她是中共党员，也是女性；最后她也是“07 班”的中坚力量。

会计师两人，即梅佑轩和朱清。选择梅佑轩，首先在于他是武汉康力会计师事务所总经理、主任会计师，该所是市属会计师事务所中发展较好的一家，走的是紧密结合创新创业的路，在武汉市会计师事务所中独树一帜；其次是他本人是九三学社社员、三任武汉市政协委员、同心注册会计师服务团秘书长，一直积极参与统战活动；最后他也是“07 班”班委，始终是核心骨干之一。选择朱清，首先是因为她是白手起家，自己创业起来的，最后又加入到国内排名前十大所；其次是因为她是注册会计师中的女性，同时是无党派人士，现在还是湖北省政协委员；最后还是因为她始终是这个班的中坚力量，尽管当时办班时她没有担任什么职务。这两人都足以作为武汉市会计师的代表。

税务师两人，即易坤山和张丹。选择易坤山，是我们认为他可能是这个班上进步最大的一位，2007 年办班时，他虽然已经当上了税务师事务所总经理，但员工只十来人，收入不到一百万元，办公室就两三间，然而今天员工队伍已有七十多人，收入达到两千万元，办公室有一层半楼，成为湖北省税务师行业当之无愧的龙头老大。更重要的是，他作为一个大学生创业人员，一位与传统体制没有多少关系的无党派人士，在十年间迅速成长为区政协委员、市人大代表，2018 年又担任了省政协委员，充分见证了新的社会阶层人士的成长和党的统战工作的成就。最后还因为他是“07 班”班委成员，是这个班的核心力量之一。选择张丹，首先是因为她是我国最早的特级税务师之一（现在湖北也只有两位）；其次是因为尽管她自己独立办所时间很晚，但发展速度恐怕是最快的、人均营收是最高的；最后是因为她是中共党员、同时是女性。两人在本市税务师行业中具有当之无愧的代表性！

外企高管 1 人，即肖苗。选择肖苗主要是因为她的经历很特殊，她先在外企工作，后在税务师事务所干过，最后又回到外企任职，做到世界知名外企中国区税务总监，同时也是女性和无党派人士，可以作为外企高管的代表。

民营中医师三人，即夏小中、周先宏和黄伟。选择夏小中，其一，他是现任武汉市夏小中医院院长、主任医师、国家非物质文化遗产传人，是武汉市乃至湖北民营中医师中发展最稳健的一位，也是中医现代化比较成功的一位；其二，他曾任武汉市非公医疗机构协会副会长、武汉医师协会民营中医师分会驻会副会长，是武汉民营中医师公认的旗帜性人物；其三，他是民主党派成员（民建会员）；其四，他是现任省政府参事，曾连任两届省政协委员，是湖北省最早作政治安排的民营中医师（也可能是最早作政治安排的新的社会阶层人士）；其五，他是“07班”的副班长。选择周先宏，主要是考虑他属于改革开放第一批进入民营医疗行业的，后成长为江岸区开业医师协会会长，同时又是中共党员，可以作为这两方面的代表。选择黄伟，是因为他是无党派人士，出身于传统民营中医师世家，又是在21世纪初进入这个行业，发展势头一直很好，可以看做民营中医师第三代代表。

律师两人，即刘莉和李春生。选择刘莉，其一，考虑她是女性；其二，她是区属所的；其三，她是武昌区律师联合会的会长；其四，她是无党派人士、三任武昌区政协委员。选择李春生，一是考虑他是省属所的，二是考虑他是民主党派成员（民建会员），三是他所在的律师事务所在规模上属于较大型所，四是他是现任武汉市政协委员。这两人在本市律师行业中都具有相当的代表性。

自由文化人1人，即陈本豪。选择陈本豪，是因为他是自由作家，又是无党派人士，也是“07班”的骨干，同时又与体制内联系较紧，是江夏区文联驻会副主席。

综合起来看，13人中，从政治面貌看，中共党员4人、民主党派成员3人、无党派人士6人；从年龄结构看，20世纪50年代出生的2人，60年代出生的5人，70年代出生的6人；从性别看，男性8人、女性5人；从行业看，律师2人、会计师2人、税务师2人、估价师1人、民营中医师3人、房产经纪人1人、自由文化人1人、外企高管1人。可以说，无论是从政治面貌、年龄、性别还是行业看，他们都在武汉市新的社会阶层人士中具有一定的代表性。

名单确定后，我即联系原班上组织委员桂斌学员具体落实，受到邀请的每位学员都如约前来，访谈主要围绕三个方面展开：一是如何进入现在行业的；二是在行业中是如何成长起来的；三是作为行业代表人士应该具有的基本标准。为此设计了7个问题：(1) 您是怎样进入现在行业的？这其中有哪些因素起了决定作用（成长经历、社会环境）？（2）您在这个行业是怎样成长起来的？有什么标志性的事件（业务成长、行业成长、政治成长）？（3）在您成长过程中，行业协会、行业主管部门起到过哪些作用？（4）统战部门在您成长为行业代表人士的过程中，发挥了哪些作用？（5）您认为行业代表人士的标准是什么？我们一般认为代表人士指的是担任的人大代表、政协委员的业内人士，对于此种标准您是否认可？（6）您成为代表人士后是如何利用这个平台来发展自己的？（7）您参与政治生活的情况。事前我们把这个访谈提纲发到每人，他们都觉得这 7 个问题好谈，来了后往往口若悬河，有的原只准备谈一个小时，结果谈了三个多小时，最后干脆在我们这里简单吃个盒饭，边吃边谈。

老实说，尽管这个班是我在任市委统战部知识分子工作处处长时组织的，他们在这十年里的专业、业务，特别是政治方面的成长，我也是见证者，但其实对于 2007 年之前他们的发展状况并不是很了解，对于这十年中他们经历的酸甜苦辣多数也只是表面上知道几点，因此当这次他们娓娓道来自己的成长史，我听了也很震撼！当时第一感觉就是：做这样的访谈真是太值了！当时除了作为课题研究素材外，我还真没想清楚如何把这些中国新的社会阶层人士成长最真实的东西更好地运用起来！

让我没想到的是：我们这项研究主题及研究方法竟然得到中央统战部、中央社会主义学院的持续关注。记得 2018 年 11 月我和同事魏丽萍赴南京参加由中央社会主义学院、江苏省社会主义学院举办的“新的社会阶层理论政策研讨会”，我因要赶回主持与武汉大学合办的“党外知识分子与中国特色社会主义论坛”，只参加了半天大会就离开了。魏丽萍在后来的小组讨论介绍了我们的研究情况，引起了与会者的极大兴趣，中央统战部主办的《中国统一战线》副总编辑浮新才还专门找到她，进一步了解，希望合适时候将我们的成果在该刊上刊登出来。

当时我以为只是说说而已，没想到 2018 年 6 月突然接到浮总的电话，说《中国统一战线》已准备版面，要重点推荐我们的研究成果和研究方法，让我选择好一个角度，作点深度展示。更让我没想到的是：7 月我在郑州参加中央社会主义学院组织的“中国政党制度研究中心年会”，浮副总编辑专门为此赶到郑州，对我进行了专访。后来，《中国统一战线》破天荒地用6个版面作了两篇报道，一是介绍研究成果——《律师代表人士：从成长过程到评价标准——基于文献、访谈和问卷调查的实证性研究》；二是介绍研究方法——《“我们想填补这个空白”——对话“律师代表人士成长规律研究”课题组负责人徐军博士》。这篇访谈对于我们在科学选订访谈对象、拟订访谈提纲、开展深度个别访谈的研究方法给予了高度评价：当前全党正大兴调查研究之风，搞调查研究就要坐冷板凳、下深功夫、到现场去，到统战成员身边，耳闻其声，目见其色，见人见事见观点见性情。统战是做人的工作，人是丰富复杂的，统战的调查研究必须在深度上下功夫。

这引发了我的思考，本来在向中央社会主义学院统战高端智库申请结项时，我就向中央社会主义学院报告过：争取将此研究成果整理成册，形成《新的社会阶层代表人士成长规律研究》和《武汉市新的社会阶层人士成长实录》等著作公开出版，特别是后者准备以这次访谈记录为基础，进一步整理、充实、修改、完善而成，争取成为我国第一部新的社会阶层人士口述史。《中国统一战线》的肯定让我更加坚定了尽快将研究成果整理出版的信心！

然而2018年7—10月，我们正忙着新承接的几项国家级课题，一拖就到了11月，23日武汉市社会主义学院与武汉大学合办“党外知识分子与中国特色社会主义”学术论坛，邀请了全国一批知名研究党外知识分子和新的社会阶层人士专家学者，其中就包括对这个课题后续成果寄予期待的《中国统一战线》的浮新才及中央社会主义学院高端智库的专家们，研究成果结集出版的工作再不启动，就真说不过去了。

2018年11月24日，在风景如画的本院实践教学基地——同心岛举行了《武汉市新的社会阶层人士成长实录》出书座谈会。会前，武汉市社会主义院进行了认真准备，一是主题，经过反复考虑，决定从当时访谈的三个群体中，集中写2007年武汉市自由择业知识分子培训班，因为相比较而言，这个班的访谈对象更具有综合性、典型性，更能体现统战部门在其成长过程中的作用。二是确定出版单位，我们专程到武汉大学出版社与负责人沟通，出版社表示大力支持，其实当时书稿编撰工作还没有启动。三是邀请人员，主要是出席武汉大学论坛相关的专家学者，另外还请了省市委统战部相关处室负责人和“07 班”接受访谈的学员们。在 24 日会议上，《中国统一战线》副总编辑浮新才、中央社会主义学院教授李小宁、《中央社院学报》编审朱虹、《统战学研究》执行主编汪守军、中国统战理论研究会党外知识分子统战工作理论研究湖北基地办公室主任卢勇、江苏省社会科学院社会学所所长张卫、湖北省委统战部新阶层处处长郝俊严一致高度评价了本书的出版意义，同时对如何编撰提出了许多好的意见和建议。“07 班”的学员一致感谢武汉市社会主义学院对他们这个班的厚爱，表示要全力配合做好相关工作。

然而这本书究竟该如何编著？其实当时我们并没有想清楚，非常感谢《中国统一战线》副总编辑浮新才和武汉大学出版社副总编辑王雅红，前者向我推荐了中国著名作家安顿的《一百个中国人的梦》，后者赠送了贺雪峰著的《治村》，让我们第一次认真地学习了“口述实录”的书该如何编著，严肃的学术成果如何得以通俗化地展现。经过近一个月的学习，我们召集了编撰人员，开展编撰讨论会并明确了编撰本书的意义、思路、体例和具体内容。

从意义来说，编写本书一是具有重大的实践意义。它既可以为统战部门进一步引导新的社会阶层人士健康成长提供生动教材，也可以为中国共产党完善相关理论、方针政策提供生动注脚，从而切实把握新的社会阶层人士工作内在规律，更加有效地开展相关工作。二是具有深远的学术意义。目前来看，市面上还没有类似著作问世。本书的出版，不仅可填补国内相关研究的空白，而且能为后人留下一份新的社会阶层的珍贵史料，将对相关领域学术研究产生深远影响。三是具有现实的工作意义。对武汉社会主义学院来说，既可以进一步巩固与新的社会阶层的联系，扩大在新的社会阶层中的影响，为今后开展这方面的工作和研究打下良好基础，从而真正形成优势研究领域；又可以由此学习掌握成果转化结集出版的相关流程、方法，锻炼队伍，为今后成果出版常态化打下基础。

从体例来看，本书包括序言、正文、附录、后记四个部分，序言主要是交待此书的由来，讲清楚意义及本书的基本框架；正文由 13 篇访谈实录组成，包括访谈的基本情况、整理后的访谈记录及访谈手记；附录主要是笔者当时在完成访谈后形成的研究报告；后记主要是对编委会成员表示谢意，将研究成果的严肃性与访谈实录的生动性有机结合起来，以更加真实地反映这样一批新的社会阶层代表人士的初心、成长及评价标准。

为此，需要对访谈中涉及的重要人、事进行核实，交待不清的做到明晰，典型事例不够则要补充。于是，2018 年最后一周及 2019 年开年的头几天，“07 班”这批学员又一次应邀来到“社院”，逐个沟通，他们还谈了这一年来自己成长中新的经历，让我们这个访谈实录显得更加丰富。

说了这么多，也不知开头说的两个问题说清楚了没有，还是让我们看看这批学员究竟说了些什么，因为正是他们才是这本书的真正主角！

武汉市社会主义学院 **徐军**

2019 年 3 月 28 日

目　录

CONTENTS

三个代表：从专业到行业再到政治代表

——估价师潘世炳访谈录

访谈时间及地点：

2017 年 12 月 28 日下午 3：30；武汉市社会主义学院 B402 讨论室

2019 年 1 月 12 日上午 10：30；武汉市社会主义学院 A301 室

采访人：徐军（武汉市社会主义学院党组成员、副院长，法学博士）

受访人：潘世炳（估价师、中共党员）

记录人：容晖（武汉市社会主义学院副调研员）

万雅雯（武汉大学马克思主义学院硕士研究生）

受访人基本情况：

潘世炳，男，1965 年出生，湖北武汉黄陂人，华中农业大学管理学博士，教授级高工，湖北产业教授。1991 年 7 月华中农业大学硕士研究生毕业，先后任职于湖北省土地管理局办公室、政策法规处；1993 年 10 月任湖北省地产评估中心技术负责人；2000 年 8 月，湖北省地产评估中心脱钩改制，成立永业行评估咨询有限公司，任副总经理；2006 年 6 月，任湖北永业行评估咨询有限公司总裁；2018 年 2 月至今，任董事长兼总裁。

兼任湖北省政府参事、湖北省政协委员、中国土地估价师协会理事、中国房地产估价师与房地产经纪人学会常务理事、湖北省房地产业协会会长、湖北省新的社会阶层人士联谊会副会长兼社会组织分会会长、湖北省现代服务业联合会副会长、湖北省土地学会副理事长等。

曾担任第十、十一届湖北省政协委员，获得两届省优秀政协委员称号；先后获得全国土地估价行业领军人才（共 30 名）、全国优秀房地产估价师、全国优秀土地估价师、湖北省优秀中国特色社会主义事业建设者、湖北省现代服务业领军人才、湖北产业教授、“武汉市无党派人士和新的社会阶层人士‘同心’实践行动先进个人”等荣誉称号。

先后在《中国土地》《中国房地产》等 10 多种杂志上发表论文 70 多篇，以组长、副组长身份完成国土资源部、国家土地督察武汉局、中国土地估价师协会、湖北省科技厅、国土资源厅等课题近 10 项；出版了专著《中国城市国有土地产权研究》（企业管理出版社，2006）；先后获得省部级科技进步奖、科技成果奖、优秀论文奖近 10 项，获中国房地产估价与经纪人学会“加强和创新社会管理”论文一等奖。

较早进入评估这个行业

我是怎么进入估价师这个职业呢？这得从我读研究生时说起。

1988—1991年，我在华中农业大学读土地经济管理专业硕士研究生。1990年，我的一位师兄邀请我去北京参加建设部的一个房地产评估培训班。一个月的培训时间，在北京理工大学上课，住在中国人民大学。我比一般人更早接触估价师这个职业，理论研究也比较早。1990年，我在研究了20世纪二三十年代武汉市的历史地价后（以每方丈多少白银为单价），结合白银的现代价格，转换成元/平方米，最后分析长期基础设施投资和社会因素，研究当时的武汉市土地价格和等级，取得了很好的评估效果，论文在武汉市房地产学会的《房地研究》（1990）上发表。有人说这是武汉市第一个结合早期历史地价研究现代地价的案例。后来我把大量时间和精力花在我的硕士论文上，查找了大量的历史、现状和国内国外资料，把武汉市很多历史和现状地价案例也包括进去了。我的毕业硕士论文题目就是《城市土地使用权价格研究》。

参加全国土地局长会议

很幸运的是我学的专业很快就发挥作用了！我于1991年硕士毕业后进入湖北省土地管理局（后改成省国土资源厅）工作，一报到就随领导一起下去参与隐形土地市场整顿调研工作。到了十多个市县，历时半个多月。白天调研，晚上写材料，最终形成了一份很细致的调研报告。调研报告除了报省政府之外，也报给了国家土地管理局，很快在全国引起强烈反响。国家土地管理局机关报《中国土地报》连续四期整版刊登调研报告全文，全国各地上百批次人员来湖北学习交流隐形土地市场整顿经验。在1991年年底召开的全国土地管理局长会议上，时任湖北省土地管理局局长王健代表湖北省第一个作土地市场整顿经验交流，我作为调研报告的起草人，“破天荒”地陪领导参加这个会议。说是“破天荒”，是因为多少年以来，陪一把手参加全国土地管理局长会议的，都是办公室主任或业务处室的处长，从没有刚参加工作的年轻人陪一把手参加这个会议，当时我参加会议的事情，在整个省土地管理局引起了很长时间的议论。

完成湖北省第一份土地估价报告

按当时规定，大学生进机关，都要到基层锻炼。我们一起来的四个研究生中，三个人都下去锻炼了。在我的坚持和努力下，我也被安排在孝感基层锻炼。因为离武汉比较近，经常被领导叫回来从事技术和文字工作。1992 年年底，我又被领导叫回来：当时湖北省军区要卖一块地给人民银行做办公楼，双方先后谈了多次，但由于当时大型房地产交易很少，特别是其中土地价格交易更少，对于这块地到底能值多少钱，买卖双方心里都没有底。省军区就找到湖北省土地管理局，希望帮助评估一下土地价格。由于我的硕士论文是有关地价的，领导很快通知我回武汉，组成了一个评估小组进行地价评估，由我负责执笔撰写土地估价报告。当时没有任何资料，我就用我硕士论文的资料和相关成果，将武汉市土地划分了五等九级的标准，采用多种方法，得出了一个价格。后来双方都非常满意，基本上按照这个评估结果签订了土地转让协议。这是我的第一个土地评估项目，也是湖北省第一个土地评估项目。由于当时根本就没有评估行业的标准，也没有评估师资格，更没有评估制度，所以我们就以湖北省土地管理局土地技术服务部出具了土地估价报告，个人就以工程师的名义签字，我现在还记得，报告是粉红色封面，加上白色内页。

进入湖北省土地价格评估事务所

上面说到那个项目，其实是我国土地使用制度改革的一个缩影。在改革开放之前和之初的一段时间，我国城市土地使用靠划拨，不存在什么交易价格。随着改革开放的进行，土地使用权也成为资产了，可以进行交易，就要开展相关的配套工作，其中就包括评估工作。当时我在省土地管理局做估价管理方面的具体事情，湖北省第一个土地估价机构资格证书就是我办理的。1992 年年底至 1993 年年初，沙市市（现在荆州市沙市区）要进行基准地价评估，当时懂得基准地价评估的人很少，后来就以湖北省土地技术服务部的名义签订合同，开展这项工作。后来这类业务越来越多，于是 1993 年 10 月左右，湖北省土地价格评估事务所就正式成立了（1996 年改名为湖北省地产评估中心）。

那时候单位里只有我是土地管理专业硕士毕业，硕士论文也与土地价格相关，工作之余经常写论文，一年大概要发表 10 多篇论文。1993 年全国第一次举行土地估价师考试，我一次性高分通过考试，排名也很靠前。湖北省土地价格评估事务所成立后，我要求到估价所工作，相当于从省直机关这样的行政单位调到事业单位工作。但分管局领导不同意，他觉得我文字工作做得不错，在机关发展空间比较大。我这个人比较倔，看准的事情就一定要想办法做成。后来我直接找到了分管人事的局领导和局长，提出了我的要求。他们研究之后，也勉强同意了，但给予了一定的"处罚"，将副主任科员免职，无职无级下调到估价所工作。当时去估价所主要有两方面的考虑：一是我有土地估价专业优势，可以更好地发挥作用。二是我是从农村出来的，通过做估价业务，希望在经济上有所改善。

脱钩改制

从 1993 年年底，我就正式开始从事估价工作。起步阶段，我们开展业务是很艰难的，因为大部分土地估价业务被市级土地估价所垄断，我们是省直属所，没有独立地盘。从 1993 年年底湖北土地估价所成立，直到 2000 年改制①，我们的土地估价业务一直处在市场夹缝里，其他市级土地估价所怕麻烦、不想做、收

① 指政企分开，脱钩改制。1999 年 10 月和 2000 年 5 月，国务院办公厅先后发布《关于清理整顿经济鉴证类社会中介机构的通知》和《关于经济鉴证类社会中介机构与政府部门实行脱钩改制的意见》，要求经济鉴证类社会中介机构一律实行脱钩改制。

费低等类型的业务，我们都去做，包括清算核资①这样的业务，只有上市土地评估②是比较宽松一点的。开始我们整个土地估价所只有3个人，到了2000年的时候，也只有11个人。

1999—2000年，国家对经济鉴证机构开始进行改制。其实1998年就开始吹风了，评估机构不能挂靠事业单位，必须脱钩走市场化，并于2000年正式颁发文件。③ 1999年，我参加了在杭州举行的全国土地估价机构脱钩改制座谈会，国土资源部很明确要评估机构与挂靠单位脱钩。2000年全国范围内的土地估价机构脱钩改制开始，这意味着我们又面临一个选择，要么回行政机关重新安排工作，要么脱钩出来走向市场，去留自愿。从1999年到2000年，我花了整整一年时间思考选择去留问题，也咨询了很多专业人员，有做证券的、有做律师的，他们大多是比较早从机关出去的，都积极鼓励我脱钩出来，因为他们很认可我的专业能力，而我自己对专业也比较自信。正式确定脱钩改制方案时，我们地产评估中心11个人中，7人选择回到省国土资源厅机关，我和另外3个同事选择脱钩改制。2000年8月9日，我们拿到了湖北永业行评估咨询有限公司（以下简称“永业行”）的营业执照，自此，湖北省第一个脱钩改制的土地评估机构正式成立！

夹缝中求生存

永业行刚成立时，面临着很大的生存压力。我们有土地评估和房产评估两类资格，但是我们属于国土管理部门，只有土地评估资格被承认，房产评估资格不

---

① 清产核资是指国有企业在关闭时必须进行清产核资，核准国有资产是否流失，还剩余多少国有资产，报告要上交到国资委。

② 指着眼于上市公司本身，对其内在价值进行评估。一般来讲，公司的资产及获利能力决定于其内在价值。

③ “脱钩改制”是指挂靠单位与事务所进行“四脱钩”（人员、财务、业务、名称），《关于土地评估机构与政府主管部门脱钩的通知》，见《中华人民共和国国务院公报》2000年第11期。

被房产管理部门承认，基本不能承担房产评估业务。当时即使跟行政机关脱钩了，但各地的房产估价机构仍基本垄断当地房产评估业务，各地的土地估价机构基本垄断当地土地估价业务，即使我们做了估价报告，到了房管局和国土局窗口，他们一般也不会受理。各地房管局和国土局都只承认自己原下属脱钩的评估机构的估价报告。我们属于省国土资源厅，省里不具体办理评估业务相关手续，只有地方市、县、区办理，“县官不如现管”。直到2006年，各地的评估备案手续才慢慢放开。很多垄断评估机构没有压力，它们一般不会去开拓新业务，一旦业务放开，它们往往会很快陷入困境。尽管面临诸多困难，我们还是不断延伸业务，不断新增评估资格，别人不愿意做的、难度大的评估业务我们都接。因为我们服务到位、技术水平高，评估口碑慢慢就树立了，这为我们今后业务扩展打下了良好基础。

当时，遇到了国有大企业改制的难得机遇。我们做的第一个大项目是中铁大桥局改制。它横跨五个省份，体量十分庞大，估价难度非常高。这个项目对我们意义重大，既有利于我们提高技术水平，也有利于我们稳固行业地位，更让我们积累了丰富经验。后来我们陆续承担了中石油、电信、移动、联通等大型国有企业改制①等土地评估咨询业务。我们生存和发展的每一步都是跟国家的改革和发展联系在一起的，和律师、注册会计师行业一样，如果没有改革开放就没有这些行业。当然，光靠机遇自己不努力也是不行的。

力主改革再创业

我们取得的一点成绩，除了国家不断改革带来机遇之外，跟永业行自身不断改革创新也息息相关。永业行业绩在2004年出现高峰，2005年开始下滑，2006年继续下滑。以当时的下滑速度，再下一步就是亏损了。为什么下滑呢？一个企

① 指国有独资企业、国有独资公司及国有控股企业改制为国有资本控股、相对控股、参股改变原有体制和经营方式，以适应于社会主义市场经济的发展。

业的发展一般有四个时期：机遇期、能人期、制度期、文化期，早期靠机遇，第二步靠能人，第三步靠制度，第四步靠文化。我们的机遇期已过了，光靠能人不行，必须建立制度。针对这样的情形，2006 年 7 月，永业行举办了一次具有重要意义的改革发展研讨会。当时永业行近 40 人全部参加，反思下滑原因，研究改革方案。在研讨会上，我作为副总经理作主题发言，分析了存在的问题，提出了一系列的改革方案。改革方案主要包括五个方面，一是对业务进行分组、分类、分区的精细化管理；二是不断拓展延伸新的业务；三是规范各项管理制度；四是整顿并建立完善人事体系；五是彻底打破大锅饭，实施绩效制度改革。这些方案经过大家不断讨论交流，基本达成共识：必须彻底深入改革，否则死路一条！

研讨会后不久，董事长提出不再兼任总经理，希望由我来担任。2006 年 9 月，我正式担任永业行总经理。我用了三个月时间，按照既定计划进行了大刀阔斧的改革。改革阻力相当大，各种反对声音很多，很多员工习惯了“大锅饭”，绩效改革的方案执行起来他们受不了。当我宣布大量招人的时候，绝大部分高管和部门负责人坚决反对（只有董事长保持沉默），认为新人不熟悉业务，主要矛盾都集中在我身上，压力特别大。我当时态度很坚决，并反复强调几点，一是公司要发展必须招人，目前三四十个人远远不够，今后会发展到三四百人（当时基本没有人相信这句话，认为我是在胡说八道）。二是新人不熟悉业务，我们可以教他们。再说你们中很多人刚来公司也不熟悉业务，不也是我教出来的吗？负重前行，迎来生机，到了 2006 年年底，我们业绩下滑的颓势止住了。

永业行先后取得了房地产、资产和矿产等评估资格。随着评估市场的逐步放开，永业行业务范围逐步延伸。自 2007 年开始，永业行进入了十多年不断增长的发展通道。大家慢慢适应了改革，也开始感受到了改革带来的利好。但是改革的推进也经历过几个不同阶段：第一步，刚开始只要提任何改革方案，都会有很多人反对。这个阶段必须坚定信念，顶住各种压力，强力推进改革。第二步，强力推进改革后，经营业绩和其他方面逐步好转，大家慢慢不再反对改革。这个阶段需要给大家分析并趁热打铁，继续推进相关改革。第三步，业务不断发展，公司不断进步，只要提出改革，大家都比较支持。这个阶段，希望大家都能思考改革的问题。第四步，大家比较习惯并期待改革，但还是希望我们提出改革方案。这个阶段，不仅仅需要大家支持改革，更重要的是希望大家发挥聪明才智，提出自己范围内的改革方案。这个难度很大，但也开始有人尝试提出自己管理范围内的改革计划了。正是因为长期的不断改革，才有今天的永业行。永业行从最开始仅具备土地评估资质，发展到现在具备 20 多种相关资质。从单一的土地评估，发展到价值评估咨询、自然资源、投资咨询、生态环境咨询四大业务板块，300 多个业务小类。① 过去一个板块，业务分类不到十种。如果一个业务不行，整个公司经营就很艰难。这也是为什么部分评估公司经营艰难的重要原因，就是业务太过单一。比如说 2012 年武汉市取消了房地产交易契税评估，给只有契税评估一项业务的评估公司带来重创，武汉市有近 20%的评估机构因此关门。但对我们没有影响，一是这块业务我们做得不多；二是我们其他业务发展很快。因为多种业务的不断创新，也带动了老业务的发展。但业务的不断创新和发展也是不容易的，比如开展环境评价业务，从开始招人到实现效益花了四五年时间。

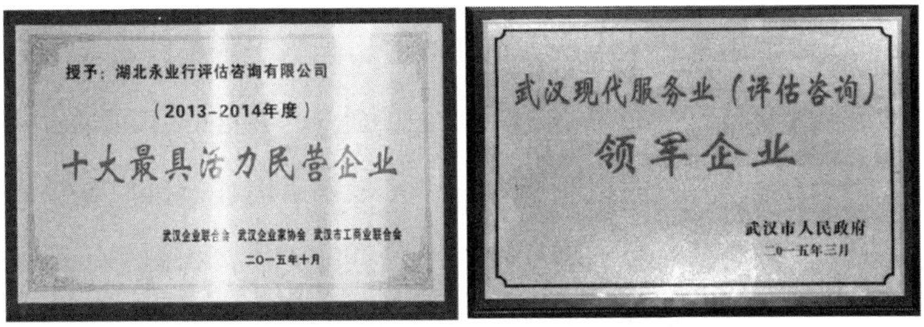

按行业趋势，未来评估业务将变成小众行业，而咨询业务将会成为大众行业。未来咨询业务成长的机遇很大，发展空间也会越来越大，现在我们公司 70% 的业务是咨询了。我们正酝酿建立股权激励机制，2018 年年底已经开始尝试让

① 《国民经济行业分类》国家标准于 1984 年首次发布，分别于 1994 年和 2002 年进行修订，2011 年第三次修订，2017 年第四次修订。该标准将国民经济行业划分为门类、大类、中类和小类四级。

高管成为股东，并逐步拓展到优秀的部门领导和优秀员工，这是我们行业首创，也必将推动永业行的健康和快速发展。

从农村包围城市、走向全国

武汉的评估机构能成功走出武汉的不多，我们算是一家。如何从一家区域性的公司发展到全国性的公司？需要经过长时间的艰苦探索！

长期以来，很多城市及市区房管局、土地管理局采取各种方式，不通过我们评估报告备案或登记，我们只能去外面找业务，在下面县级单位找业务。我们从县级单位的项目开始做起，走“农村包围城市”的路，然后再不断进行延伸拓展，从湖北往省外发展新公司。

湖北省评估行业的竞争非常激烈，早期缺乏严谨的行业标准，管理也很不规范。湖北省相较于其他省份具有更多的评估机构（比如湖南省土地评估机构长期只有六七十家，而湖北省土地评估机构数量约是湖南的三倍），且武汉的高校特别多，一些高校存在很多不规范的估价所（甚至很多个不同的教研室或系院老师和学生，都可以分别用这个估价所去承接业务，相当于一个牌子多个群体使用），所以湖北省应该是全国评估行业竞争最激烈的地方。项目难以承接，收费很低，外地的评估公司在湖北的分所很难生存下去，很多本地评估机构也被逼着往外地走。最近一个外地协会，说我们湖北在当地搞低价竞争，我们一了解，所谓的低价比湖北还要高不少，但是这个价格在当地确实不高，那里的竞争远远没有湖北这么激烈。2015 年，武汉市政府经信委组织我们去美国考察，很多大企业、知名高校和政府机关去了，收获非常大。回来后进行总结，在某些方面采用他们的先进观念，不断调整优化企业管理，效果不错。伴随着国家改革开放的逐步深入，永业行相关业务也不断创新和衍生，已发展成为全国领先的大型综合性咨询评估机构，更成为全国评估咨询行业唯一的高新技术企业。到 2018 年，我们的营业额达到三亿元，现有员工 1100 多人，其中博士和硕士近 300 人，房地产估价师数量全国第 2，A 级资信土地估价机构全国排名前 6，服务地域覆盖 20 多个省（市、区）。永业行是湖北省政府授牌的重点服务企业和重点服务品牌，位列湖北服务业企业 100 强（2018）、武汉民营创新企业 100 强（2017）、武汉市十大最具活力民营企业（2015）、武汉市现代服务业的领军企业（2015）、武汉市模范和谐企业（2018）；是全国城乡建设系统“企业文化建设示范单位”（2011），13 次获得“诚信房地产估价示范机构”称号。近两年来，我们也一直在改革，关停了一批业绩不好的分公司；强化人事管理，提高管理层的管理能力，调整整顿业绩差的部门，积极支持业绩好的部门发展。2018 年，我们公司改革力度很大，包括部门整合、人事调整、绩效完善等，受到了员工的欢迎和支持。

充满正能量的企业文化

永业行能够持续发展，除了持续改革创新、拓展业务、调整战略外，还因为建立了充满正能量的企业文化体系。没有文化的企业是不可持续的。我们认为党建是一种文化，公益事业也是一种文化；另外，包括企业内部福利、员工的文体活动，都是企业文化的范畴。

在党建方面，2009 年永业行成立了全国估价行业第一个单一机构党委。当时员工有 200 多人，中共党员 60 多人。永业行将党建工作和企业管理工作有机结合在一起，办公会就是“党政”联席会；将对十八届三中全会报告、十九大报告等中央文件的学习和公司发展战略研讨、调整结合在一起；将优秀党员表彰、预备党员推荐和公司绩效考核结合在一起。这就杜绝了党建上的形式主义，取得了非常显著的效果。在党委的带领下，永业行全体党员以身作则，切实发挥先锋模范带头作用，在平凡工作岗位上创造优良的业绩。在抗震救灾、扶贫助困、爱心助学等活动中，党委组织捐款活动，党员带头通过各种渠道捐款捐物，奉献表达爱心，2016 年武汉市水灾，我们公司捐了 10 多万元。党委成立以来，永业行党委多次被评为湖北省、武汉市、武昌区先进基层党组织，多次在有关部门党建会议上作典型发言，有 4 名年轻共产党员被武昌区工商联会员企业党委评为优秀共产党员；每年开展永业行先进党务工作者、优秀共产党员、先进党支部评选，充分发挥了党组织和党员的示范带头作用，形成了引领和激励广大党员群众学习先进、争当先进、赶超先进的生动局面。

在践行社会责任方面，永业行连续 9 年发布社会责任报告；我和高管成员经常参与调研、讲座、论坛、讲课等各类社会公益活动，积极参加各项社会捐赠活动；名誉董事长方国成连续多年通过教育部门捐助贫困学子；我和执行总裁王琴结对帮扶两名西藏中学学子。此外，我们坚持开展扶贫济困、慈善敬老、捐资助学、灾害救助等慈善公益活动，各种捐赠和投入超过 200 万元。

我们积极开展各种文体活动，一直实行带薪休假等各种福利制度，每年组织员工到国内外旅游，每年分区片组织员工拓展活动。单位组建了篮球队、足球队、羽毛球队、乒乓球队等，经常举办各类友谊比赛，其中羽毛球队是省内相关行业协会中的佼佼者，经常包揽大部分比赛奖项。为强化正能量宣传，永业行创办了《永业行报》和《永业行论坛》内部刊物，建立了完整的自媒体同步推广体系，例如永业行网站、微信公众号、微博公众号、官方博客等。每年组织春节晚会，员工自娱自乐，2018 年有 9 万人同步观看了永业行春晚网络直播。

永远的创新和改革

外省一个副厅级的国有咨询公司的几位领导曾专程到武汉，向我们请教如何让一个有众多人员的咨询机构转型升级。我们认为，不断创新和改革，是促进机构可持续发展的不二法门。

前几年，全国大的房地产评估机构大多参与房地产大数据建设，投入少则一两百万元，多则几千万元。但我们没有参与，我觉得如果把房地产大数据建成完善了，我们的单宗房地产业务蛋糕会很快变小，与其花那么多钱做小单宗房地产蛋糕，还不如花钱做咨询大蛋糕。到了 2018 年年底，房地产大数据建设的盈利模式失败，各家公司基本上没有什么收获。在此期间，我们也没有闲着，而是在这方面做了三件事，一是将公司所有业务信息进行分类归集，形成永业行业务大数据；二是购买了某房地产评估小软件，适度尝试个贷大数据建设；三是在原有 OA 系统和 PMS 基础上，建设全国评估咨询行业第一套 ERP 系统，把人事、财务等统一，强化企业管理，效果非常好，这可能是评估行业第一套统一企业管理系统。

永业行员工先后在《中国土地科学》《中国房地产》《中国资产评估》等各级刊物上发表论文 200 多篇（其中我有 70 篇）；先后承担了省部级课题 40 多项，多次获得部省级科技成果、科技进步奖和优秀论文奖。中国房地产估价师与房地产经纪人学会房地产研究基地就设在永业行，永业行还组建了资源环境研究院，建立了研发中心，除了承接政府等大量课题外，每年组织 10 项内部实用性课题研究和推广。永业行常年聘请法律顾问，每年完善市场、技术、人事、党建、财务、风险控制等各项管理制度。每年主办各种培训会 100 多场次。永业行发布了全国评估咨询行业第一个地产指数，取得了全国评估咨询行业第一个作品版权、第一个专利，拥有湖北省评估咨询行业唯一的“省著名商标”及“市著名商标”。

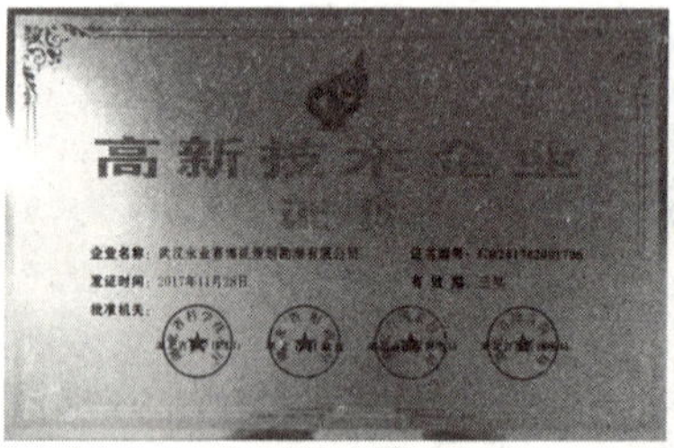

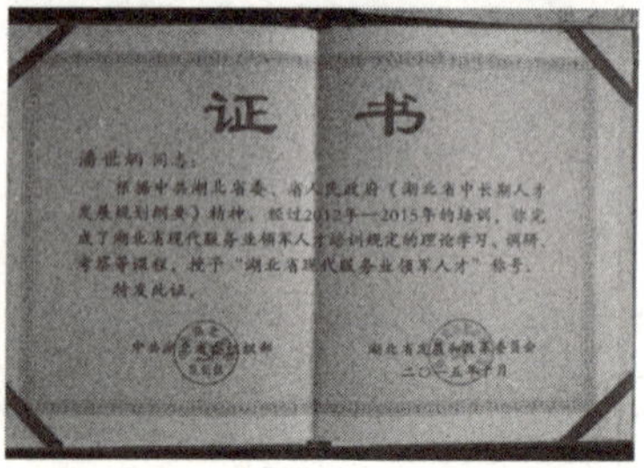

行业协会的作用

目前，评估行业有多个主管部门。湖北省土地估价师是自然资源厅土地利用处主管，房产估价师是住建厅房地产市场监管处主管，资产评估师是财政厅预算绩效管理处主管。土地利用处管辖范围较大，比如价格出让、交易等，土地估价管理只是它的一个很小的环节；房地产市场监管处主管房地产估价，也是管理范围中的一个小环节，还有市场监管、征收、物业、白蚁防治、危房管理等。估价管理工作更多地需要靠行业协会自律管理。

目前行业协会的作用还没有充分发挥出来。我是香港测量师协会的会员，香港测量师协会的作用发挥比较到位，它是一个很自律的组织，管理体制跟我们不一样。中国内地估价师证书是由政府发，香港是由协会来发。香港只发一个你成为会员的通知，没有什么测量师、估价师这些证书。但要成为它的会员是很难的，从大学毕业到入行，要七年时间才能申请会员。香港搞市场经济的时间很长，我们搞市场经济的时间较短，要走到他们那一步，还有一个很长的过程。前任香港特别行政区长官梁振英曾经是香港测量师协会的会长，测量师就是估价师，梁振英是第一个由估价师当上特首的。所以我们的评估协会还有很多工作要做。今后协会会慢慢走向市场，会更加规范，这是社会组织参与社会管理的大方向，我们很看好协会今后在行业自律管理和社会管理上越来越重要的作用。

政治上的成长

2007 年，我在担任武汉市房地产估价师协会轮值会长期间，接待了武汉市委统战部张学卫副部长和当时的知工处处长徐军（现为武汉市社会主义学院副院长）一行来协会调研新的社会阶层人士等问题。我作为武汉评估行业唯一的博士和教授级高工，对评估行业可持续发展及新阶层人士社会责任等谈了很多看法和建议。在接下来的“武汉市 2007 年自由择业知识分子培训班”上，我担任班长（据称是十多年来武汉市新阶层等相关培训班中最好的一个班），从此与统战部结下了不解之缘。2008 年经市委统战部推荐，我担任湖北省政协委员。十年来，我先后参加中央统战部和省委统战部的学习，并经常得到中央、省、市统战部的指导和引导，眼界高度和视野广度得到了很大的提升。

我获得过两届优秀省政协委员奖，我想可能是与用专业视角来参政议政有关。我的业务，国土也好，矿产也好，地质也好，环境也好，都要跟政府打交道。我们有一部分业务，就是政府业务。所以我们对政府提建议和议案，他们是很欢迎的。而且我们在执业过程中对行业情况很了解，提出的建议和提案质量很高。比如2015年在去住房库存的严峻压力下，我给省住房和城乡建设厅提的方案是：第一可以打隔断①；第二可以商业改住宅；第三是降税，这些建议都被采纳了。这些建议都是和我的专业直接挂钩的。我们还受邀参与了很多政府规划的制定，如2016年出台的《住房城乡建设事业“十三五”规划纲要》。2018年湖北省政府出台的房地产租赁管理办法，事前发给我们，专门开会听取意见。省有关部门负责人主持开会，听我们发言，把我们很多意见采纳进去了。再比如关于现代服务业评审预审的提案，现在很多项目的资金在详审预审环节付给“专家”了，结果没有钱用在项目上，我就给出了一个提案，受到了省里的高度重视。

通过政协这个平台，我认识了很多高层次人才，包括各级领导、企业家、专业人士和专家学者等。有几次省委统战部、市委统战部开会让我谈感受，我觉得在统战部、政协的活动上多花一些时间和精力，有助于提升自己的眼界和水平；省政协秘书长几次在培训班上讲课，点名表扬我，说省政协委员潘世炳是公司老总，虽然工作很忙，但政协活动一个不落下，统统参加。我觉得，多参加政协统战组织的各种学习考察活动，除了提出专业化的建议外，实际上也是自我提升的一种重要手段。领导和专家在讲话的时候，我可以学习他是怎么分析问题的？是怎么提出解决方案的？还有哪些新的想法？有时到企业去考察，看他们怎么经营管理的，对我们有很大的帮助。所以当了这些年政协委员，参加了大量的学习考察交流活动，撰写了大量提案，对我的管理工作不仅没有负面影响，反而帮助很大。我于2006年9月担任公司总裁，2007年参加统战部门的活动，2008年担任省政协委员。永业行从2007年开始一直在增长，十余年的时间，营收增长了十

---

① 指在一套住房内建隔断墙、改房屋建筑结构，使房屋形成多个单间，房主将房子打成隔断单间出售或出租，会有更多的经济收益。

几倍。

2016年7月，全国人大通过了《中华人民共和国资产评估法》，这部法律颁发的当天，我写了一篇《〈资产评估法〉解读想法》发在个人博客上，很快就有3000多人次的阅读量。《中华人民共和国资产评估法》在起草的过程中，在全国范围内广泛征求意见，我就写过很多意见和建议报送到全国人大法工委。据说《中华人民共和国资产评估法》第一稿出来后反对的人特别多。为什么这么多人反对呢？这部法律最初是为资产评估师设计的，但资产评估师只占评估师总数的20%左右，房地产评估师和土地评估师占80%左右。但是要怎么样去跟人大常委会提建议，不能随意提，要提到点子上去。国家出台一部法律如果不能代表所有相关行业的利益，这部法律就最好不要通过，如果强行通过的话，也许会造成社会不稳定。后来第七稿就基本上改过来了。有法律总比没有法律好，这是一个很大的进步。

行业代表该有的标准

第一，如果你是领军人才，那就是你要走在前面，你的业务能力、技术水平、政治素质都要高，至少在全省同行业里受到认可。个人及单位的技术、管理、德行、口碑都要得到公认。如果只能把自己的公司做好，而不能带领其他人，不能带领其他公司发展，不能带动行业进步，则不能算领军人物。

第二，跟着的人多才能叫领军人才。一个人做得好不能叫领军人才。得有人愿意跟着你走，才叫领军人才。但有的人是后面跟着两个人，有的人是后面跟着几百人，那比较起来，肯定是跟着几百人的才叫领军人才。你没有能力、没有德行、没有口碑的话，别人是不愿意跟你走的。另外还得有一定的规模，两三个人的公司，你想当领军人才怎么可能呢？哪怕你德行再好，也只能叫独善其身，不叫领军人才。

第三，要有一个好的团队。你的团队面貌很积极向上，很有活力激情，充满了正能量。如果你带的一大帮人，都是胡搅蛮缠、不靠谱，且充满了负能量，那也不需要你这种领军人才。所以我一直都比较重视培养人，我们在各个分部的总经理大多是当地的政协委员。我们的执行总裁是武汉市政协委员，两个副总裁分别是武昌区政协委员和人大代表。一花开放不是春，百花争艳春满园。

第四，要可持续发展。要不断地发展、不断地向前。

第五，企业要有企业文化，必须有社会责任感，必须做公益事业。担任行业协会负责人，也是一种公益事业。处理行业里的事情，都要开会讨论，占据很多工作时间。你从来不来开会，大家就不选你，或者选也选不上，大家也不认可你。在行业协会里面担任领导人的，社会公益事业一定是搞得比较好的，这应该是一个指标。

第六，要不断创新。要不断地开拓新的业务，我们现在叫评估咨询公司，不是纯粹的评估公司，除了评估之外，还有咨询。就是告诫我们应不断创新，不断完善，不断跟社会接轨。

至于说有没有领军人才？肯定是有的。领军人才分不同的阶段、不同的层次。早期只有一二十人的公司，大家的水平差不多，但是也有领军人才。若有一二十个人跟着他，口碑在行业里不错，他就是领军人才。但是过一段时间大家都做大了，你还是一二十人，那就不行了。人家都是几百人，你就领不了军了。所以领军人才肯定存在，不同的阶段有不同的标准。五年以后、十年以后肯定标准又不一样了，但基本标准还是有。

行业代表要做好两件事

首先是要了解并紧跟国家的大形势、大环境。我在这方面有一些心得，开会的过程就是一个学习过程。为什么我们非常认真地学习党的十九大精神和国家政策，一个重要原因是在寻找下一步的发展方向。目前行业迭代变化很快，周期越来越短。企业要发展，必须转型升级。如果不学习中央文件，不掌握政策，不掌握大方向，就不知道如何升级。通过不断学习党和政府的各种文件，我们可以了解国家改革发展方向，也就是我们不断努力和发展的方向。

其次是围绕政府中心工作，配合做好专业服务。自 1993 年成立地产评估中心和 2000 年脱钩改制以来，政府中心工作不断深入，包括企业改制融资①、（集体）土地有偿使用、房地产市场、PPP 投资②、地矿改革③、环境保护、资源普查登记、乡村振兴、三大攻坚战④、农村两权抵押试点⑤，等等，我们咨询评估

---

① 1993 年 11 月，中共十四届三中全会通过了《中共中央关于建立社会主义市场经济体制若干问题的决定》，明确指出，我国国有企业的改革方向是建立“适应市场经济和社会化大生产要求的、产权清晰、权责明确、政企分开和管理科学”的现代企业制度，要求通过建立现代企业制度，使企业成为自主经营、自负盈亏、自我发展、自我约束的法人实体和市场竞争主体。随着国有企业经营亏损的日益增加，银行对国有企业的不良贷款率不断攀升，在进行国有企业改革时，要解决国有企业历史遗留的过度负债和财产损失需注入庞大的资金，仅靠银行的间接融资已难以满足其巨大的资金需求。因此，通过资本市场发展直接融资是必然的出路。

② PPP（Public-Private Partnership），又称 PPP 模式，即政府和社会资本合作，是公共基础设施中的一种项目运作模式。

③ 1999 年 4 月，国务院要求原地质矿产部所属地勘单位实行属地化管理，理顺管理体制，支持转企改制。

④ 三大攻坚战是指防范化解重大风险、精准脱贫、污染防治，这是在十九大报告中首次提出的新表述。

⑤ 农村两权抵押贷款指的是农村承包土地（指耕地）的经营权和农民住房财产权抵押贷款。在 2017 年 12 月 22 日举行的第十二届全国人大常委会第三十一次会议上，该项试点工作的延长方案提请审议，拟延长至 2018 年 12 月 31 日，为期 1 年。

工作也随之不断优化，形成了四大专业服务板块：价值评估咨询（包含土地、房地产、资产、矿产价值评估等）；自然资源（包括土地规划及整治、耕地保护、不动产测绘登记、用地预审①等）；投资咨询（可研、造价、PPP 咨询等）；生态环境咨询（环评、环境咨询规划等）。从全球角度看，中国服务业尤其是现代服务业发展严重不平衡不充分，2017 年中国货物进出口顺差 4225 亿美元，但服务业逆差 2554 亿美元，超过货物顺差 60%。我们将以做大现代服务业为己任，力补短板，力争实现服务业快速和高质量发展，期待成为著名的智库和高端咨询机构。这样才能将自己的专业与国家的发展对接，才能紧跟时代，将国家大政方针融入行业的发展，不断得到贯彻落实。

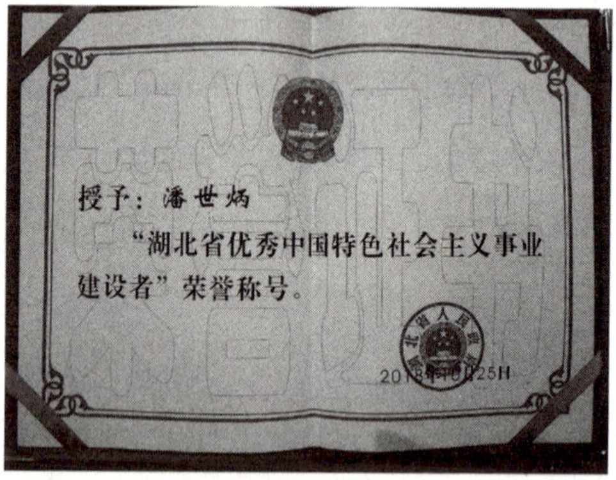

访谈手记：潘世炳是武汉市 2007 年自由择业知识分子培训班班长，其实那时我认识他才几个月，但已明显看出他在估价师中非同一般：这不仅指永业行当时拥有的估价师人数和营业收入在武汉估价行业中名列前茅，更重要的是他具有强烈的进取心。其实那时我并不太了解他是怎么样进入这个行业的，这次访谈算是补上了这一课：他进入这个行业，没有任何家庭背景，但却有扎实的专业功底；他进省土地局时只是普通一员，但很快便展露了才华，特别是他很好地把握

① 用地预审，是指国土资源管理部门在建设项目审批、核准、备案阶段，依法对建设项目涉及的土地利用事项进行的审查。

了国家土地使用制度改革的机遇；他完全可在公务员序列内平稳发展，但却认准了改革的时代大势，坚信自己的专业能力。在进入行业后，诚如他自己所说在“夹缝中生存”，靠着对行业发展规律的深刻洞察、靠着持续的改革创新和业务的不断拓展、靠着充满正能量的企业文化建设，他所任职的永业行成为公认的行业标杆，他本人也实现了由专业代表到行业代表的华丽转身；而他在政协统战领域的十年历练正推动着他向更高层次的代表——政治代表转变，自觉地把自身的发展、机构的发展、行业的发展与国家的发展结合起来。在他身上，比较完整地体现了新的社会阶层代表人士的成长历程和成长规律。他不仅是这个培训班的杰出代表，也是全中国千千万万新的社会阶层人士成长的缩影。

一路认真向前行

——房产经纪人谢娟访谈录

访谈时间及地点：

2017 年 12 月 28 日 15：00—18：00；武汉市社会主义学院 B402 室

2019 年 1 月 2 日 10：30—12：00；武汉市社会主义学 A301 室

采访人： 徐军（武汉市社会主义学院党组成员、副院长，法学博士）

受访人： 谢娟（房产经纪人、中共党员）

记录人： 魏丽萍（武汉市社会主义学院主任科员）

万雅雯（武汉大学马克思主义学院硕士研究生）

访谈人基本情况：

谢娟：女，1973年出生，湖北武汉人，毕业于华中师范大学，武汉百居易房地产经营咨询有限公司、武汉房融金融服务有限公司董事长。中国注册房地产估价师、中国注册房地产经纪人、香港测量师学会地产经纪持牌人、英国皇家特许测量师学会RICS专业会员。1996年12月进入武汉市房管局公房处工会工作；1998年4月进入武汉房地产估价事务所（后改制为武汉国佳房地资产评估有限公司）工作，2002年8月起担任武汉百居易房地产经营咨询有限公司副总经理，参与创建“百居易房屋超市”连锁品牌，2004年7月起担任百居易公司总经理；2013年5月创建并担任武汉房融金融服务有限公司董事长。2018年整合百居易、华明达、亿房品牌，组建房融科技信息（武汉）有限公司，任董事长。

2006年4月至2014年3月担任武汉房地产中介协会副会长兼秘书长（两届）；2007年7月当选湖北省房地产业协会房地产估价、经纪专业委员会副主任；2009年12月当选为武汉市第十二届青年联合会委员（一届）；2011年5月被武汉市仲裁委员会聘为房地产专业仲裁员（一届）；2012年12月任武汉市江汉区政协常委（一届）。

2006年10月，荣获中国房地产估价师与房地产经纪人学会授予的“全国优秀注册房地产经纪人”称号；2010年12月，荣获武汉市民政局“武汉市社会组织先进工作者”称号；2013年，入选湖北省发改委和湖北省委组织部“湖北省现代服务业中青年领军人才；2019年1月，入选武汉市江汉区现代服务业智库专家。

读书时的梦想和追求

我是怎么进入房产估价和经纪行业的？得从读大学时说起，我在华中师范大学城市经济系（现在改称经济学院）学房地产经营管理专业，老师是邓宏乾教授，是我们这个行业的专家。当时课程有房地产估价、房地产抵押、房地产统计、房地产工程概论等和房地产相关的内容。老师告诉我房地产估价师是 1992 年开始考，我们在学校就知道要考几门，也就是说在我工作之前，我就知道有房地产估价师这一职业。我的班主任张思全老师一直挺关心我，毕业前他建议我去考估价师。当时我觉得房地产估价师是全国认可的，和注册会计师是一样的，能够获得这样一个专业的从业资格比较好，未来应该向职业化、专业化这个方向去努力。

初试遇挫

其实我在 1996 年，刚刚从学校毕业的时候，就去考了一次房地产估价师，当时为了备考没有去找工作，每天就在武汉市南京路的图书馆看书，很认真地看了整整三个月。因为我没有做过估价业务，对估价机构是什么也不是很清楚，我是直到报考的时候，才知道如果我想申请去估价师考试，就必须在一个估价所里有从业经历，并且需要估价所同意盖章才能去报考。我到处打听，因为我有挺多同学在房地产这个行业内，打听到南京路有一个估价事务所，可以找他们盖章、开报考证明，南京路那个估价所也是武汉市估价师协会所在地。那一年考试四门课，通过了三门，只有“案例分析”这一门没有过，因为我的确没有做过估价案例，直到 1998 年 4 月我进入估价所工作之后，1999 年参加考试后才通过，正式取得了估价师的资格。

到估价所的第一天

我在进估价所之前在市房产局公房处（现属武汉城投集团直属房地产公司）工会工作过一年，那是 1996 年 12 月，备考三个月估价师没有通过就选择进入了公房处。虽然我去公房处工作前，就一直梦想能进估价所从事估价工作，但因为之前估价师考试没有通过，没有机会进。产假休完后，就像派遣一样把我从公房处调到了武汉市房地产估价事务所，我一直到现在都不清楚怎么回事。估价所那时还没有改制，公房处、估价所都还是市房地局下属单位。当时是 1998 年 4 月 1 号，我非常清楚是愚人节那天到了估价所报到，我谁都不认识，先找了所长的办公室，跟他讲，我原来是市公房处的，今天我接到通知，要到您这里报到。他说：好，你在外面坐一下，等我一下。我在外面的厅里面坐着的时候，他拿了一个估价报告书，挺头疼的样子，他就说小谢把这个报告书看一下，看里面有没有什么错别字。他当时是第一次见我的面，就交了一本评估报告给了我，给了我一支铅笔。他又在里面改评估报告，我就坐在外面拿了那本报告书从头到尾非常认真地看。其实那个时候我根本就不知道评估报告该怎么写，但我在文字上面是很认真的，把错别字修改了，对一些语句作了调整。他看了一下之后说，不错呀，你还挺认真呢。他简单问了一下我的经历，学的什么专业，哪个学校毕业的。问了之后，他说你去找那个张书记，去她那里报到，她管人事。我在他那里待了半个小时就去找了张书记，张书记也是一副严肃的样子。我就跟她谈：张书记，我是来您这里报到的，你看这个报到手续是怎么办？她一听说是公房处的（她原来也在公房处工作过），就问我是什么专业、什么情况，然后她说："这怎么行呢？我们这里都是高学历的本科生和研究生，国家注册估价师才能进来，你这大专学历太差了，不行！我们现在不能收。"我一下子就搞懵了，不知道该怎么办，我说："不是市局政治处发的通知吗？您这里不收，那我怎么办呢？"她就给市局政治处打电话，说要退回，可能最后政治处跟她沟通了，她让我先把档案放在市局政治处，到估价所下属的新兰德物业公司实习三个月之后再看情况。

在市公房处工会的磨练

当时工会主席叫刘文莉，是个非常强势能干的领导，她对我的影响非常大，对我以后的职业生涯包括进估价所也很重要。当时她年龄接近退休，有心脏病，但工作能力很强，市公房处下属有房管所、安全站、古建筑公司等 13

个单位，每年工会都举办职工各种技能比赛、安全知识比赛，组织很多慰问活动，还设了女工委员会，开会、活动非常多，她都能组织得非常成功。我在工作之前，对行政机关的这一套东西不太懂，我就按她的要求组织活动，发通知，拿方案，组织学习，发简报，整理各方面的档案，经常写公文类的东西。怎么组织活动，怎么讲政治，怎么做这方面的总结，怎么做档案的整理都是那时候学的。她还逼着我看报纸学习，每天看几份，看了之后把一些重要新闻剪下来做简报，做成一个册子，我每天还要跟公房处下属 13 个单位不停地联系，每天都很忙。其实我刚去几个月就怀孕了，当时刚刚结婚，不过每天任务完成得很好，虽然说她要求很严厉，但是我还是能够达到她的要求。在工会这一年对我的成长影响还是比较大的。到 1997 年 12 月我去做产检的时候，医生说早产，要马上住院，我还是一天假都没有请，因为我很怕刘主席，不敢请。当时到处组织活动开会，我记得当时还爬挺高的楼梯，站在椅子上整理档案柜档案，没有休息一天，每天精神都挺紧张，隔壁办公室的人都很惊讶：你挺个大肚子还这样干活！后来我进产房那天，就跟刘主席打电话，说在医院，医生不让我走；由于第二天要手术，让我当天办住院手续，需要请假一天。那是 12 月，我儿子是 12 月 5 日出生，我是 12 月 4 日进的医院。当天晚上医生不让我走，但是我还是跑了，跑到工会办公室去了。因为到年终我需要写年终总结，我写了两份总结到现在都保留着。当时还没有电脑，都是手写，用信纸打草稿，写出来之后手抄的两份，一份是公房处工会 1997 年总结，另一份是女工工委会的工作总结，大概写了二三十页，把总结都写好了之后，已是夜里十点多钟，放在桌子上面，然后我搭起板凳，把所有的档案都清理好了。第二天，我动了剖腹产手术，然后按规定休了 4 个月产假。

在新兰德物业公司的实习

新兰德物业公司是估价所的下属企业，当时做公房互换、公房出租，还代理部分公房出售，都是一些团结户①的房子。新兰德物业公司接收我后，把我定为聘用人员。我在公房处，原来一个月能够拿到一两千元，而在这里，底薪只有两百。他们说："小谢你就两百工资啊，你要做出业绩来才有提成，没有业绩就没有提成。"我就懵了，当时孩子才四个月，还在喂奶。我每天早上 7 点半要到这个网点，做清洁擦玻璃、登记房源信息、带人看房子，每天很晚才走。从进了估价所的门之后，家里人都知道，我就没有松懈过一天！进去了之后我就被贴上一个标签：起点低、学历低、非专业，所以只给两百元的底薪，让我拿提成。他们把什么交给我呢？一是出租黄鹤楼的广告牌。当时估价所不知道怎样拿到了一个发布权，由新兰德物业负责进行广告招商。一个广告牌大概一年 12 万元的广告费，总共四块广告牌，说招出去一个一年可以收 10 万元回来。我接了这项工作后，到处打电话拉广告，把所有的广告公司都打了一遍，谈合作，希望把广告牌租出去。结果记得非常清楚，第一个月我手里就有杉杉西裤、IBM，广告牌租出去了之后大概收了几十万元。客户跟我说，收了别人的钱就保证电要是通的，而广告牌怎么是黑的。然后我去查，发现是有人在偷电，把那个广告牌上面的铜线掐断了，拿出去卖。我就每天提心吊胆，生怕电话打来说是黑的，必须去解决这个问题。二是带人看房子。那时候常青花园的房子，刚出来是 700 多元一个平方米，1998 年最高涨到了 900 元。当时新兰德物业代理这个楼盘。公司负责人看到我了就问，小谢房子卖得怎么样了？赶紧卖啊，赶紧搞出业绩啊！天天逼我。我每天就到处打电话，早上带人去常青花园，到售楼部下面的物业公司，把我的身份证押在那里，然后领各种不同房型编的号，把钥匙拿着，带别人去看房，完了之后再把钥匙还回去，把身份证拿回来，坐公交车回去。每天都是早出晚归。第一个月大概就只拿了 200 元，第二个月的时候，我的运气很好，接了一个电话，客户要看常青花园的房子，我就带他去看，他就买了。因为我服务做得好，他介绍了六个同事，在我手上成交了七套房子，那个月我拿了一千多元的提成。

---

① 团结户是一种城市居民楼户型结构，为小型的家庭住宅，特点是两户人家合住一个单元（一般一家一居室），共用大门和厕所，厨房则共用或者合用。

坐稳估价所的位置

我是 1998 年 4 月份进的估价所，“六一”的时候对我来说是一个转折点。那时候估价所到对口新洲区的一个小学去扶贫。当时估价所只有十六七个人，都是主力估价师，他们每天都在忙业务。张书记是党支部书记，要组织年轻人去扶贫，但很多业务员没有时间去。张书记就说：“小谢，你就跟着一起去，代表估价所团委。”回来之后，她让我写个简报，看了之后觉得我写得不错。后来她说估价所后面有一个黑板报，让我回来办一下，我就很认真地办黑板报，她看了之后觉得也不错，就把我调到办公室去了，在办公室整理档案。当时还没有电脑，都是手动整理。张书记让我跟那个退休返聘的老人潘师傅学习归档①，觉得我这个事也做得很好，又把我从档案室抽了出来，放到办公室做文秘。不到三个月的时间，办公室主任说小谢什么事情都做得还不错。张书记亲自说给我提前转正，

① 指将处理完毕且具有保存价值的事情或文件经系统整理后交档案室（馆）保存备案（备查）。

然后主动去局政治处把我档案要了回来，进入了估价所的编制，成为一名正式的估价所员工。

把工作做专业

到办公室做秘书后，大概 1998 年 7 月我就参加了估价所所有的工作例会，包括各类业务会议、党支部领导班子会议等，这个经历对我的成长非常重要。当时所长提出了估价所的发展方向，要求做到“四化”（集团化、市场化、国际化、现代化）。在 1998 年的时候，估价所已经设立了房地产估价、资产评估、工程造价咨询、会计事务所、房地产中介等七八家多元化的分支机构。资产评估公司还是和北京一家具备证券上市资格的公司合作的，已经是一个集团化的架构。平时开会，我就负责做会议记录，打印整理成会议纪要，在旁听过程中我就了解到公司所有的业务和经营情况，从领导身上也学习到一些问题的解决思路和方法，特别是所长的经营思路和战略思维能力，耳闻目染，受益颇多。1999 年，国家开始提出中介鉴证类机构要和主管部门脱钩①，因此估价所开始改制，当时我就在办公室，负责办公室的行政管理工作，全程参与了脱钩改制工作，学习如何企业化改革和管理。这里面有几件事可以算是我成长过程中的标志性事件：

一是估价师行业协会的培训组织。我到办公室后，所里就把估价所负责承担的估价师协会的组织培训交给我了，武汉市的估价师要进入这个行业里面，都会需要参加一些报名考试、后续教育培训。当时有一件挺重大的事情，就是1999年湖北省的估价师后续教育培训班在武汉举办，这个班由我们所承办，而且由我来主持负责。我把那场600人参加的估价师培训活动组织完了之后（堪称当时全国最大规模的一场行业估价师培训，在武汉市人民会议中心，邀请了建设部和中国房地产估价师协会的领导和全国的房地产业专家教授来授课），省建设厅房地产业处处长当着我们领导的面说，小谢这个同志很不错呀，是个当干部的料。当年我就竞聘成为估价所办公室主任了，级别是副科长。

二是新办公楼装修。2001年7月我们要从原来南京路88号办公地址搬迁到建设大道704号香港路房地产交易大厦办公，这时我们单位已改名为“国佳评估”，交易大厦5楼整层2400平方米的办公装修由我来负责，为了把装修工作搞好，差不多有几个月都没有休息。按照领导要求，搬家期间不能影响估价报告书的出具工作，不能影响正常办公，而且需要打造一个集团化、现代化的企业形象。为了达到装修效果又能节约成本，我还专门去深圳采购一整套办公家具。搬家工作非常顺利，企业形象也非常现代，公司展示的宣传画册、企业文化墙等所有宣传内容也是我当时负责完成了升级工作。各相关部门各级领导、各合作往来机构来我们单位考察，都称赞此项工作做得好。

三是推行ISO质量管理体系。估价所改制后，负责人提出要建设现代化企业，实施现代化管理。我在估价所的那段时间一直都是做的行政管理和人力资源管理的工作，跟业务比较贴近。为了适应改制后的企业管理要求，我觉得我要加

---

① 1999年，建设部住宅与房地产业司在成都市召开了房地产估价机构脱钩改制工作研讨会，研讨挂靠单位与事务所进行“四脱钩”（人员、财务、业务、名称）。

强企业管理方面的学习，尤其是学习各种管理制度、管理办法和方案。2001 年，我报了中南财经大学人力资源研究生班，每个周末去学习，学习如何梳理公司的管理制度。也是在 2001 年，我了解到上海、北京很多行业和企业在进行质量管理体系 ISO9001 体系贯标①。我就在想如何将我们这些估价师的估价流程、操作方法标准化、流程化，就找北京、上海的公司咨询，邀约到我们公司谈方案。通过招标选了一家上海管理咨询公司，通过半年时间完成了贯标的工作，形成了估价所的质量管理手册。当时在整个湖北省做这类工作的比较少，我们把所有的流程都作了全面的梳理，并形成文档。那个时候我也是比较主动，没有说领导要安排我什么我才做，什么事都是自己主动去做。

筹建百居易

20 世纪末 21 世纪初，我国住房开始走市场化道路，全面进行了房改，催生了大量房产中介需求。到 2001 年年底的时候，当时国佳房地产评估有限公司在市房管局的支持下，立志要打造成武汉的房产中介航母，我被安排参与这方面的筹备工作。2002 年我们聘请了专门的市场调研公司、品牌设计公司来对行业进行调研，找了很多的主管部门和机构，包括终端客户、教师、医生等不同职业的人进行访谈，以了解他们对住房的需求和对房地产中介服务的意见、对这个行业的看法。当时房屋中介口碑信誉度非常差，大家都觉得中介是坑蒙拐骗的骗子。访谈的时候我们都在玻璃后面听，听了之后，我们就觉得有必要做一家专业化、规范化的品牌公司，就像北京的“我爱我家”一样，统一形象、统一管理。公司名字是从一千个名字里面选出来的，三个字——百居易——百姓安居更容易。我们把武汉七个中心城区房产局的二级单位进行整合，各设一个网点，然后在市房产局大厅里面开了一家，一共开了八家。我的重点工作是对各个分店里面的店

---

① 贯标的实质是贯彻执行标准化文件。贯标不是一项独立的工作，而是标准化的日常工作。

长和员工进行培训，请服装公司统一设计、制作工装。我们的目的是要搭建一个信息平台、交易平台和金融平台。因为中介是提供信息服务的，所以说我们就把这些房源信息上平台，专门请了专业人员建百居易网站和信息化系统。在金融平台方面就是去和银行谈合作。二手房的交易，一直存在放款慢的问题，我们对这个交易的流程进行了创新，能够将 3 个月多的放款流程缩短为十日放款，并且把这个与银行战略协议的签署放在我们的开业仪式上。

临危受命

百居易成立之初我就参与筹建，但正式成立后开始一段时间里，我并没有负责全面经营管理，只是作为副总经理参与连锁门店的品牌运营和培训工作。到 2003 年国佳房地产评估有限公司改制分家，成立了集团，百居易由清华巅峰（是一家新房营销策划代理公司）和新兰德物业（估价所下属中介公司）合资成立。当时正逢天津顺驰（房地产经纪企业）进军武汉，在非常短的时间内开了 60 多家店，而我们百居易当时只有 30 多家店。我们加盟费也比较少，一直没有找到盈利点。2003 年 10 月后清华巅峰的高新祥总经理负责百居易经营大概半年，带了两个高管去深圳那边的中介考察学习，回来之后也想做一些改革。在 2004

年5月，合作不到一年，他退出了百居易公司的股份和经营，并且将他在百居易公司的管理团队全部带走了，留下来的百居易公司就只有两个人了，一个我，还有一个信息管理员，公司1000多平方米的办公楼层空空荡荡的。

2004年5月，我除了担任百居易的副总参与品牌运营管理外，还兼着国佳集团行政和人力资源管理的工作，但是我投入百居易的精力还是比较多的，我觉得是一种责任，那么多店都是我一手开起来的。公司董事会当时说要么就关门，经营2年没有盈利嘛。那怎么办呢？我记得大概是5月的时候，我们估价所组织去云南旅游，当时张书记就跟我做工作，建议我把这次当做一个转型的机会，把摊子接下来。后来所长跟我谈话，让我觉得其实是我在做一个选择，我在集团是负责人力资源和行政的副总经理，那几年我在集团也算核心管理成员。其实当初我对要怎么经营、怎么转型，还没有那么清晰的概念，只是觉得是一种责任，这么多门店都是在我手上开的，我不可能说我不管，让门店关掉。集团也不愿意关掉，觉得影响太坏了，当时百居易在武汉行业内还很有影响力，关掉的话负面影响太大了。但是二手房中介业务对集团来说不是主营业务，没有继续加大投入，因此就让我先接管着。2004年7月，我接任百居易总经理，将国佳集团的行政人力资源工作交出去了。

接任总经理的时候，当时还是只有两个人。因此接手后当月就开始招聘，组建品牌运营管理团队，搭建加盟管理部、培训部、IT部、项目部等架构，很快就招了十几个人，第一个月一万多元的工资我都发不出来，因为当时基本没有多少经营收入。所长这时给我压力了，开股东会说，谢娟，百居易你要继续搞啊，再给半年的时间给你，如果不盈利就关掉。当时听到这句话感觉压力非常大，但是又觉得市场上百居易品牌效应已经出来了，加盟店和客户的认同感都非常高，如果关掉的话很可惜。于是就开始想办法，一方面拓展加盟门店规模，一方面拓展经营业务搞创收。我们开始成立金融服务部，加大同银行的联系与合作。当时在开业的时候跟银行签约的按揭业务还在做，但是规模还不够大。我觉得要把这一块做起来，迅速做大，才能养活我们自己。从2002年成立开始我们只和工商银行、交通银行、光大银行三家银行在合作，2004 年下半年，我们和招商银行、中国银行、建设银行等建立合作。同时，我们开始启动和武汉市住房公积金管理中心合作，开展二手房住房公积金的贷款代办业务。随着百居易加盟店规模的拓展，合作的银行越来越多，住房公积金业务成为住房公积金管理中心独家合作的产品；金融服务团队的专业化服务能力逐渐提升，百居易金融服务口碑和品牌逐渐形成核心优势，业务规模也做起来了，公司开始有着稳定的经营收入，进入了良性发展的阶段。

百居易的扩张

在百居易的发展过程中，不断有外地的房屋中介进来，除了顺驰不动产进一步扩张外，2004 年年底，全球品牌——21 世纪不动产强势进驻武汉，2005 年以后，上海易居臣信、中原地产、深圳创辉，这些公司纷纷进军武汉市场。这些连锁品牌进来了，对我们也有促进作用，比如促使我们加快学习。随着二手房市场的逐渐成熟，2006 年百居易门店发展至近 90 家，2007 年率先在武汉市突破了 100 家，规模位居武汉第一，在武汉的口碑做得还不错。2007 年 8 月，百居易成立 5 周年，确定了“立足武汉，辐射全省，面向全国”的战略规划。湖北省当时提出“1+8 城市圈”，我们也要跟进。2007 年百居易进了鄂州，2008 年进了黄石，2009 年进了公安；每年进一个地方，然后就进了监利、黄冈、宜昌、荆门、十堰。2008 年受金融危机的影响关了一些店，但是我们还有 80 余家。2009 年后市场好转，我们又发展起来了。又开始去拓展，发展全国加盟，2012 年去安徽合肥开了店，进入了省外第一座城市，当时想的是沿着高铁路线进军长沙、郑州、合肥这些离武汉近的城市。

再创业：成立百居易的升级版——房融

现在来说说武汉房融金融服务有限公司（以下简称“房融”）吧。我是怎么想到要成立房融的呢？这话还得从 2008 年说起。

2008 年后，我在武汉大学读了两年 MBA，不是为了文凭，而是为了解决我在连锁管理过程中的困惑。随着规模的扩大，在管理团队培养等方面都觉得需要去学习。2009 年我参加了清华大学为期半年的英国皇家测量师的培训，拿到了英国皇家测量师 RICS 的会员资格。2010 年 3 月，我通过笔试和面试，正式就读中欧国际工商学院 EMBA 课程；这 2 年的学习，极大地开拓了我的视野。

CEIBS

毕业证明

中欧学证字[EMBA-103049]号

谢娟，女，1973 年 10 月 12 日出生于中国湖北省，2010 年 3 月 – 2012 年 6 月期间在本院参加在职高层管理人员工商管理硕士(EMBA)课程学习，完成教学计划规定的全部课程，成绩合格，准予毕业。经本院学术委员会审核，授予工商管理硕士(MBA)学位。

特此证明。

中欧国际工商学院
教务长办公室
2012 年 9 月 26 日

2012 年是百居易成立 10 周年，我们进行了战略上的梳理，提出了要转型的规划，转型是因为百居易的轻资产加盟管理模式存在盈利模式单一的问题，不参与门店交易佣金的收入分配，只收取较低定额的加盟费和保证金，不能给公司带来持续增长的收入；而具有核心优势的金融服务业务也随着市场恶性低价竞争的加剧。尽管业务规模逐年增长很快（连续 6 年百居易的二手房按揭贷款代办业务市场份额在 30%左右，二手房公积金贷款代办业务市场份额在 60%左右），但利润率却在降低。因此我们就一直在思考如何转型发展，如何保持盈利能力的持续增长。而房地产金融服务，一直以来是我们的核心优势，于是就想将这个业务做一个整合。通过 10 年的发展，百居易金融服务已经做出品牌和口碑，不仅仅服务自有品牌的门店，也逐渐为外部行业的中小门店提供金融服务；同时基于业务流程和服务效率的优化，我们自主研发的金融服务业务管理系统也逐渐完善。基于这样的业务基础和信息化能力，我们想打造一个房地产金融云平台，能够为武汉市 2000 多家二手房门店提供金融服务。2012 年上半年我请了中欧以及 IBM 公司的几个同学来公司做房融云平台的可行性研究和专业技术指导，正式确立了这个模式和转型方向。

成立房融的另一个因素是与国佳集团的关系。2012 年是百居易成立 10 周年，也是国佳集团成立 20 周年的日子。国佳集团也正式开始新老领导班子交替，实行整合式的统一管理，将独立运营的百居易公司纳入集团，成为一个二手房中介事业部。集团新的领导团队大部分在评估版块，所有合伙人里面就我在二手房中介版块。由于行业特点的不同，在很多经营理念上也存在差异。2013 年年初，我们在市科技局和发改委以百居易公司为主体申报建设房产金融云平台的可行方案，该方案也得到了江汉区现代化服务业示范项目的立项，并拿到了国家发改委现代服务业示范项目专项资金 400 万元，但实际上这个 400 万只到位了 200 万，另外 200 万没有到位，后来区科技局拨付了 70 万的专项资金。在 2013 年 5 月正式注册了武汉房融金融服务有限公司，但没有独立运营，只是作为百居易公司的一个隶属部门在筹建。我当时觉得房融云平台的模式很好，就想快速落地，当时国佳集团希望来主导落地，这个项目申报的预算是 2000 万元。因此我更希望能引入一家外部投资机构，将股权结构、管理机制的设置更市场化些，以突破集团遗留的国企痕迹所带来的决策管理机制上的局限性。在搭建房融云平台的过程中，我对房地产金融服务业务有了很多新的理解，当时正逢 2013 年移动互联网快速发展，也是互联网兼融的元年，2013 年 11 月我在清华大学参加了一年的互联网金融研修班的学习，并且和武汉本地的凯信投资控股有了交流合作，在互联网金融平台上开展很多创新的尝试与探索，结合百居易线下门店的二手房交易场景和金融服务需求，开发了赎楼宝的投资产品，共建了一个“长投在线”平台，即为后来过渡为房融投资平台打了基础。2014 年 6 月，我正式提出启动房融公司的独立运营，在和国佳集团的股东沟通后，准备引入凯信资本为投资股份，国佳和百居易也保留股份，这样能够充分整合资源，让房融能够更快地落地。这个方案得到了股东大会的支持，2014 年年底，房融公司正式独立运营了。

2015 年房融快速落地后，和武汉市很多银行金融机构达成了合作，同时也与武汉市 1200 家二手房门店渠道建立了泛联盟合作，基于二手房、新房、租房业务场景的金融服务创新产品也层出不穷。随着市场效应的迅速建立，也受到了资本方的关注。2015 年 7 月，武汉一家本土的 A 股上市公司发布公告，和房融公司达成战略合作，拟进行股权投资，并派驻投资机构、会计师事务所和律师事务所来公司为期三个月的尽职调查和资产评估；在这个过程中也对公司的股权架构、业务模式重新进行了梳理和调整。最后由于在控股权的问题上没有达成一致，也正逢 2015 年年底互联网金融做 P2P① 被金融监管整顿，市场风向发生变化，我们就终止了和该上市公司的股权合作。在这些和资本对接的过程中，也让我彻底将百居易公司和房融公司从国佳集团独立出来运营，并成为实际控制人，真正选择了独立创业，这是我在 2015 年比较大的转变。说实在话，当时还是挺艰难的，公司的现金资产很多东西都要去做股权的对价②，留下的自有资金并不多。

发展与短板

从 2015 年到现在，过去经营百居易和组建房融公司的核心管理人员一个也没有走，还吸纳了很多新人。从 2016 年到 2017 年，我们以百居易为品牌的核心基础，业务重点放在房产金融服务上面，结合二手房、新房、租赁的业务场景做了很多金融服务创新，也延展到资产运营业务领域，形成了包括二手房连锁经营、新房代理、商业地产的招商策划、写字楼运营、金融服务几个业务板块。以

① P2P 是英文 peer to peer lending（或 peer-to-peer）的缩写，意即个人对个人（伙伴对伙伴），又称点对点网络借款。

② 对价是一方为换取另一方做某事的承诺而向另一方支付的金钱代价或得到该种承诺的代价。指当事人一方在获得某种利益时，必须给付对方相应的代价。

前金融服务在百居易里面只是跟银行合作，做一部分的金融服务代办；现在延展到真正金融服务，为那些有房产抵押的人去提供融资，因为在买房过程中，他们需要资金去把他原来贷款结清的赎楼贷①，一方面匹配自有资金，一方面跟外部的金融机构合作。2017 年我们跟保险公司、非银行金融机构建立了一些合作；跟银行的合作这两年也有了很大的变化，拿到了五家银行的外包服务，开展了一手房、二手房、经营类抵押消费类的贷款抵押权证业务。所以，这两年也算是打下了一些基础。

武汉市现有的在房产经纪行业协会备案的中介门店有四五千家。在行业内，百居易因为做了这么长时间，品牌的口碑、影响力还是不错的，加盟商对我们的品牌认可度还是很高的。但是，我们的短板也很明显：第一是管理上，像市场上其他的中介公司比如世纪宏图、中环地产都已经引入了强管控、直营化的管理，我们在这方面还有待提高。第二是推广上，我们在传播宣传品牌、推广方面缺乏人才，做了很多实在的东西，基础做得很好，但是没有把它推广出去，因为现在自媒体很发达，很多东西是需要宣传去推广、传播的。现在做房地产专业服务产业链上的布局，百居易还是我们的根基，是核心基础，所以在武汉来说我是一定要把百居易的优势保持下去，发挥我们的品牌效应，把它依然放在第一位置。我们过去没有把竞争对手放在我们本土企业上，我们对标的是全国化的公司，当然我觉得我们本土的企业都在学习成长过程中，它们还有很多比我们做得好的地方，是需要我们去学习的。

直面挑战：本土房产经纪机构的大整合

说说 2018 年 10 月百居易、华明达、亿房网三家本土房产经纪结构的整合

① 赎楼贷是借款人为了赎楼而进行的融资。其特点是资金用途明确、还款来源有保障。赎楼可分为交易类赎楼和非交易类赎楼，交易类赎楼指屋主为了卖房，但要先还清按揭贷款才能交易从而借的还贷钱。转贷类赎楼指因为房产升值了，房主想把原来抵押在 A 银行的房产拿到 B 银行去抵押，贷出更多的钱，但必须借贷先还清欠 A 银行的钱。

吧。这件事影响很大，连《长江日报》都拿出很大篇幅进行报道。这三家机构在武汉房产经纪业内都是排名前十的机构，为什么要整合？不能不说近年来的房产经纪行业发生了重大变化。

2018 年，我们行业内的变化特别大，可以说是变革重构的一年，行业内也称之为“新加盟元年”，资本流入对我们的冲击非常大。主流公司如链家开始转型为轻资产加盟模式，重启了“德佑”这个被它收购的公司，开始全国加盟招商，发展非常快。而它的线上资源整合为“贝壳找房”，在短短 9 个月的时间里就发展了 5000 个门店。在武汉，它把本地传统加盟品牌、发展比较好的“绩优店”当做目标客户。它还改变了传统的加盟模式，按照直营化方式输出管理，全国门店都使用贝壳系统，统一收取佣金；所有的交易合同、加盟合同、按揭贷款合同都在总部统一签署、审核，全部实行业务统一、财务统一、人员统一管理，资金流、业务流、信息流全部闭环同步。我们本来 2018 年也想做线上升级，突然在门店主营方面受到巨大冲击，百居易、华明达、亿房三个品牌全市近 600 家门店，半年时间损失了大概 100 多家。我们行业内品牌集中度在快速扩大，比如武汉市行业前三名占了近 30%以上的市场份额，前十名的占了 50%～60%的份额，而前 100 名则占了 90%以上的份额，这就是行业变化的趋势。

对武汉本土的企业来说，要守好战场。目前武汉本土企业还在努力地进取和改革之中，三家整合就是在这种背景下达成的，还都是有本土情结和使命感的。我和全国很多同业交流，发现很多城市本土企业都做不下去了，而武汉则成为兵家必争之地。这里有22家企业的门店超过100家，是全国竞争白热化的地方，百居易三个品牌目前的网签①量数据位列第一。三家品牌门店整合起来有400多家，三四千员工，目前正在推动直营化的加盟模式改革，即统一信息管理、统一业务管理、统一人员管理。我们在武汉战略是主推百居易品牌，华明达作为辅助品牌，这是第一步。第二步我们将把我们的房源信息同步到亿房网上，增加网站流量。而且我们现在也开始统一业务管理，统一收取佣金。公司正在建立统一的签约中心，为客户提供统一的标准化服务。目前我们方向是强管控、重服务。

归零心态再出发

从1998年到现在，房产经纪行业发展了20年，我们行业经历了一个从野蛮成长到规范化的过程，但是其实客户的体验变化并不大，尤其是买卖房子的服务效率方面，我们做得还很粗糙，甚至是粗暴。现在我们的行业已经从卖方市场转向买方市场，客户需求发生了变化，更为理性了，行业已经到了拼服务的阶段。我想未来我们还是要努力做客户的服务，把产品和服务做好。大家对服务品质的要求越来越高，我们企业相应的服务匹配也要提高。

我们还努力提高从业人员素质，促进经纪人职业化和专业化。中国的房产经纪人，平均年龄只有26岁，平均只有20多个月的从业经历；而美国的房产经纪人平均年龄是53~56岁，有5~7年或以上的从业经历。也就是说，中国的房产经纪人在这个行业内是很难存活的。现在链家开始尝试，如招重点大学本科以上学历的员工。目前我们行业全国有150万经纪人、20万个门店，未来我们行业内可能会达到300万~400万从业人员。我们的工作人员素质应该提升，因为这个

---

① 在房地产领域网签就是交易双方签订合同后，到房地产相关部门进行备案，并公布在互联网上。然后会给个网签号，用户可以通过网签号在网上进行查询。

行业对专业的要求非常高。2018 年我们行业在北京开峰会的时候，有位代表就笑话我们是一群老人带着一群临时工，干着一件世界上最复杂、交易周期最长的事情。因为我国的土地政策、房产登记政策繁琐，房地产交易的周期长，交易的环节、交易的流程非常复杂。我觉得这个评价挺有一定道理的。

过去，我们行业内主要是单一的买卖和租赁服务这样的业务。现在则进入了一个“全流通时代”，从单一房屋买卖、租赁服务到现在新房也进入了二手房的门店渠道。全国二手房公司都在做新房业务，还有租赁市场也大力发展，一些衍生服务、家居装修业务也有人做了，是真正的多元化。我们也开始把多元化业务赋予门店。现在全国有 22 个城市的二手房交易量大于新房了，而交易规模大于 1000 亿元以上的城市也有很多，比如武汉就排在第 11 位，有 1300 亿元的二手房交易规模，平均收 2%的交易佣金，就有 26 亿元的佣金收入。现在全国二手房有 6 万亿元交易规模，新房的交易额有 8 万亿元，租赁房交易额有 3. 5 万亿元，说明我们这个行业还有很大的发展空间，存量房交易会越来越活跃，这给行业带来了新的机遇。未来存量房交易规模可能会大于 20 万亿元，武汉的市场规模未来也会很大。做了这么多年，我也看到了我们的差距与不足，进行了很多反思。在 2018 年，我学到了很多。从 3 月起，我每个月都会出去学习交流，觉得还有很大的提升空间，如提高我们的组织能力、提高我们的团队建设、提高我们的客户服务、提高我们的门店管理水平。我开会的时候说要以归零的心态去将这个行业重新开始好好做一遍，因为科学技术的发展改变了行业的基础。

2018 年 10 月，我们三家品牌整合之后，有了 200 人的管理团队，成为多品牌多文化融合的企业。我们还请专业的品牌定位公司对 VI 进行了升级，公司对未来发展也进行了战略定位。12 月 25 日，公司的发展战略开始实施，重新签订加盟管理合同，实施统一标准化的管理。目前换签合同的这些门店都很支持我们的改革，对我们的改革还是有信心的。2019 年对我们来说是关键的一年，我们的目标是做到 600 家门店，争取达到武汉网签量第一。

我们这个行业其实是不可能做到一家企业垄断的，而是百花齐放的，因为这个市场足够大。区域龙头公司还是很有竞争力的，在当地能做到绝对优势。我们要有一种本土化的使命感，把本地阵地守住，打造具有本土优势、全新内涵的创新服务平台。我对我们的初心和企业文化，对我们的价值观理念还是有自信的。我们期待在这个“初心”的基础上，把服务做好；未来存量房的黄金时代才刚开始，还有很大的希望。

社会工作：另一种成长

我是2002年左右进入这个行业的，也得到了主管部门的支持。当时社会上对于我们房地产中介存在着一些误解，如从业人员素质比较低，房产中介行业信誉度也比较差，没什么地位。那时候行业很不规范，只有行业规范化，健康发展了，从业人员才会有自豪感。那几年我们行业有了一定发展，很多公司进来了，如搜房网、热线房产等，我们在媒体上也有很多发声，为行业正名。2006年，行业内的人员和主管部门一起启动了武汉市房地产经纪行业协会的改革，以配合主管部门开展行业自律的工作。其实我们协会在1995年就已经成立了，但那时候是房产局的退休领导担任会长，实际上并没有运作，没什么企业参与。到2006年我们行业举行了换届大选，发展了新会员，通过了新的章程，选举了新的理事会、会长副会长等，我被选举为副会长兼秘书长。当选秘书长后，我做了很多事，如筹建秘书处，招聘工作人员，开始和主管部门对接，组织行业的培训、考试、座谈会、研讨会等。也许是做得还比较好，我连续担任了两届共八年的秘书长。那个时候我们这个协会比较艰难，只是靠会员费来运行，也不多，每年大概只有20多万的经费，非常拮据。

但是我们整个协会的凝聚力非常强。协会组织会员到处考察学习，在行业内进行交流，去了上海、北京、杭州、台湾等地区，还举行了诚信企业评比、整顿检查等活动。正是武汉行业协会这种开放合作的态度，让业内竞争者坐下来交流，推动了行业的进步。我连外地公司比如顺驰的武汉经理的名字都是第一时间

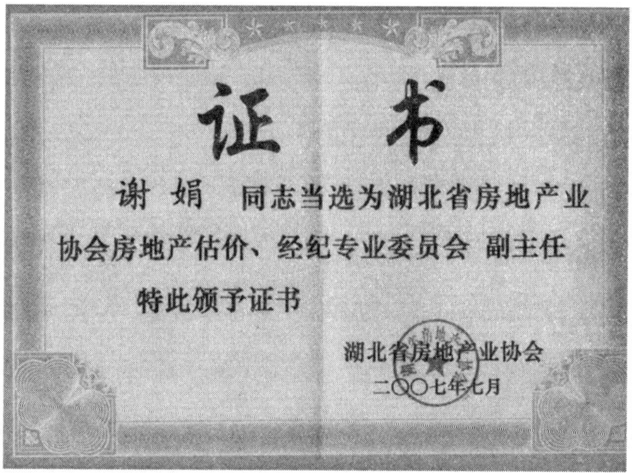
证书

谢 娟 同志当选为湖北省房地产业协会房地产估价、经纪专业委员会 副主任

特此颁予证书

湖北省房地产业协会

二〇〇七年七月

知道的，每次我都会跟新上任的总经理联系，他们觉得也很好。其他城市的行业协会非常羡慕我们武汉协会，说他们竞争者之间都不说一句话，而我们却打下了合作交流的良好基础。那 8 年我们付出了很多，为行业做了很多工作，我也获得了民政局“社团组织先进工作者”表彰，同时担任了湖北省房地产经纪行业协会的常任理事和中国房地产经纪协会的理事。从 2007 年开始之后连续四年我都参与了建设部房产经纪人考试的命题审题。那几年宏观调控比较多，建设部经常开会听取意见。每次建设部开会的时候，我作为行业代表去发言、提建议。现在我们行业协会发展得非常好，从第三届开始我就对外公开招聘了一个专职秘书长，她是一个很有商业地产工作经验的、很优秀的人，各方面的满意度都很高，在武汉行业内也很有声誉。现在我们行业协会有 15 个人在工作，学历也非常高，专门做市场研究、人才培训等，发展势头非常好，做了很多课题，除了北京、上海，武汉行业协会的组织能力、管理水平是最高的，受到了行业内的公认，会员满意度也很高。这对于一个民间组织真的很不容易！

关于我个人的成长方面，2007 年我参加了武汉市自由择业知识分子培训班，开始在统战领域参加活动。2009 年我担任武汉市青联委员，2012 年加入了市知识分子联谊会，2011 年被选为江汉区政协常委和市仲裁委员会委员，后者全武

汉只有200多人，每年还去审几个案子。2013年我还参加了湖北省现代服务业中青年领军人才后备培训班，这是湖北省发改委和组织部组织的第一批后备人才培训班。在华中科技大学培训三年，结业考试后就把“后备”两个字去掉，成为“领军人才”。

行业代表人士首先要有责任心

武汉房地产经纪行业之间是非常融洽的，如百居易与华明达、亿房的整合，效果也非常好。我觉得我们走到一起，不是松散的联盟抱团取暖，而是像“结婚”一样进行股权改造，相互之间很信任。华明达、亿房老总身上有很多值得学习的地方。我特别佩服他们企业家的那种责任心、那种负责和坚持的态度。如华明达的叶总，他今天的成就完全是奋斗出来的，是个特别具有正能量的人。在行业整合过程中，他重新对员工进行了招聘，择优录取，有一些人没有留下。他不仅将每一位留下的员工亲自送到新的公司，还反复地为那些没有录取的员工进行面谈，直到确定真的不能留下为止，并且对他们进行了妥善的安置。这次整合，在武汉市也是独此一例，在全国也是很少见的。我发现大家在新公司大家庭都很

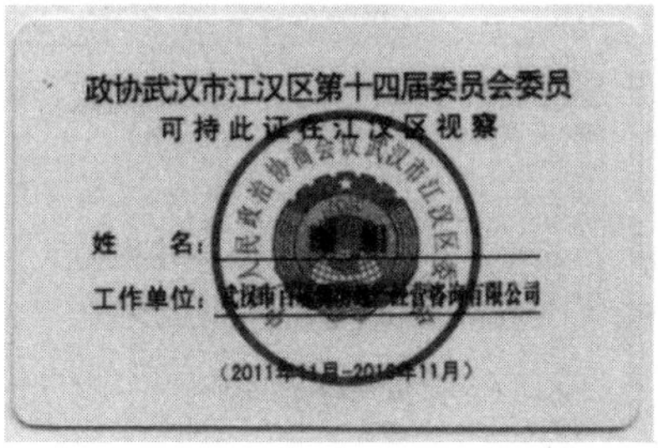

证　书

谢娟同志：

根据中共湖北省委、省人民政府《湖北省中长期人才发展规划纲要》精神，经过2012年—2015年的培训，你完成了湖北省现代服务业领军人才培训规定的理论学习、调研、考察等课程，授予“湖北省现代服务业领军人才”称号。

特发此证。

中共湖北省委组织部　　湖北省发展和改革委员会

二〇一五年十月

有包容心，目前还没有很大的文化冲突，当然我们也面临着挑战，比如股权变动，这对我也是一种很好的经历。从业20年，我经历了很多，经受了很多压力，但这种企业合并的经历不是所有人都能够经历的，对我未来也是一笔财富，不管未来是失败和成功，至少我走出了这一步，让我有了新的沉淀和积累，我感觉自己很幸运。

热爱行业

行业代表必须热爱这个行业，对品牌有深深的情结，有企业家的坚持。那些行业内的老人，从业十几年、二十年了，还在本行业留下的人，我觉得都算是代表。这么多年来，留下来的人也就我们这些“老兵”。虽然我们行业受国家宏观调控的影响大，但我们行业的代表都不轻言放弃，总是以一种积极的态度去进取求变。我觉得武汉的行业代表都值得尊敬。现在全国行业内也有一批老兵，为行

业的坚守作出了很多贡献。最近我参加行业峰会，发现全国各地还有一些行业新生代崛起了，他们有想法、有活力、有拼劲。看着他们，我都觉得自己过去还不够努力，他们那种不怕艰苦、几乎无休的拼命工作的精神也感染了我。我现在也是每天十一二点才回家，元旦前一天还开会到十一点半，其实同行都是这样。这些年轻人让我看到行业的希望。而且目前很多“二代”也开始继承家业，这些老总的下一代也在这个行业，算是一种传承。我举一个例子，一个店东最开始开夫妻店，是我亲自把他门口的烟摊掀掉的，他想用这个收入（每个月 600 元）保本，我说加盟我就必须掀掉这个烟摊。现在他们全家开了好几个店，也是开豪车、住豪宅，每年出国旅游。我的很多店东现在有好几个门店，请了一批员工，他们也是有创业梦和社会责任感的。

阳光下赚钱

行业代表应该不忘初心，做事要讲诚信，以前很多门店可能靠政策的漏洞、法律的漏洞来赚那么一点钱，我想这不是阳光的活法，我们还是要在阳光下赚钱，一定要坚持我们进入行业的初心。

专业上要强

行业代表，肯定要专业强，因为我们行业就是提供专业服务。企业代表要能够推动我们行业改革和提高，为行业付出，改变我们行业的形象；提升我们从业人员的地位，使其能够受到社会的尊重，有行业的自豪感，为我们的行业减少某些社会上的误解。

访谈手记：我第一次知道谢娟这个名字是在 2007 年举办武汉市自由择业知识分子培训班前，当时拟任班长的潘世炳向我举荐她，说她在房产经纪行业很有影响，因此就安排她担任了组长。老实说当时我对这个行业并不太了解。但在这个班上，她很快就显示出与众不同的气质，后来武汉知识分子联谊会搞年会，她经常担任主持，尽管在联谊会当时她没有安排任何职务。我一直很关注她的事业发展情况，因为百居易很长时间内在武汉房产经纪行业排名第一。做新的社会阶层人士工作，不仅是希望他们本人健康成长，更希望他们的事业能健康发展。自 2007 年来，我看到她在激烈竞争的市场中始终坚定前行、不懈努力。我一直好奇，是什么能够推动这样一位完全不同于女强人风格的非常知性优雅的女企业家执着向前？这次访谈算是为我的好奇打开了一扇窗。她最初是从如何进入这个行业谈起的，她有专业基础，但开始是做的行政管理和人力资源工作；她天资并不高，但靠着事事认真而迅速前行；她有职业梦想，但每次都是临危受命，将危机变成了机遇。这里面最为可贵的是她的学习、认真和担当精神。随着企业越做越大和市场竞争更趋激烈，她面临的风险和压力也越来越大，最近这些年经营发展中也不都是很成功，以至于第一次访谈结束时我曾婉转地问过她：想没想过有一天不再这样拼了，退出企业经营？她当时说：现在还没有，即使有那一天，也要把企业经营好了再交出去！一年后，她以本土三家知名房产经纪企业合并来回答我。正如她在谈行业代表人士的评价标准时说的：在房产经纪行业奋斗几十年还在前行的，就是行业代表！我想用“一路认真向前行”来概括她这几十年的成长历程可能是比较贴切的。

另辟蹊径，方能走出新路

——注册会计师梅佑轩访谈录

访谈时间及地点：

2017 年 12 月 11 日 9：00；武汉市社会主义学院 B402 会议室

2018 年 12 月 25 日 10：00；武汉市社会主义学院 A301 会议室

采访人：徐军（武汉市社会主义学院党组成员、副院长，法学博士）

受访人：梅佑轩（注册会计师、九三学社社员）

记录人：赵虎（武汉大学马克思主义学院硕士研究生）

受访人基本情况：

梅佑轩：1970年3月出生，男，湖北武汉人，毕业于中南财经大学会计专业，武汉康力会计师事务有限责任公司主任会计师、武汉市政协委员。

1992年8月毕业后在武汉市毛纺织厂财务部工作，1997年任财务部副部长；1998年3月，正式注册成为中国注册会计师执业会员；2003年4月起任武汉康力会计师事务有限责任公司主任会计师。

曾任武汉市政协委员（2006年12月起任，连任三届）；武汉知识分子联谊会创业服务联盟执行理事（2008年7月24日起任）；武汉·同心注册会计师服务团执行团长（2015年6月29日起任）；湖北省党外知识分子联谊会注册会计师分会秘书长（2016年2月19日当选）；湖北省地税局特约税务监察员（2017年12月起任）；中国注册会计师协会常务理事（2018年7月5日当选）；武汉东湖高新技术开发区新社会阶层人士联谊会副会长（2018年11月6当选）；武汉东湖新技术开发区会计学会秘书长（2018年11月23日起任）；湖北省注册会计师协会常务理事（2018年12月4日当选）；武汉市会计学会常务理事（2018年12月11日当选）；武汉市新社会阶层人士联谊会副会长（2018年12月19日当选）。

2015年3月，获“中国注册会计师协会资深会员（执业）”称号；2017年3月，入选中共武汉市委人才工作领导小组认定的武汉市2016年度“黄鹤英才（现代服务）计划”。

不明就里去报考　认认真真拿资格

我出生于农民家庭，五个兄弟姐妹中由于我年纪最小，父母从小对我寄予厚望，并极力给我创造最好的学习环境，所以我很顺利地接受和完成了大学之前各个阶段的教育。1989年9月—1992年7月，我在中南财经大学就读会计专业。因为专业的缘故，1992年8月毕业后我便到了武汉市毛纺织厂财务部工作。一开始我从出纳做起，很快又做到成本会计①，到 1997 年我成为这一国有企业的财务部副部长。1994 年，一次偶然的机会，我在报纸上看到一则关于注册会计师考试的消息。其实我当时并不清楚“注册会计师”是什么概念，只知道这是一个技术资格考试。当时我还没有结婚，有很多闲暇时间，于是便想参加考试，测试一下自己处于什么水平。为准备考试，每到下班和周末，我都在单位办公室看书复习。单位财务部部长得知我要报考注册会计师后，便劝我说，企业只认可会计职称，如中级职称——会计师、高级职称——高级会计师，有职称便可以加工资，而注册会计师是个技术资格，没什么用，企业不会认可。但当时我报考中级会计职称的资格还不够，所以决定参加注册会计师考试。

当时注册会计师考四门，1994 年我一次性考试通过了会计、审计和经济法三门科目；第四门科目“财务管理”是 1995 年报考的，可能因为只有一门课，自己疏忽大意，结果没有通过。当时注册会计师考试成绩有效期为三年，如果 1996 年财务管理考试还没有通过，那我前期考试通过的会计、审计和经济法的成绩都会作废，所以 1996 年我继续报考财务管理。考试之前我一直是自己看书，自己做作业，没去学校听老师讲课，最后财务管理的参考书，我从第一章到最后一章，每一章节的要点、主要公式均能背下来。功夫不负有心人！1996 年我顺利通过财务管理科目的考试，并在 1997 年取得了中国注册会计师全科合格证。

模模糊糊挂靠所　顺其自然去执业

正式进入注册会计师行业还不得不提我现在的事务所的脱钩改制。武汉康力

---

① 需要注意的是，访谈过程中，访谈对象的有关职务是指工作本身，而非职业。如此处的“出纳”是指有关财务工作的总称，在此岗位上的工作人员便是一名“出纳”；又如“成本会计”是有关成本管理的工作，在此岗位上的工作人员即为一名“成本会计”。生活中经常会有以具体工作名称指代职务名称，甚至以之为职业名称，实则不然。正如“注册会计师”本是指通过注册会计师资格考试、拿到注册会计师证书、在会计师事务所执业、在注册会计师协会注册成为执业注册会计师的人员；如果只满足前两项条件，我们只能称其为获得了执业资格而非执业注册会计师。

会计师事务所（以下简称“康力所”）成立于1994年5月18日，原隶属于武汉市纺织工业局，为事业单位编制，主要工作是组织武汉市纺织工业局系统内退休的总会计师和注册会计师为系统内的国有企业提供审计、财务顾问服务。而我原先工作的单位——武汉市毛纺织厂，就是武汉市纺织工业局下属的一家国有企业，武汉市纺织工业局是我工作单位的上级主管部门。注册会计师分执业会员和非执业会员两类，如果是正式注册的执业会员就需要到会计师事务所注册。武汉市纺织工业局的领导得知我通过了注册会计师考试后，邀请我将注册会计师注册到康力所。虽然当时我并不清楚这样做有什么实际意义，但我还是将我的注册会计师全科合格证交给了康力所。到1998年3月2日，我便正式注册成为中国注册会计师执业会员。成为执业会员后，我仍旧在武汉市毛纺织厂财务部从事会计工作。

1998年10月9日，中国注册会计师协会（以下简称“中注协”）发布了《关于会计师事务所审计事务所脱钩改制若干问题的通知》（会协字〔1998〕344号），会计师事务所和审计师事务所不允许挂靠相关政府职能部门，必须从以前挂靠的政府职能部门脱离出来，改制为以注册会计师为股东的有限责任公司。1998年年底，康力所启动了脱钩改制工作，文件要求事务所脱钩改制后必须有不少于5名专职的注册会计师做股东，但康力所缺的是年轻的注册会计师股东。于是康力所给我做工作，希望我到康力所做专职从业人员并做一名股东。从1997年起我就担任武汉毛纺织厂财务部副部长职务，当时我的专业能力突出，厂长非常器重，而且国有企业工作稳定（当时俗称“铁饭碗”），效益也不错，要迈出这一步，意味着下海（当时俗称“泥饭碗”），我还是有点犹豫的。当时我没有想象注册会计师这个职业有多么伟大，也没有想象这个职业未来发展前景多么光明，只是觉得既然考过了注册会计师，还是应该尝试从事这个职业。就这么一个很简单的想法，让我最终选择从国有企业辞职，在1999年3月正式到康力所从事审计工作。到1999年12月23日，武汉康力会计师事务所完成了脱钩改制工作，变更为武汉康力会计师事务有限责任公司（以下简称“康力公司”）。至此，我既是康力公司的一名普通员工，也是一名股东，而且正式成为一名执业注册会计师。

拜师学艺　豁然开朗

20 世纪 90 年代改制的中介机构规模都不是很大，康力公司 1999 年刚成立的时候，从业人员才 12 人，其中注册会计师 9 人（这 9 人全部是公司股东），非注册会计师 3 人；当年的年营业额仅为 30 多万元。当时康力公司的规模就是这么小，而其中 1/3 的人还在 60 岁以上。但就是在这些“老干部”的带动下，我开始逐渐熟悉这一行业的具体工作，并在不断的审计实际操作过程中提高自己的专业水平。

刚到康力所时，我担任审计助理，即协助项目经理完成审计工作。在 1998 年康力所第一次安排我参与审计项目时，我已意识到只是为了考试而学习了关于审计的相关知识，并不能真正理解独立审计的内涵，也不会应用审计程序和审计方法鉴定被审计单位财务状况和经营情况，面对真实的审计项目，也不知道怎么去操作。在康力所变为康力公司后，有两个老师对我影响很大。第一位老师是我跟随的项目经理姚昌炽，第二位老师是康力所第一任所长王世琦。姚昌炽专注研究政策法规，其细致的精神让我认识到注册会计师所肩负的专业技术责任，一定要学习、精通相关政策法律法规，依法维护市场经济秩序。王世琦亲自绘制了一套适合康力公司实际情况的审计工作底稿，使康力公司的执业人员得以使用统一的审计工作底稿，推动了注册会计师的职业化建设，也使我明白了规范的审计执业操守就是按照真正的《注册会计师独立审计准则》标准来执行。到事务所最初一两年里，我在审计过程中，不仅学习了相关法律法规，而且熟悉了许多企业好的财务管理模式，既拓宽了自己的知识面，又提高了审计专业技能。

两年之后的某一天，我突然有了一种豁然开朗的感觉，我自信自己的会计视野打开了，也自信不用担心一旦失业后找不到工作。我将我的这一感受分享给我原来在武汉市毛纺织厂的同事高友利和杨彬，他们先后也离开了武汉市毛纺织厂，到康力公司从事注册会计师工作。很快，我的注册会计师职业生涯中的第一个标志性的事件发生了，那就是参加行业执业质量检查。

参加行业执业质量检查

1999 年我进入注册会计师行业时，还只是一名基层的会计从业人员，与注册会计师行业协会、主管部门、其他从业人员等几乎没有交流。2002—2003 年，我连续两年被抽调到武汉市财政局注册会计师管理中心参加武汉市注册会计师行业执业质量检查工作，这对我注册会计师执业生涯影响非常大。第一，我在这里认识了很多注册会计师同仁，大家在一起会谈到审计底稿①、审计方法、审计程序等方面的内容。现在注册会计师执业质量检查组已成为我们专业技术交流的平台。在这个平台上，我结交了几位志同道合的注册会计师朋友，在执业的道路上，相互鼓励、相互影响、相互学习。第二，在执业质量检查过程中，对会计师

① 审计底稿，是注册会计师对制订的审计计划、实施的审计程序、获取的相关审计证据，以及得出的审计结论作出的记录。

事务所法人治理、制度建设、审计底稿和审计报告等内容的审核，也有利于我学习其他事务所好的做法，为我全面负责康力公司的经营管理积累了宝贵的经验。第三，在执业质量检查过程中，我还了解到各事务所市场拓展模式和服务模式的不同之处，发现了低价竞争、劣质服务给事务所带来的风险和影响，这使我坚定了康力公司一定要走“信任源于专业”这条道路。

担任主任会计师后遇到的“得”与“失”

2003 年 4 月，康力公司主任会计师李敏因工作调动辞去了主任会计师职务，公司股东一致推选我为主任会计师，那年我才 33 岁，真正执业也才 4 年多，这在当时武汉注册会计师行业中是很少见的。第一次从行业执业人员走上了管理岗位，这是我注册会计师职业生涯中的另一个标志性事件。走上主任会计师岗位后，我在提高自己的执业技能的同时，相应地必须更多地为公司未来考虑。这一年武汉市委市政府开始大力推动国有企业改制，实行国退民进，按照政府改制相关文件要求，国有企业改制必须出具清产核资审计报告和资产评估报告。康力公司在这个过程中积极参与，可以说是有得有失。

“得”的方面较为明显。国有企业改制清产核资审计要求高、责任大、政策性强、时间紧，为了做好清产核资工作，我收集并研究了关于国有企业改制的相关政策文件，组织公司从业人员学习。在国企改制审计中，我作为康力公司负责人，不仅要负责承接业务，组织员工按时保质保量完成审计工作，而且要承担大量的汇报工作，如审计工作进度情况、审计中发现历史遗留问题处理情况以及审计初步结果等。这项工作使我的政策把控、组织协调、沟通交流能力得到了很好的锻炼和提高。对于康力公司来说，原本公司只有审计资格，只能从事验资①和审计服务，业务单一，而国有企业改制、资产处置均需要进行资产评估，因此康

---

① 验资，是指注册会计师依法接受委托，对被审验单位注册资本的实收情况或注册资本及实收资本的变更情况进行审验，并出具验资报告。验资分为设立验资和变更验资。

力公司抓住国有企业改制的机遇于 2003 年 9 月成功取得资产评估资质，2004 年公司业务收入就超过了 80 万元。

而“失”的一方面也影响重大。康力公司原本主要为武汉工业国有控股集团有限公司（以下简称“工控集团”）下属 100 多家国有企业提供年度财务报表审计，每年 1—5 月份较忙，下半年则比较清闲。我们在熟悉这些企业的财务情况之后，其年报审计即按程序化方式操作，不用我多操心，公司一年可以实现 30 多万元的业务收入。但随着国企改制的进行，康力公司的客户逐年减少，优质客户几乎没有了。到 2007 年工控集团召开年度财务工作会议，危机就真正到来了。按照惯例，每年的财务工作会议的内容一是讲解财税新政策，二是分配审计任务。但是该年度的财务工作会议突然宣布工控集团的财务审计工作交由武汉市国有资产管理委员会（以下简称“市国资委”）负责，市国资委又宣布工控集团 2007 年年报审计由武汉华晟会计师事务所负责。这一噩耗，像突如其来的“晴天霹雳”！康力公司明年做什么？这是我从事注册会计师职业以来的第一次担心、着急、心痛！这是我注册会计师职业生涯中一次刻骨铭心的经历！我开车离开了会场，一路上满脑子在想康力公司明年的业务在哪？康力公司下一步如何发展？

从代理记账到财务外包

经朋友介绍，我到东湖高新区财政局调研寻找新的出路。东湖高新区财政局一位副局长介绍，在东湖高新区提供审计服务的会计师事务所太多了，本来审计业务竞争就很激烈，而东湖高新区有一两万家中小企业，90%以上是小微企业，有代理记账的内在需求，代理记账市场大，又没有激烈的竞争，所以欢迎我们来东湖高新区提供代理记账服务。正好康力公司有一批专业注册会计师有担任大中型国有企业财务负责人的经历，他们为小微企业提供代理记账在技术上是完全胜任的，而且懂管理、善于交流沟通，还可以给企业创业团队提供决策服务。于是我们马上于2007年年底派了一个团队到东湖高新区租赁了一间办公室，成立了代理记账部。2008年康力公司承接了代理记账客户就超过70家，2009年年底超过200家，到2010年年底更是超过300家。代理记账客户的快速增长，不仅增加了代理记账服务的收入，而且由于代理记账客户中有大量的审计、验资服务等需求，康力公司又增加了鉴证服务收入。从此，康力公司逐步实现了从法定鉴证类业务向非鉴证类业务转型。

随着东湖高新区代理记账业务的快速增长，我从2011年1月开始到东湖高新区的办公室上班，深耕东湖国家自主创新示范区，拓展会计师事务所新业务新领域。2009年，东湖高新区积极响应国家人才战略，实施了“3551光谷人才计划”，从海内外引进高层次人才来光谷创新创业。我们积极主动与东湖高新区组织部联系，并申请加入“东湖新技术开发区海内外高层次人才服务联盟”，为海内外高层次人才落户光谷提供政策咨询、工商代办、代理记账、验资、资产评估、财务审计、融资咨询、项目申报等服务。我们把这种一站式服务称为“财务外包服务”，可以称得上是“光谷第一家”。我们提供的财务外包服务，不仅可帮助企业规范记账报税、实现融资、申报项目等，而且让海内外高层次人才集中精力做自己最擅长、最核心的技术研发，提升了企业的核心竞争力。当然，一批批企业的快速成长，也体现的是我们注册会计师的价值。我在东湖高新区最大的体会就是客户非常尊重注册会计师的专业服务，我们从业人员很受客户的尊重，注册会计师执业很有尊严。

扬州论坛上的主题演讲

当我在东湖高新区的事业逐渐发展壮大时，对我注册会计师执业生涯另一具有重要标志意义的事件在2015年出现。这一年的12月4日，我受中国注册会计师协会邀请参加“扬州中小微企业融资会计服务示范基地启动仪式”暨“发展专业服务，推进创业创新”论坛，在论坛上我发表了《财务外包助推创新创业》

主题演讲。我在演讲中分享了康力公司为中小创新型企业提供财务外包服务的经验，以及我们开创的一站式、保姆式和全方位的财务外包服务模式，并展示了一批海内外高层次人才实现创新创业的成果。演讲结束后，整个会场响起了热烈的掌声，论坛掀起了一个小高潮。我走下讲台后，中央部委、扬州政府部门和注册会计师行业的人员围了过来找我交换名片。12 月 21 日，中注协副会长、秘书长陈毓圭更是给我寄来了亲笔感谢信，在感谢我的经验分享的同时，希望康力公司为行业创造更多的可复制、可推广的经验，起到更大的示范和引领作用。扬州论坛和陈秘书长的感谢信令我十分感动。作为一名执业注册会计师，我第一次受邀参加中注协组织的活动，又是第一次到江苏省介绍湖北中小会计师事务所的经验和做法，而且得到了中注协领导的充分肯定和鼓励，这可以说是增强了康力公司财务外包发展的自信，振奋了全体员工的士气，提升了康力公司在注册会计师行业的影响力。

经过认真思索和研究，公司将财务外包模式复制推广纳入了下一年度的工作目标。到目前为止，康力公司已与武汉方正会计师事务所有限责任公司、武汉信实会计师事务有限责任公司和武汉摩泰会计师事务所建立了战略合作关系，开始复制财务外包模式，我们正在努力将康力公司打造成为中小会计师事务所转型发展、创新发展、诚信发展和科学发展的典范，在向全行业复制推广的同时，探索康力公司制定财务外包标准、复制财务外包模式以实现快速发展的新路子。

走进政坛 学习政治

2006 年，由于武汉市委统战部的领导对中介组织的关注，我因早已是一名九三学社的社员，所以经市委统战部安排和武汉市财政局推荐，被选为中国人民政治协商会议（以下简称“政协”）武汉市第十一届委员会委员，后连任了三届。进入政协后，我开始积极履行参政议政职能，为注册会计师行业鼓与呼。在在当选市政协委员前，我作为康力公司负责人，很少关心时事政治，时间主要是

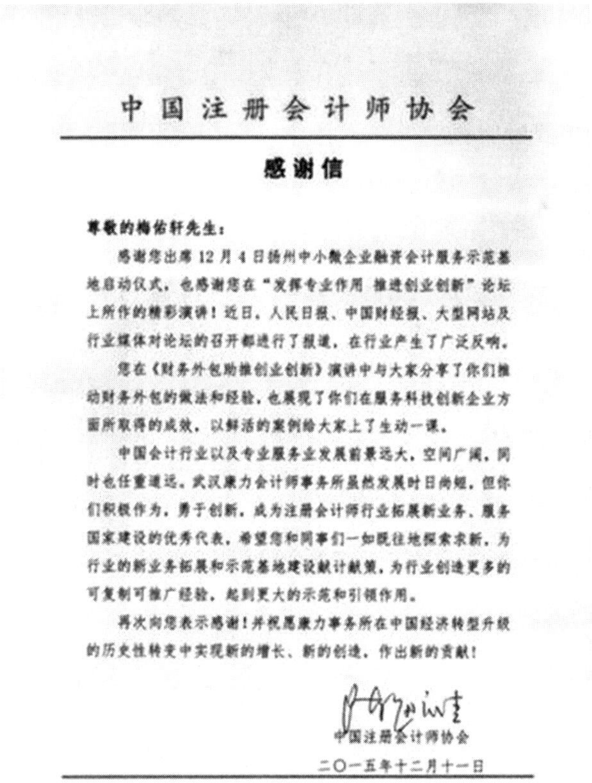

中国注册会计师协会

感谢信

尊敬的梅佑轩先生：

感谢您出席12月4日扬州中小微企业融资会计服务示范基地启动仪式，也感谢您在“发挥专业作用 推进创业创新”论坛上所作的精彩演讲！近日，人民日报、中国财经报、大型网站及行业媒体对论坛的召开都进行了报道，在行业产生了广泛反响。

您在《财务外包助推创业创新》演讲中与大家分享了你们推动财务外包的做法和经验，也展现了你们在服务科技创新企业方面所取得的成效，以鲜活的案例给大家上了生动一课。

中国会计行业以及专业服务业发展前景远大，空间广阔，同时也任重道远。武汉康力会计师事务所虽然发展时日尚短，但你们积极作为，勇于创新，成为注册会计师行业拓展新业务、服务国家建设的优秀代表。希望您和同事们一如既往地探索求新，为行业的新业务拓展和示范基地建设献计献策，为行业创造更多的可复制可推广经验，起到更大的示范和引领作用。

再次向您表示感谢！并祝愿康力事务所在中国经济转型升级的历史性转变中实现新的增长、新的创造，作出新的贡献！

中国注册会计师协会

二〇一五年十二月十一日

在解决公司生存和发展的问题，如拓展市场和培养人才。但是在2007年年初，我连续参加了市政协组织的新当选政协委员履职培训班和市委统战部组织的武汉市自由择业知识分子培训班，这两次培训对我的人生影响可以说非常大。通过培训班组织的理论学习、互动交流和现场考察，我深刻认识到作为政协委员、新的社会阶层人士，必须坚定中国共产党的领导，坚持走中国特色社会主义道路的信念，发挥专业优势，履职尽责。

从参与国家政治生活以来，我受武汉市委统战部的教育和培养，充分发挥专业优势，传递正能量，热衷于公益事业，在行业和社会产生了良好的影响，树立了良好的形象；我个人先后当选为湖北省新的社会阶层人士联谊会注册会计师分会秘书长、武汉市新的社会阶层人士联谊会副会长和东湖高新区新的社会阶层人士联谊会副会长。担任了这些职务，就要认真履行相应的责任。在这个过程中我比较系统和深刻领会了作为新的社会阶层成员的职责使命和担当；学会了如何结合自身优势和行业优势参政议政、建言献策，用心履职尽责；还深刻认识到作为一名注册会计师出身的政协委员，更要讲诚信，当好“市场经济警察”，维护社会公众利益，在注册会计师行业做好表率和示范。

作为一名政协委员，一方面，我的事业发展因为这一政治身份而获得了新的机遇，通过政协这个联谊交友的平台我结识了各行各业的精英，他们不仅是各行各业优秀代表，而且政治上忠诚可信，如蔡学恩、潘世炳、易坤山等，我们在一起加强合作，抱团发展；另一方面，我在不断提高政治素养、服从大局的同时，还利用自身的专业优势和政治优势积极服务决策、推动经济社会发展。我觉得以下几件事很具有代表性：

参与成立“武汉市知识分子联谊会创业服务联盟”

2008 年年初，武汉市委市政府提出“全民创业”总体部署，以创业推动发展，以创业带动就业，以创业加快致富，以创业促进和谐。为了助推“全民创业”，2008 年 7 月 24 日，在市委统战部的领导下，以 2007 年全市自由择业知识分子培训班部分学员为基础发起成立了“武汉市知识分子联谊会创业服务联盟”（以下简称“创业联盟”），分别与市、区创业办公室对接，举办财税公益讲座和咨询服务，建立了专门网站，积极宣传市委、市政府关于全民创业的政策、措施。我作为创业联盟的执行理事，在与东湖高新区创业办公室对接中，了解到东湖高新区管委会为大学生创业者购买代理记账服务。于是康力公司主动与东湖高新区创业办合作，发挥代理记账专业服务优势，快速拓展代理记账客户，康力公司的业务量当年就有很快的发展。

推动创建“武汉·中国光谷自主创新会计服务示范基地”

2010年8月13日，中注协第四届注册会计师论坛在北京召开。论坛期间，中注协携同北京、江苏等地方注册会计师协会分别与相关地方政府和单位签署协议，着力打造行业新业务领域拓展示范基地。我见势于2010年和2011年连续两年提交了《关于建立东湖高新区会计服务外包基地的建议》政协提案，并在2011年得到了武汉市政府督办。2011年12月28日，中注协与湖北省财政厅、武汉市财政局、武汉东湖新技术开发区管委会共同创建了“武汉·中国光谷自主创新会计服务示范基地”（以下简称“光谷示范基地”），这个提案荣获武汉市政协2011年度优秀提案。之后，康力公司率先从武汉市硚口区迁移到东湖高新区，成为光谷示范基地入驻的第一批成员。在东湖高新区大力支持下，康力公司开创了财务外包服务新模式，为中小创新型企业提供专业、高效、低成本的会计服务，促进科技创新创业的同时实现了转型发展和创新发展。2016年，康力公司荣获了中注协的“一特三高”① 业务项目奖励。

发起成立湖北自贸区财智服务联盟

2017年3月31日，《中国（湖北）自由贸易试验区总体方案》获国务院批

① 康力公司的奖励项目名称为“中小创新企业财务外包等一站式服务供应商”。“一特三高”指特殊领域、高端需求、高技术含量、高附加值。

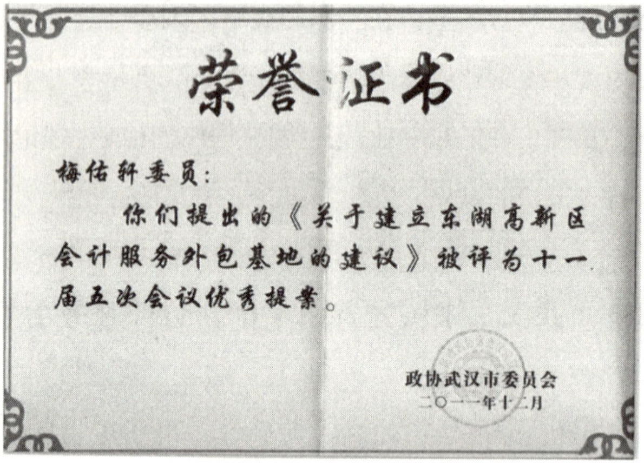
荣誉证书

梅佑轩委员：

你们提出的《关于建立东湖高新区会计服务外包基地的建议》被评为十一届五次会议优秀提案。

政协武汉市委员会

二〇一一年十二月

准。在湖北省财政厅的指导和支持下，由德勤华永武汉分所、中审众环会计师事务所、信永中和会计师事务所武汉分所、武汉康力会计师事务有限责任公司、湖北得伟君尚律师事务所、武汉光谷金融控股集团有限公司和爱楷企业管理咨询（武汉）有限公司共同发起，于 2018 年 12 月 4 日举办湖北自贸区财智服务联盟（以下简称“财智联盟”）签约暨成立仪式，财智联盟旨在凝聚包括会计、金融、法律、管理、人力资源及人才发展等多方专长优势，优化资源整合，发挥协调联动的集体优势，探索创新财智服务模式，提供高质量会计信息和投融资服务，为自贸区建设提供有力支撑。

我看行业发展三阶段

政治上的成长对行业和事业发展的意义确实十分重大。从行业上看，注册会计师行业发展基本上经历了三个阶段：第一个阶段是手工做审计工作底稿，这是“传统审计阶段”；第二个阶段是随着信息技术的应用，审计软件在行业广泛应用，提高了执业质量和效率，这是“审计信息化阶段”；第三个阶段是随着大数据、人工智能、区块链等新技术出现，新技术在行业开始探索应用，今天行业已进入“智能审计阶段”。云计算、大数据、区块链、人工智能、物联网等智能技术快速改变整个社会及商业环境，以智能化为特征的第三次财务变革时代已到来，以智能化为特征的审计服务成为必然趋势。对于康力公司来说，在新技术浪潮推动下探索会计信息化、智能化发展的新路子恰逢其时。受东湖国家自主创新示范区创新氛围的影响，康力公司从 2014 年开始，由我带领研发团队，充分应用网络技术、信息技术和大数据技术等新技术，自主研发了“在线会计服务平台”，并于 2016 年 8 月上线运行，在中西部地区率先实现了在线记账、在线看账和在线查账等功能，实现了会计服务技术创新，开创了跨越时间与空间会计服务新模式，这也是从会计信息化向会计智能化转变的有益探索。当年 6 月 16 日，财政部和湖北省财政厅的领导前来调研考察管理会计工作。原财政部党组成员、部长助理赵鸣骥后来在中国注册会计师行业党委会和全国会计管理工作会议上，充分肯定了康力公司建立财务共享中心、数据大平台等，服务中小高新科技企业、推进业务服务转型升级等方面的经验。

个人成长四因素

回顾我个人在行业和政治上的成长，我觉得主要有四个方面的因素：一是专业能力方面。注册会计师职业是专业化的服务业，注册会计师行业具有高智力密集、高技术含量和高经济增加值等显著特征，我之所以能成功走到这一步，首先因为我拥有能够胜任工作的专业能力，同时在不断执业实践中积累了实操经验。二是政治素养的提高。于专业而言，我需要不断学习相关的法律法规，做到知法守法；而作为民主党派成员，我在政协、统战部门和上级主管部门的教育培养下，更是坚定了正确的政治信仰，坚决拥护中国共产党的领导，确保正确的政治方向，并认真学习和贯彻执行党的大政方针，围绕政府核心工作和重难点工作，通过政协平台积极建言献策，认真履职尽责，为行业发声，为社会发展服务。三是行业自律的因素。行业协会是行业的自律组织，尽管武汉市没有注册会计师协会，只有武汉市财政局注册会计师管理中心，但我能够按照中注协和省注协的有关规定严格要求自己，这是我个人事业的成长的基本保障，相信也是行业发展的基本保障。四是行业党建的因素。2009 年，注册会计师行业在全国社会组织中率先开展党建，逐渐实现了行业全覆盖，这不仅保证了注册会计师行业发展的正确政治方向，而且扩大了注册会计师行业的社会影响力，增强了注册会计师行业的活力，培养了一支优秀的核心技术队伍。

康力公司的党建探索

重点说说党建吧。当时我真的不明白为什么我们还要搞党建。我 1997 年在毛纺织厂时做财务部副部长，还是无党派，到事务所之后一个偶然的机会加入了九三学社。当时厂里的党支部非要我去参加他们的学习，我第一次参加，学习之后就有人谈感想，我就觉得谈得都很空，和工作没关系，和企业没关系，花了半天时间搞这个有什么用啊？我后来就走了，走的时候也没人喊我。

因此行业党建刚开始搞的时候，我也不理解。但后来看到：国内凡是业务做得好的会计师事务所，比如武汉的众环，党建工作做得比较好，因为他们党建工作做得好，绝对放心、绝对可信，许多业务就开始向他们倾斜。后来我自己也琢磨这个事情，尽管我是党外人士，但是我觉得党建工作还是要抓。以前我们所党支部的书记是个女同志，年龄稍微大一点，她按照以前在企业党支部干的事情，学习啊，就学习谈学习。后来我就觉得我们搞党建还是要有利于事务所的发展，有利于注册会计师这个行业的发展，这样的党建才有生命力、才有意义。后来我就发现：党建要“发挥党员的先锋模范作用”，要发挥党支部的“战斗堡垒作用”，我就想我要怎样去发现人才，因为我们这个行业其实是很辛苦的，出差多、加班多、女同志多，这“三多”是我们行业的特性。这么辛苦的事情怎么才能让党员冲在前面，这个项目如果时间紧、任务重，怎么办？我安排谁去总要有个理由，因为你是党员，你要带头去。好，这个项目你去了是吧，那我们在公司里要总结这个事情，就把你的这个事迹，要跟你这个党员（身份）挂上钩，我要去挖掘，这其中你是怎么发挥你的作用的，在公司里面来做宣传，那么其他人就把你作为一个标杆竖起来了。当你被树立为标杆的时候，一竖立起来就不能倒下来了，是吧。另外还有一个，就是其他人知道你是怎么做的，就会跟着你去学，所以我认为这样搞党建是有利于我们培养骨干、培养人才的。要找这样的人才，又是党员，又是技术骨干，又被树立成了标杆，这样的故事是身边发生的真实的事，又不是假故事；否则就太空洞了，要让你看得见摸得着。

另外，通过党建、党员标杆的竖立，要把我们事务所的理念传播出去，比如诚信；要注重执业风险，提高我们的专业水平；还要把这些方面结合在一起，就是要把党建和业务结合在一起。从各方面来看，就需要发挥党支部的“战斗堡垒作用”了。堡垒都是容易从内部攻破，所以这又涉及公司内部的治理结构，那么党支部就成为康力公司坚强的后盾。

康力公司的持股人里面有两个党员，其实就是说，加强党建是我们完善公司治理一个很好的平台。因为在公司的治理方面，是股东会最高决策机构，也是很好的交流平台，有很多事情不是我说了算，要股东开会决定，按制度决定执行，而不是与我私人来谈；另外，有很多事情也可以由党支部提出来进行解决，这就是党建的作用了。

代表人士评价四标准

对于注册会计师行业的代表人士的标准，我有一些自己的看法。第一，代表人士应该是行业中的典范人物。因为我们从事的是专业服务业，作为行业代表人士，必须具备职业技术能力、职业精神和职业道德，而且是行业先进的代表。第二，会计师事务所应该具备一定的规模。中国注册会计师协会和湖北省注册会计师协会所做的会计师事务所综合评价体系，主要考核指标有注册会计师人数、业务收入、人均产值、行业领军人数、获得的奖项或荣誉等。作为行业代表人士，他所在的会计师事务所在行业排名应该名列前茅。作为代表人士，如果你不能够把你的所的收入提高，怎么能够代表？代表谁？所以我觉得这是一个定量的指标，肯定要有。第三，本人具备较高的政治素质。注册会计师行业在维护市场经济秩序、维护国家经济信息安全等方面发挥着重要作用，因此作为行业代表人士，应该是党员代表、人大代表或政协委员，政治立场坚定。第四，热衷于公益事业。作为行业代表人士，不仅要具备强烈的社会责任感，为行业鼓与呼，为行业发声，还应该为困难群体提供帮助，及时送去光明和温暖，并发挥注册会计师的专业优势，支持公益事业的健康发展。

访谈手记：我第一次见到梅佑轩是 2006 年年底，当时我刚到知工处担任处长不久，陪部领导到武汉市注册会计师行业调研，当时到会的会计师事务所老总中，只有他显得年轻而且是党外人士，所以后来安排市政协委员时推荐了他。记得第一次到他公司考察时，公司只有百余平方米的办公面积。然而这十多年，他却走了一条绝大多数业内人士开始不屑于走的路，从最基础的代理记账入手，发展到为创新型中小企业提供全方位服务，在武汉注会行业可以说独树一帜。我一直好奇，是什么支撑他走过这样的路？从这次访谈可以看到：他从事这个行业，并没有家庭背景，却有专业基础；并不是一开始梦想，而是顺其自然，但进入后就非常认真执着。在成长过程中，也曾面临绝境，但靠着另辟蹊径，又绝处逢生，终于闯出一片新的天地。在业务和事业成长的同时，政治觉悟也在不断成长，非常好地将专业、行业和政治融为一体，体现了新的社会阶层代表人士成长的内在规律。

人生应有更高的追求

——注册会计师朱清访谈录

访谈时间及地点：

2017 年 12 月 25 日 14:30；武汉市社会主义学院 B402 会议室

2018 年 12 月 27 日 14:00；武汉市社会主义学院 A301 会议室

采访人： 徐军（武汉市社会主义学院党组成员、副院长，法学博士）

受访人： 朱清（注册会计师、无党派人士）

记录人： 黎园（武汉市社会主义学院教研室主任科员）

赵虎（武汉大学马克思主义学院硕士研究生）

受访人基本情况：

朱清：女，1968 年 7 月出生，湖北武汉人，毕业于江汉大学财务会计专业，后通过自学考试取得中南财经政法大学会计专业本科学历。现任信永中和会计师事务所①（简称“信永中和”）审计合伙人、武汉分所主任会计师。中国注册会计师协会资深会员、2012 年被湖北省注册会计师行业党委评为优秀注册会计师、2015—2017 年度湖北省会计师行业支持事务所党建工作（党外）合伙人。

1989 年 7 月，朱清从江汉大学财务会计专业毕业后，被分配到武汉市第四医院工作；2002 年进入武汉基建会计师事务所，后任副总经理；2008 年短暂加入湖北中信会计师事务所；2010 年创办武汉海珀会计师事务所，任主任会计师；2013 年加入信永中和会计师事务所，任审计合伙人，2017 年任武汉分所主任会计师。

社会兼职有：湖北省政协委员（2018 年起）；湖北省检察院“特约检查员”（2018 年 8 月 22 日起任）；武汉市新社会阶层人士联谊会常务理事（2018 年 12 月 19 日当选）；湖北省注册会计师协会第五届常务理事、战略与会员发展委员会副主任（2019 年 1 月当选）。

从兼职会计做起

我的经历虽然有些曲折，但能在注册会计师行业发展到今天，我一直认为我是幸运的。我在执业旅程的不同阶段，总能幸运地遇到指引我方向的引路人！

1986 年，我考上了江汉大学文秘专业，那个时候想得比较简单，觉得学文秘专业毕业后不会有什么大作为，就想方设法地转到了财务会计专业。这也算是

---

① 信永中和会计师事务所是国内成立最早、存续时间最长的综合性专业服务机构，也是国内首家走出国门、在境外设立分支机构、形成自控国际网络品牌的专业服务机构。信永中和总部设在北京，武汉分部则是由原中瑞岳华会计师事务所湖北分所、武汉海珀会计师事务所、湖北中交建设工程造价咨询有限公司合并组建，于 2013 年 7 月注册成立。

我接触会计、审计领域的开始吧。

当时我的学习成绩不是很好，但最终还是顺利毕业了。工作分配并不如我的意，本想去工商局，却阴差阳错地被分配到了武汉市第四医院。刚刚毕业的我有些傲气，再加上到医院报到后没分配到财务科，而是安排在收费窗口上班，让我感到很失落！

由于收费窗口属于倒班的工作性质，于是在一些朋友的帮助下，我便利用业余时间开始在外面做兼职会计。

专业知识的积累是我加入注会行业的基石

这种情形持续了几年，直到我的家庭发生变故。孩子的爸爸是我大学的同班同学，孩子还未出生时他就得了重病，在小孩不到 4 周岁时就永远地离开了我们！在他生病的这段时间里，我报名参加了中南财经政法大学会计专业的专升本自学考试。为了顺利通过自学考试，我还报名参加了中南财经政法大学会计学院组织的考前辅导班的学习（据我所知，这也是中南财经政法大学会计学院举办的唯一一个自学考试考前辅导班）。我在 1995 年 9 月入学，1996 年 1 月第一次参加自考，直到 2000 年 6 月才考完全部课程，拿到本科文凭。如果没有参加这个自学考试，我可能一辈子都考不上注册会计师！

在这个班上，我认识了原来武汉市审计局下属基建会计师事务所的同事。在他的介绍下，1996 年我开始兼职在该所做审计工作。正是从该所的工作开始，让我逐渐了解注册会计师这个行业。1998 年，我第一次报名参加了全国注册会计师资格考试，直到 2002 年我才通过所有科目，获得了注册会计师全科合格证书。经过这么些年的不断学习、考试，培养了自己对注册会计师行业的兴趣，给了我想尝试在新环境下接受新挑战的信心！2002 年年底，我从医院办理了离职手续。

综合服务能力的培养

离开医院后，我在基建会计事务所正式开始了注册会计师的执业生涯。因为大学毕业后经常做兼职会计，2002 年我还成立了一家代理记账公司，从已有的七八个客户开始，代账业务逐渐向外拓展，涉及各行各业，最多时客户规模达到近 100 家。随着工作专业化格局的形成，代理记账公司安排专业的人才去负责具体客户的账务处理与纳税申报等，我主要负责审核工作。经营代理记账公司的这段经历，需要我去面对行业差异大、需求多方位的客户，培养了自己的综合专业能力。2004 年，一次偶然的变故，让我成为基建会计事务所的股东，也开始承做一些大型的审计项目。因基建会计事务所脱钩改制前是武汉市审计局下属的会计师事务所，主要客户为市、区审计局、财政局、国资委等，这对我以后服务领域客户群体的定位产生了重大影响。

自己的梦想

到 2007 年，基建会计事务所也经历了与省、市两家事务所的整合。在此期间，因客户对有证券资格会计师事务所的需求，与中审众环（原众环）会计师事务所有了业务上的交流与合作。在我考上注册会计师时就没赶上证券执业资格考试①，所以从那个时候起，我就一直梦想成为有证券资格会计师事务所②的合伙人。在基建会计事务所的这段工作经历让我不断地成长，让我的团队积累了许

---

① 证券从业人员资格考试是由我国证券业协会负责组织的全国统一考试，证券资格是进入证券行业的必备证书。我国 1999 年进行了第一次证券投资咨询资格考试，2000 年 4 月进行了第二次全国证券从业资格考试，2003 年证券从业考试开始面向全社会开放，2002 年 9 月、12 月曾面向证券业务相关工作人员分别举行两次从业人员资格考试，因备考注册会计师考试，2002 年朱清未能参加证券从业资格考试。

② 证券资格会计师事务所是可以审计上市公司参与 IPO 审计的会计师事务所，目前全国共有 40 家左右，数量基本固定。

多专业经验，通过团队的共同努力，我们也培育了一些大客户。2007 年 10 月，经武汉市财政局注册会计师管理中心推荐，我参加了武汉市委统战部在武汉市社会主义学院组织的“武汉市自由择业知识分子培训班”的学习，在那里我认识了湖北中信会计师事务所的董事长薛玮，当时他的事务所正在和省内一家事务所商议合并的事宜，在他的邀请下，我离开基建会计事务所到了中信。

创建海珀所

从 2008 年离开基建会计事务所到 2009 年年底的这段时间，是我入行以来创业最艰难的时期！中信与另一家事务所的合并因种种原因未能成功，而我和我的团队以及我们的执业资格已转入中信。于是我从 2008 年年底开始申报成立自己的事务所，足足经过了一年的准备和努力，到 2010 年 1 月事务所的执业证书才被获批，武汉海珀会计师事务所（以下简称“海珀”）正式成立，我任主任会计师。海珀成立第一年，我们的营业收入就达到了 400 多万元。2011 年，海珀被武汉市财政局评为武汉市第一届“十佳会计师事务所”。2011 年 7 月的时候有一次行业质量检查，上级行业主管部门检查我们的工作底稿时表示震惊：没想到一个成立时间不足一年的事务所，能做出如此规范的审计工作底稿！慢慢地，通过大家的共同努力，我们的团队得到了行业协会和社会各界的认同。从那时起，我就经常受邀参加省、市行业主管部门组织的研讨会，并在交流时主动地表达自己对行业的心声和想法。到 2013 年我加入信永中和会计师事务所之前，海珀拥有正式员工 55 人，年收入近 1000 万元。

加入信永中和

加入信永中和有一段奇妙的缘分：2002 年我通过注册会计师考试前，有老师推荐我去听中南财经政法大学艾华教授的课，在听课的过程中我经常和艾华老师交流，后来就成为好友。2002 年年底，艾华教授创建了华宏注会考前辅导中心（“以下简称“华宏”）。应他的邀请，我成为“华宏”的辅导老师，具体负责组织招生和教学工作，直到 2009 年因中华会计网及其他网上 CPA 培训的推广才停办。在华宏的这段经历，让我接触了很多会计、税务等专业领域的名师教授，在与他们长期交流和交往的过程中，不仅让我获得了专业知识的积累，还让我找到了事业发展的新契机。有一位教授的学生是信永中和会计师事务所的合伙人，他还跟信永中和深圳分所的郭晋龙很熟悉。他带着我一起去深圳分所考察了两次，并向他们引荐了我。其间，湖北省注册会计师协会（以下简称“省注协”）的尹祚田秘书长又带着我们去信永中和成都分部考察过一次。随着自己对信永中和的深入了解，便坚定了我加入的决心！

加入信永中和还离不开湖北省财政厅领导们的支持！在 2012 年的年底，湖北省财政厅两位领导去北京参加中国注册会计师协会组织的会议，信永中和首席合伙人、董事长张克正好担任中国注册会计师协会的副会长，于是我就把我对注会行业的想法、对信永中和的认同以及我想加入的决心和动力，一股脑儿地写成了一封信，请两位领导亲自交到了张克董事长手中。当时，从未谋面的某副厅长从北京回武汉后，一下飞机就给我打电话，告知我说张克董事长已经确定了要在武汉设立分所。2013 年 3 月，张克董事长来武汉考察，开始筹备武汉分所的设立工作，我也在当年的 10 月带领团队正式加入了信永中和，成为信永中和的合伙人。这个梦想的实现对我的人生具有特别重要的意义！

截至目前，信永中和武汉分部人员规模已超过 200 人，而我也在 2017 年被集团任命为武汉分所主任会计师，主要负责审计板块的管理、专业、风险、业务等方面的工作。在对内、对外交流的过程中，我也受到了更多磨炼并逐渐成长起来。

感谢所有人

回顾自己这么多年来的成长经历，我必须感谢在我事业和个人成长中起到巨大帮助作用的所有人：感谢省委、市委统战部相关领导对我政治上的引导！感谢省注册会计师协会、省市行业主管部门给我提供的政治学习、专业交流的机会！感谢省、市社会主义学院对我政治思想的教育！

2007年我参加了武汉市社会主义学院举办的武汉市自由择业知识分子培训班。在这个班上，我结识了很多优秀的同学和同行，比如薛伟、梅佑轩等。在此之前我在政治上思考得少一些，把更多的精力放在了打造团队、服务客户方面。我们虽然没有中共党员的政治身份，但武汉市社会主义学院的政治学习给我们提供了一个很好的相互交流的平台。除了武汉市社会主义学院以外，我在湖北省社会主义学院也先后参加了四次学习。虽然每次学习的时间都比较短暂，但我始终觉得它的影响是潜移默化且持续长远的。作为无党派人士，我们也应该有自己的社会责任。除了要用自己的专业来思考问题、解决问题，还应该注重维护政治大局，做好社会服务。

行业的领袖、学习的标杆

我之所以强烈要求加入信永中和，很重要的原因就是因为我们注会行业的领袖、信永中和首席合伙人张克的魅力。加入信永中和前第一次与张克的单独沟通，到现在还记忆犹新！张克讲了几个方面：第一个是认同。他认为再好的机构也需要更多、更好的合伙人去传承、延续。一个品牌也是一样，要靠合伙人共同维护、共同发展。第二个是社会责任，我们这么大的机构的存在需要盈利，但是更多的还是要担负起相应的社会责任，很多项目即使不能给机构带来收益，也应尽全力把它做好。第三个是包容，张克认为每个合伙人都有自己的特点，要想更好地发挥各自的专业和特长，就应该有更多的包容。经过与张克第一次思想的碰撞后，就坚定了我加入的决心！

张克是一个有民族情怀的人。他曾于1992年开始担任中信永道会计师事务所中方负责人。1998年，普华会计师事务所和永道会计师事务所合并成为现在

“四大事务所”之一的普华永道时，张克放弃了加入，怀着对“中国需要自己的民族品牌事务所，中国注册会计师的才智应为本国所用”的梦想的执着和坚定，于1999年创立了信永会计师事务所。2000年，信永事务所联合中和事务所成立了信永中和会计师事务所。现在，信永中和已经是业内的旗帜和标杆，它是自主的民族品牌，是服务政府决策、服务社会发展的智囊团和守护者。在张克的带领下，信永中和积极参与了很多国家重大项目、国资委课题研究、中国注册会计师审计准则的编写与实施等，我们一直都在履行我们的社会责任。

此外，张克在会计师事务所的发展上具有前瞻性。我们2015年就开始在信息化领域布局，来自国际咨询机构、IT行业具有丰富经验的资深管理咨询专业人士，相继加入我们。现在的信永中和已经是一个综合性的大型服务机构，业务范围涉及审计、管理咨询、会计税务服务和工程造价等众多领域。一体化的管理机制，也让我们能够给客户提供更全面的综合性专业服务。在信息化的业务方面，2016—2017年，我们就先后中标了中粮集团和东风集团数千万元的信息化项目。

2005年7月，信永中和成功地吸收合并了在香港有几十年发展历史的香港何锡麟会计师事务所，开创了内地会计师事务所合并香港会计事务所的先河，奠定了信永中和参与国际竞争的基础。也正是从那个时候，信永中和开始了国际化的布局。现在日本、澳大利亚、新加坡、马来西亚、印度尼西亚、巴基斯坦、埃及等地也有我们的成员所。“一带一路”实施后，对于沿线国家我们便投入了更多的精力。我们国际化的进程不停地在加速！近两年来，我们又在英国、德国相继设立了成员所。我们一直秉持在世界舞台上发展拥有自己民族品牌的“专业服务机构”的宗旨，而这一切都跟张克的前瞻性分不开。他是一个能够代表中国注册会计师行业的灵魂人物！

如何界定行业代表人士

从行业代表人士本身所需具有的特质来看：首先，在省内他必须阅历丰富、综合素质良好，专业能力不能仅限于审计和会计方面。其次，应有较强的沟通表达能力，能为行业发声，这一点很重要。再次，这个人还要热爱会计这个行业，而且要引导这个行业为社会多作贡献，不能把自己个人的得失看得过重；而应该站在行业发展的高度、有着更高的诉求，从而带领整个行业在经济社会的发展中起到更积极的作用。最后，在政治上也应该有积极的表现，光有思考和想法还不够，还要积极参与一些社会实践活动；还应该有创造能力和长远的眼光，能够承担起行业所赋予的责任。

虽然注会行业的每家事务所都有自己不同的管理制度和发展轨迹，但是我们可以看到，很多事务所的合伙人并不是业务能力很突出的人。我认为，一个事务所的专职管理人员是不能成为一个行业的代表人士的。毕竟身为专职管理人员，就有疏于业务活动的可能。但是一个合格的行业代表人士除了是一位精通业务的合伙人，也应该是一个好的管理者。因为没有一个“管理”的理念、自己的事务所都不参与管理的人如何有能力去参与行业乃至社会的管理呢？没有相关的阅历是无法面对问题、并解决问题的。一个普通的管理者而非优秀的管理者必然没有能力去参与更高层次的管理，也不会真正关注整个注会行业的发展。所以，行业代表人士至少应该是事务所里的核心人物，处在领导层，必须有对行业发展的前瞻性思考。

另外，事务所的地位和实力也在很大程度上影响着行业代表人士的成长。一方面，事务所的综合实力影响着身在其中的人的眼界和发展空间，事务所的实力不济、一击即垮，个人自然也没法健康成长；另一方面，客户在初次选择时，很多时候就看中事务所的整体实力，当然也有基于双方之间的信任，但是信任也是建立在专业服务能力基础之上的。事务所的综合实力与个人的发展息息相关！

在我看来，行业的代表人士至少也应该是事务所的合伙人，在其负责的领域有较为突出的专业服务能力，能够应对各种各样的专业诉求，热爱注会这个行业，对这个行业的发展有自己的思考和前瞻性，能够充分体现注册会计师这个特殊行业的代表性。

访谈手记：朱清在“07 班”上的学员中开始显得并不是很突出，我对她的了解也是 2011 年以后才开始多起来。这次访谈的 13 名学员中，如果说最让人感动的莫过于她了！因为她成长的道路最为曲折，从某种意义上说也是最励志的。一开始，她学习和工作的方向与注会并没有什么关系；然而造化弄人，她年纪轻轻却遭遇丈夫病故，一个人带着孩子。在这样的境况下，她毅然选择了一边自学考试备知识、拿资格、一边兼职做代账、打基础。正式进入行业后，又始终保持一颗进取的心，虽然几经波折，但初心不改，最终实现了加入国内一线大所的梦想。在这期间，她得到了行业主管部门、协会、业内同行乃至统战部门的支持。她以总所首席合伙人为例，给我们描绘了一个真实、生动、丰满的会计行业代表人士应有的标准。她对于代表人士标准的一些看法也引发我很深的思考，如专业性与管理性的结合，专业、行业、政治三方面要素的齐备，等等。正是她这样最朴实生动的看法，让我对新的社会阶层代表人士成长路径、构成要素的认识更加清楚起来！

从行业素人到领军行业

——税务师易坤山访谈录

访谈时间及地点：

2017 年 12 月 22 日 14：30；武汉市社会主义学院 B402 室

2018 年 12 月 27 日 16：00；武汉市社会主义学院 A301 室

采访人：徐军（武汉市社会主义学院党组成员、副院长，法学博士）

受访人：易坤山（税务师、无党派人士）

记录人：魏丽萍（武汉市社会主义学院办公室主任科员）

受访人基本情况：

易坤山，男，1975 年 9 月出生，湖北监利人，北京商学院工商管理专业毕业，中韬华益税务师事务（湖北）有限公司总经理。1998 年 6 月，北京商学院工商管理专业毕业后在宁城老窖北京公司做白酒销售代表；1998 年 8 月，进入北

京总瑞税务咨询集团公司总部工作；1998 年 12 月，任武汉市总瑞税务咨询信息中心主任；2004 年 7 月，创办武汉市金瑞君安税务师事务所有限公司；2010 年，组建中韬华益全国连锁集团。

现任政协湖北省第十二届委员、国家税务总局湖北省税务局税务监察员、中国注册税务师协会专家库成员、湖北省新的社会阶层人士联谊会副会长兼税务师分会会长，武汉市新的社会阶层人士联谊会副会长、湖北省财税法研究会常务理事、湖北省房地产协会专家库成员、湖北经济学院校外硕士生导师。2011 年 11 月起，任江岸区第十三、十四届政协委员。2012—2016 年，当选为武汉市第十三届人大代表。

先后在《中国税务报》《财会信报》《税收征纳》以及《涉外税务》等中央与省级报刊发表税收论文 20 多篇。编著有《新企业所得税法及实施条例适用指南》《会计准则与涉税处理运用指南》《土地增值税清算实务》《最新房地产企业税收疑难问题案例精解》《2011 年版企业所得税业务知识考试培训习题集》《〈最新企业所得税最新政策解读及疑难问案例精解〉2012 年版》《税务稽查技能与岗位测试》等专业书籍。

无心插柳——我是一个幸运的人

我进入税务师行业纯属意外。当初在北京读书的时候，读的是北京商学院（现在是北京工商大学）工商管理专业，专业偏向营销，毕业后在宁城老窖北京公司做白酒销售代表。那个时候所学的课程中，只有一门课与税务直接相关，叫“中国税制”，这门课对我们来说，只是一个辅修课而已，并不重要；另外还有一门“会计基本原理”，是一门基础课。从专业的角度来说，那时候对税务咨询服务行业其实没有任何了解。后来戏剧性地进入这个行业，还得从我的一个好友说起。

我去北京之前，读高中的时候，有三个很要好的同学，其中两个后来到了荆州读书。还有一位，叫曹昌坤（现在盈科律师事务所当律师），和我一起去的北京读书。他家里条件比较好，有一个哥哥在商务部，当过中国驻外使馆的商务参赞，当时他在中国政法大学学法律。大学毕业那一年即 1998 年的夏天，曹昌坤有一个很要好的同学跟家里吵架了，跑到北京去，想在北京找工作。因曹昌坤在继续攻读研究生，也因家庭条件较好，大学期间不曾勤工俭学过，对北京并不熟悉；而我不同，从大二开始就在外面坚持打零工，给重庆三美必扬化妆品公司送过货，给黑龙江五大连池矿泉水公司跑过销售，在台湾人开的餐厅从门童迎宾开始，然后一路干过内勤、库管、采购、最后到厨师，可以说在大学期间，全北京无论是市区还是郊区都特别熟悉。大学毕业之后，根本没有条件继续读书，唯一想的就是马上经济上独立，所以就在外面跑业务。正是因为这样，曹昌坤的同学到北京之后，就委托我帮其找份工作。我在当销售代表时负责区域是朝阳区，有一天我获悉北京的雍和宫人才市场有一场招聘会，就带着那个同学去找工作。当天正好北京总瑞税务咨询集团公司（以下简称“总瑞”）的副总经理刘伟，他带队在那里招聘，我带着那位同学到处递简历，递到刘总这里的时候，他要求我也递一份简历，当时我有工作了，而且手上也没有带简历，所以委婉地拒绝了。他说那你就填张人才登记表吧，问了一些我的基本情况，当时我也没有深想，就填了表。

第二天刘总安排人给我打电话，要我们去面试。那个时候是 BB 机，只能显示数字的 BB 机，我回电时他电话里告诉我，他说你们过来面试。我说我就不去了，还要跑业务呢，就让那位同学去。他说我们只需要你来一趟，理由是那个同学没有上大学，对北京也不熟悉，不是他们想要的人选。我说我也不懂你们的税务工作啊，刘总说你虽不懂，但你有市场开发的工作经验，我们需要这样的后备人才，所以非让我去一趟，我说我可以来，但你们也要让我那位同学来面试一次，不然我不好交待。刘总同意了，后来我就以试试的心态陪那个同学一起去了。他们后来跟那位同学简单地搞了个面试。刘总跟我谈了较长时间，他们没看中我那个同学，反而看中了我。

我是有工作的人，看中我什么呢？我认为我并不合适，我对税务一点概念没有，能做什么呢？刘总说你过来跟我当秘书吧。我还是极力推荐我那个同学去当秘书，可是他们还是坚持认为那个同学不适合。尽管如此，我依然坚持让他们再考虑考虑。

后来的事情似乎不以人的意志为转移，刘总不停地跟我打电话让我去，并给我讲了个条件：让我先去参加一个入职培训，一个半月，培训结束后，如果合适就留下来，如果不合适就离开。虽然一个半月不给发工资，但是有吃有住。刘总认为这对我也是一个机会，因为当时总瑞在全国有 45 家子公司。就这样，我去参加了一个半月的培训。

一个半月的时间里，我们的培训有税务改革进展、税务咨询行业发展介绍、集团公司业务等，还特地请了几个回京述职的子公司主任给我们做具体业务介绍。培训结束之后我还是不明白税务咨询业务应怎样开展。刘总继续给我做工作，让给他当秘书。当时集团有三个秘书。一个是英文秘书，主要负责跟总经理跑美国；另有一个就是起草制度的秘书，负责管理公司机要；还有一个就是我，他让我负责做市场营销方面的秘书工作。刘总认为我是做营销的，他们做税务咨询的也要面向全国去搞市场开发，也需要一个专门去做市场管理的助理。可能因为刘总的坚持，也可能是对市场营销的兴趣，我接受了刘总的邀请，当起了营销秘书，这个秘书当了不到 5 个月的时间。

贵人相助——在角色的转换中实现自我价值

当时总瑞在武汉的全资子公司是武汉市总瑞税务咨询信息中心，其负责人在武汉的很多费用超支了，超支了不向总部报，赚了钱也不向总部上缴。这样一来，集团总经理就把武汉的老总直接“开除”了，当时我们全国子公司的一把手都叫主任不叫总经理，这样武汉子公司就缺个“主任”。这时集团副总刘伟就征求我意见，准备把我外派到武汉当主任，我说我不去，有两个理由：第一，我好不容易从老家一步一步地跑到北京来，又让我回去，这不是我的发展目标，我就想到北京“混”。我从读初中开始就有这个意识，要“混”就到最好的地方“混”，去北京“混”，机会多。第二，我自认为确实没有这个能力，武汉子公司那个时候只有 7 个人，我连自己都没搞明白，让我去当主任，去管理这些人，我确实管不了。这个时候刘总像以往一样，跟我做工作。他：说没关系，有我呢，你放心，肯定可以的；而且你试了不行再回来，还是跟我当助理；最后即使做好了，在武汉也是待两年，还是回北京，你的梦想是北京，我还是成全你的北京梦。就这样，当时给了我三个选择，福州、广州、武汉，可以由我任选一个城市去当主任。

当时为什么选武汉呢？我想回北京方便些，福州、广州离北京太远了，现在从武汉到北京坐高铁 4 个小时左右，那个时候坐火车从北京到广州要坐 36 个小时，从武汉到北京要坐 18 个小时。我到北京上学坐火车都是站着，连坐的位置都没有，一站就是 18 个小时。所以感觉广州到北京太远了，真的连做梦都不敢想去坐飞机，太贵了，所以只能坐火车。一想到从广州回北京坐 30 几个小时，心里都充满恐惧，所以还是到武汉，离北京近点，回来比较快，方便一点。就因这个简单的原因，我回到了武汉，不是因为我是湖北人。

原本只答应待两年就回北京去追寻我最初的梦想，但事情总在变化。当在武汉发展两年之后，我却发现我不能回北京，为什么呢？因为两年时间，我并没有把武汉子公司发展好，这个时候让我回北京，我脸上无光。当时北京的董事长是非常看不中我的，他很怀疑，刘总让小易这个毛头小伙子去武汉能行吗？“佛争一炷香，人争一口气”，我非要干出点名堂来，为刘总，也为我自己。我人生的第一套西服是刘总给我买的，我人生的第一双皮鞋也是他给我买的。那个时候，我从来不穿皮鞋，一是穿不起，二是也没意识，认为穿“回力”牌的运动鞋就行了。人生第一次吹头发也是刘总带着我去吹的，他说你去把头发吹下，毕竟是一个分部的主任了，说话要严肃点，别老笑。那时我是很喜欢笑，在老总们看来我总是嬉皮笑脸的，不严肃，当时我哪有这个概念呢？大学一出来，天天在外面跑销售，不是天天跟别人笑吗，怎么能严肃呢？突然转变身份是非常有意思的。

那个时候我一个月工资只有一千多元，刚开始，年底的时候北京公司奖励一两万元。我记得，第一年是 1 万 8 千多，第二年好像是 4 万多元的奖励。当时到武汉来的所有费用都由公司承担，租的房子啊，包括买的自行车、出去办事的一些费用都由公司报销。这样算来，在当时，工资也不算低。等到第三年的时候，我们就开始内部搞承包，每个子公司进行考核。比如，武汉所一年向总部上缴 40 万元的利润，多的就是你自己的了。这个时候开始想赚钱了，因此决定先不回北京，把钱赚了再说。

一个农家子弟，对赚钱有天然的冲动，对吧，就开始赚钱。1999 年和 2000 年，这两年是上缴利润。2001 年开始承包了，等到 2003 年的时候，当时公司的董事长想出国发展，正好全国一些子公司出了好些事情。当时总瑞在全国最高峰有 45 个分支机构，很复杂，出了很多事情。因此在 2003 年脱钩改制的时候，我们成为国家税务总局第一批被要求脱钩改制的公司。

改制开始，集团要控制自己的风险，就开始搞买断，这个时候我没钱啊，当时给武汉所开价 50 万元，我哪有 50 万元呢？2001 年、2002 年承包改制，我一人一年才赚到十几万元，赚的钱也没留在手上，年轻都花掉了，根本没有存钱的习惯。农村娃从来没有享受过的，好不容易有点钱都享受去了，谁还存钱啊，根本没概念，也还没到结婚的时候，那时才 20 几岁，根本没想到结婚，反正喜欢玩，钱都花了。这个时候又是刘伟帮助了我，他跟集团总经理说武汉所如果按 50 万元买断，小易拿不出来，卖给其他人也不合适，就降低到 30 万元吧，会比较合适，总经理同意了。最后的方案是我先交一部分钱，差的部分从后面的经营收入中分两年归还，这样就从承包到改制最后到买断了，从 2003 年开始，武汉公司就属于我个人的了。

坚定信心——努力打拼出属于自己的天地

买断后，原总瑞创始人离开，原中国税务报社社长杨友军牵头北京总瑞公司的部分核心人员，包括当时的副总经理刘伟等组织起来，重新成立了新的北京市金瑞君安税务师事务所有限公司。那个时候我们全部 45 个分支机构已经分成三批：第一批就自己干自己的，不再与北京公司以及兄弟公司发生来往，如当时的上海公司；第二批人就是灰心了，不再干了，把公司注销或者转手给别人了，如当时的洛阳公司、南宁公司等；第三批就是像我这样的人，一是跟刘总走得近，二是感觉还是要走联合的路子，所以都取名为金瑞君安这个品牌，只是股权与北京公司没有任何关系，但保持业务上的紧密联系。

武汉市金瑞君安税务师事务有限责任公司成立于 2004 年 7 月 1 日，全国金瑞君安这个品牌体系搞的时间不长，又面临进一步的改制，为什么？这又是一个意外，这个意外当时有两个原因：第一个原因是 2003 年国庆期间，品牌创始人杨友军因癌症去世，然后由刘伟接任总经理，但刘伟在 2008 年春节时又意外身亡。北京新上任的两位老总跟我原来在北京也是同事，也是总部的人，关系都挺好。北京金瑞君安创始人接二连三地出事，大家都感觉到“金瑞君安”这四个字不吉利，所以更名为“久益华瑞”，后来为了与全国知名的大华会计师事务所合作又改名为“大华”。

我们武汉公司先后进行了三次更名，但都是同一批人，从 1998 年大学毕业开始，到现在已有 20 年了。20 年，我都在同一家机构里坚持与努力。正是 20 年如一日地坚持，成就了现在的公司，也成就了现在的我。

找准定位——成就自己选择的事业

事业的发展，需要努力，更需要正确的方向和定位。对我而言，经历了 4 个阶段的发展。

第一个阶段：我在湖北省乃至全国最早提出分专业去做税务。我从 2006 年开始提出来，我们税务师事务所这个行业，要走专业化道路，去实现行业的差异化竞争。为什么这么提？主要原因有：一是我们力量太弱小了，人没有几个，一个税务师事务所通常也就十几号人，资金也少；二是中国税法太复杂，要想把税法搞清楚，真不是一件容易的事件；三是要想把一个行业的税务服务做好，不仅要懂税务专业知识，而且要对这个行业精通，了解这个行业的经营管理特点；四是人的时间精力有限，一个人想把所有行业都研究清楚，根本不现实；五是当时我们收费十分低廉，收费上面完全没有定价权，十分被动。

B16 长江商报 财富

易坤山："不务正业"的税务师

8288 6088

因此从 2006 年开始，我将公司定位为：区域以武汉为重心，兼顾湖北全省，服务行业领域以房地产为主。当时我们这个行业里是什么业务都做，什么行业都做，代理记账的业务你也做，餐饮行业让你做你也做，地产让你做你也做，反正只要客户给业务都去做，税务师事务所没有选择权。

前面讲过，我不是学这个专业出身的，从事这个服务行业完全不懂专业是很难想象的。所以，我从 2003 年年底开始上夜校，学会计，然后花大量的时间学习税法。

一个税务师事务所要进行定位不是一件容易的事情，选择行业时要充分考虑的一是这个行业规模要足够大，二是这个行业的税务要比较复杂，三是这个行业的税负要比较重，因为这三点就会导致这个行业对税务咨询服务的需求不仅比较大，而且程度高。

找来找去，我发现地产行业完全符合我这三个条件，地产行业在当时还绝对是个新兴发展的行业，还不像现在这么成规模化。因为我看到国外的资料，凡是发达国家的地产行业都是一个大产业。中国要发展，必然要大力发展地产行业，所以我们从2006年开始就定位只为地产行业做税务咨询服务，开始收缩战线，集中所有的人力物力财力来主攻地产税务业务。在当时我们还承接别的业务，一是因为我们对这个行业还不是很专业，二是因为那个时候我们还要养活自己，别的业务给我们，我们也还得做。

定位清楚之后，我们从2007年开始就和武汉房地产开发企业协会（以下简称“房协”）合作，刚开始和房协合作的时候都是免费给他们讲课，一分钱不要，去房协询求开展各种形式的合作，以提升公司的知名度。然后去跟客户做地产税务服务的时候，只要地产企业愿意与我们合作，费用多少基本上由客户定，为什么呢？就当练兵嘛，要通过给地产企业做服务，去了解地产行业是如何开发的。我们于2007年开始干，到2009年的时候基本在地产行业站住脚了。所以我们真正发展是从2009年开始。2007年公司收入还是很有限的，只有十来个人，收入接近100万元，基本上只能吃饭。但对我们后来影响最大的第一个就是行业定位很清晰，我们那个时候集中所有的人力物力专业攻地产，标杆性地提出我们只做地产，别的业务统统不做（虽然并不完全如此），现在来看，我们收入的95%还是在地产行业。

我们组建了市场开发部门，当时在税务师事务所这个行业当中很少有机构成立这个部门。这个部门在我们公司1995年成立的时候就有，所以我们的市场开发是通过纯市场化的方法去跟进业务，这就避免了跟税务局去合作开发业务。到2018年年底，我们基本上跟湖北省每一级的房地产协会都合作过，合作模式就是为房地产协会举办的各类论坛免费提供专业税法知识讲解。所以我认为，房地产的市场定位是对我们这么多年的发展一个最重要的标志性的事情，市场定位特别准！

第二个阶段：与湖北金慧税务师事务所的战略合并。为什么要合并呢？当时合并的时候我们的人多，市场规模也大，收入规模也大，但我分析得出税务咨询服务这个行业要做大必须具备三个方面的业务资源：第一，要有很强的专业服务能力，即专业团队要过硬；第二，要有很强的市场开发能力；第三，要与税务机关有良好的沟通渠道。第三个方面是我们当时最大的弱势，也是我们的短板所在，而第三个方面正是金慧所的强项所在，因其创始人是资深税务干部，在税务系统有着广泛的人脉关系。基于此，从业务合作开始，两年时间就进行了全面合并，合并之后金慧品牌注销。从 2011 年到现在，我们发展的速度应该是每年按 30%速度递增。后来我们又成立了会计师事务所，但会计师事务所业务的核心收入也是税务咨询服务收入，占到 76%。

第三个阶段：与一帮同学共同组建中韬华益全国所。北京公司再度更名为大华之后，我暂时保持品牌未动。2010 年夏天，我们在扬州税务学院的一帮同学石慧琳、杨东华等各自将自己的事务所更名为中韬华益，组建中韬华益这一新的品牌，总部设在广州，截至目前，成员机构包括：武汉、广州、深圳、东莞、厦门、泉州、济南、临沂、威海、荆门。中间经历过海口、福州、襄阳等地机构的退出。

为什么要与他们组建中韬华益这一品牌呢？这是受了石慧琳的影响，她是当时广州勤正税务师事务所的负责人，她给我最大的影响是什么呢？是站在税务以外的角度去看税务服务。石慧琳是我们这个行业里很早开始去读 MBA 课程的人，她一直建议我们去读 MBA 或工商管理总裁班课程。受此影响，我找机会去浙江大学读，到复旦大学去读，到上海交通大学去读，一路读下来，真是受益！

到目前为止，税务师这个行业发展不如律师、注册会计师。我发现这跟我们的事务所负责人不读总裁班、不读 MBA，只读专业班有很大的关系，这是我们行业共性的问题，也是一个很大的问题。2018 年 7 月，在举办全集团专业人员后续教育培训时，我跟受邀过来讲课的中国注册税务师协会（简称“中税协”）秘书长李林军提出建议，希望中税协能与知名大学合作，共同培养行业内的领军人才，培训的课程要结合我们行业的特点，大部分按照 MBA 班课程体系来设计。李秘书长非常赞同，委托我做一个方案，我同上海交通大学出来的几位老师设计了一套课程体系，后来直接促成了中税协与清华大学的战略合作，协议签订那天，中税协特邀我参加，共同见证了这一历史时刻。

第四个阶段：这一阶段对我们未来的发展可能有很大的影响，尤其是 2018 年成立中韬华益商学院。在全国税务师这个领域，真正筹建自己的商学院的非常少。商学院致力于成为中韬华益人才培养的黄埔军校。商学院将成为公司发展战略的重要组成部分，它不仅是企业内部人才培养体系的重要载体，更将成为企业变革的推手以及外部企业（包括客户、供应商、合作伙伴等）培训和咨询的重要平台。

我们这个行业的共性问题就是人才稀少，成立商学院的目的对内就是培养符合公司价值观的人才，为进一步在全国设所储备人才；对外就是服务客户，服务中韬华益的全国成员机构。

组织培养——综合全面方显代表人士魅力

每个行业，都有其领域的标准和代表人士。税务师行业的代表人士的标准又是什么呢？我个人认为，体现在四个方面：

第一个方面，代表人士必须心思用在推动本行业的发展上。一个行业代表人不能天天只考虑自己的事务所怎么干，天天想着我这个所要赚多少钱。特别值得提出的是，很多人进入税务咨询行业就是希望赚一笔钱，并没有做长期的计划，很多人进入这一行业是因为有一些人脉“资源”。一般利用自己购买的小区住宅进行适当装修作为办公场所；而购置专用办公楼进行规模化、品牌化、专业化经营的较少。大部分事务所还在求生存、求发展的阶段，很难有时间、有精力去思考如何推进行业发展。

第二个方面，代表人士所领导、所管理的公司，应该有一定规模，这个规模指人员数量、公司营收。我们这个行业跟律师行业不一样，像有些大律师一个人搞一千多万，你一个人很牛，对吧？律师可以，因为律师是个人执业。但是税务师行业是不能个人执业的，它必须是一个事务所来执业的。如果是一个事务所，那就必须考虑这个事务所的规模。所以规模是要大的。

第三个方面，就是我要讲的业务性质。这个业务性质，要是市场化运作得来的，以咨询业务为主。不能为顾客提供长期的专业服务，这种所是没有生命力的。有的机构，业务收入也不小，但是技术含金量并不高。

第四个方面，作为代表人士，落实到个人，个人综合素质要高。一个人的综合素质不高，也很难把一个事务所做好。综合素质包括个人的格局、站位、视野等。这里我举一个合伙人的例子，我们这个行业的最关键资源是人，而留住人的最关键一点就是合伙人机制，目前大部分公司的合伙人机制没有解决，股份都集中在一两个人手上，导致培养的人才流失很严重。目前我比较好地解决了这个问题，今后将进一步完善合伙人制，让更多的优秀者加入我们的团队，因此我对公司未来的发展很有信心。

我们行业代表的代表性在哪里？我认为重要的一点就是为行业做事，为行业的发展做好谋划。2018 年 5 月 4 日湖北省新的社会阶层人士联谊会成立，我当选为副会长，同时兼任税务师分会会长。8 月 19 日组织全省税务师行业会员在革命圣地井冈山红色教育学院举办为期 6 天的专题教育。将统战教育与个人成长、组织成长结合起来，可以探索行业人才培养的新路径。

湖北全省现在税务师事务所约有 200 家，2017 年总收入约 2.5 亿元，在全国排在中等水平。收入过 1000 万元的事务所也就几家，绝大部分的事务所年收入在 500 万元以下，其总体发展状况跟律师没法比。往后面走我们这行业，大所会越来越大，小所越来越小，跟会计师事务所是一样的。会计师事务所也有巨无霸，小所也有一大堆。巨无霸的大所就那几家，站在金字塔的顶端。全国目前所谓的税务师事务所的“大所”，大多是拼凑起来，并不是真正意义上独立的经营体。

08 专题 湖北日报

全面建设社会主义现代化强省的重要力量

——湖北省新的社会阶层人士统战工作综述

我是新的社会阶层人士吗？

做好新的社会阶层人士统战工作，因为啥？

做党和人民信任的法治建设排头兵

聚焦新时代 服务新征程

运用互联网最新技术讲好湖北故事，加强舆论传播

服务湖北经济大局 推动税收法治建设

不忘初心，永远跟党走

全省新的社会阶层人士代表发出倡议

立足新时代 凝聚新力量 彰显新作为

在我的个人成长中，统战部门对我影响巨大，从2007年开始到武汉市社会主义学院学习之后，先后多次参加过武汉市社会主义学院、湖北省社会主义学院以及中央社会主义学院的培训，特别是2019年参加中央统战部第15期新的社会阶层人士理论研究班，每一次参加培训，都对自身的修养有了较大的提升。

2011年年底，我在武汉市委统战部的推荐下当选为武汉市人大代表，2017年又当选为省政协委员。刚担任人大代表的头两三年，对社情、民情、市情、省

情、国情等根本不了解，以前只知道关注公司的事、客户的事，突然之间发现自己很不适应，这完全是一个陌生的领域。既然进来了，只能更加努力地学习，后面慢慢养成一个习惯——就是看电视会看新闻联播，看网站、杂志、报纸会关注时政要闻，这主要是要了解国家的发展情况，在履职时能发挥好作用。特别是花了三四年时间把中共党史特别是《毛泽东选集》比较系统地看了。另外，为了扩大视野，去了全球很多国家，真是有对比才有发现，这样能更好地理解我们的国家、我们的政治制度、我们的改革开放。

随着不断地学习，我初步具备了履职的能力，在市人大代表期间，先后撰写

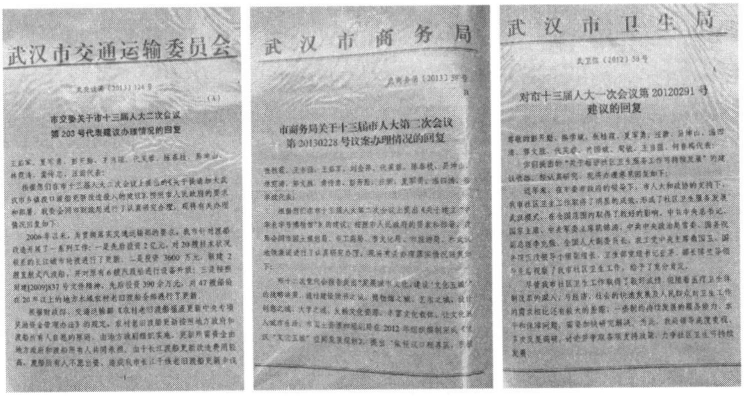

武汉市交通运输委员会

市交委关于市十三届人大二次会议第203号代表建议办理情况的回复

武汉市商务局

市商务局关于十三届市人大第二次会议第20130228号议案办理情况的回复

武汉市卫生局

武卫函〔2012〕38号

对市十三届人大一次会议第20120291号建议的回复

了《关于进一步完善武汉市养老产业体系的建议》等，与其他代表一起撰写了《关于推进社区卫生服务工作可持续发展》《关于提请加大武汉市乡镇渡口渡船更新改造投入的建议》《关于建立中华老字号博物馆的建议》等建议。

04 省两会特别报道·现场

区域协调，造山拔峰强荆楚

省两会特别报道·重点

省政协委员分组审议常委会工作报告

群众最急最忧，我们最关心

2018年省政协两会期间，就湖北经济如何高质量的发展接受《湖北日报》记者的采访，提出要从“一城独大”到“百花齐放”，要以武汉为中心，加强培育5000亿元GDP体量以上的梯队城市，强化多极支撑，均衡发展。同时接受中国网采访，提出湖北经济发展不能站在湖北看湖北，要站在全国的角度来看。

展望未来——不忘初心继续逐梦

回望走过的20年，恍如昨天！目前湖北公司员工已达100人，整个公司的组织体系建设日渐完善，企业文化建设正在一步一步深入每个员工的内心，商学院的建立将为公司培养更多的符合公司使命的人才。而我个人也将继续学习，不忘初心，在党的领导下把中韬华益的事业推进到全国去，为进一步提升中国的税收法治水平，推进国家税收治理现代化而不懈努力。

访谈手记：记得我第一次听到易坤山这个名字是2007年年中陪领导到武汉市注册税务师管理中心调研，当时这个管理中心给我们推荐了一批税务师，其中排在第一位就是这位初出茅庐、无党无派的年轻人，当时我还费解为什么那么多从税务局下海的中层干部们排在他之后。2007年参加这个班学习时，我第一次见到他，由于从未接受过体制内教育，完全是个“政治素人”。然而就是这样一位一无家庭背景、二无专业基础、三无体制积淀的年轻人，十年来飞速发展，业务上现已成为湖北省税务师行业当之无愧的领军人物，政治上从区政协委员、市人大代表成长为省政协委员。从这次访谈可以看到，他的成功，当然首先是他自己准确把握行业发展突破口、不失时机地合并重组、着眼于长远发展打造品牌、培养人才、股权激励，同时也离不开各级组织、特别是统战部门的培养。在他的身上，充分体现了中国共产党新的社会阶层人士政策的成功和伟大！同时，他关于税务师行业代表人士的评价标准也很具体、实在，特别是关于业务性质的要求在目前我国新的社会阶层人士这个发展阶段具有很强的针对性，从而有效提高了评价标准的精确性。

天道酬勤　丹红一行

——税务师张丹访谈录

访谈时间及地点：

2017年12月8日9:00；武汉市社会主义学院B402室

2018年12月26日14:30；武汉市社会主义学院A301

采访人： 徐军（武汉市社会主义学院党组成员、副院长，法学博士）

受访人： 张丹（税务师、中共党员）

记录人： 魏丽萍（武汉市社会主义学院办公室主任科员）

受访人基本情况：

张丹，女，1978 年 3 月出生，湖北黄陂人，大学专科毕业，中税网天运（湖北）税务师事务所总经理，特级税务师、注册会计师。

2001 年 5 月至 2013 年 8 月，工作于武汉板桥税务师事务所，任项目经理、副总经理；2013 年 9 月至 2016 年 12 月，创办武汉丹红税务师事务所（普通合伙），任执行合伙人；2017 年 1 月至今，任中税网天运（湖北）税务师事务所党支部书记、总经理。

曾任中国注册税务师协会第四届、第五届理事，湖北省国税局行政复议委员会专家委员（2017）。

曾荣获武汉市、湖北省及全国税务师行业优秀共产党员称号。

耳濡目染，兜兜转转进入税务

我进入这个行业，不是因为偶然。我出生在一个税务家庭，我的父亲是一名基层税务人员，从 20 世纪 90 年代骑着自行车大街小巷收税，一直到 21 世纪初，终于能坐着小轿车收税却已临近退休，30 年如一日，他将自己的职业生涯全部献给了祖国的税收事业；我的母亲是一个地地道道的农民，我们家就是当时俗称的“半边户”。我的两个哥哥，一个进了税务局，一个在财政局。作为家里唯一的女儿，父母对我的职业规划就是尽早上班，寻一份稳定的工作，进税务局应该是最好的选择。

1994 年，我以超出重点高中 25 分的中考成绩放弃了上高中，为了能尽快就业选择了中专，阴错阳差，中专学的是当时比较热门的专业——电力专业，在湖北省电力学校。我们那时候是四年封闭式的中专，学校管理很严格，但我并不喜欢这个专业。1998 年毕业之后，我没有如愿进入供电局，就去修了两年的大专，通过了湖北大学秘书专业自修考试的全部课程，算是从理科转到了文科，但和现在的财税专业还是没有半点关系，所以我算是真正意义上的半路出家。

2000年，我去了税务局实习。那时自修大专差不多快考完了，于是就去实习了大半年的时间，同时做好考公务员的准备。

2001年5月，我进了黄陂区地税局改制的税务师事务所——武汉板桥税务师事务所，进所之后才对注册税务师行业有了初步的了解。我国的注册税务师考试是从1998年开始的，税务师事务所的前身是税务局下设的咨询公司，从业人员都是税务局的在职干部和退休干部。1999年开始脱钩改制。原来咨询公司的一批税务干部出来成立了一批税务师事务所，也就是我们经常说的改制所。税务师事务所的组织形式包括有限责任制和合伙制，它是具有涉税鉴证和涉税服务双重职能的涉税专业服务机构，是联系税务机关和纳税人之间的桥梁和纽带，更是加强税收管理，促进纳税人依法纳税，规范税收征纳程序的重要社会力量。随着经济的发展及社会对涉税专业服务的需求不断增强，陆续有一批具备注册税务师资格的社会人士成立了税务师事务所，也就是我们业内通常说的社会所。

心之所爱，上天会眷顾每一个努力的人

进入税务师事务所之后，我发现自己其实还是挺喜欢这项工作的，虽然以前没有做过，对我来说是个全新的行业。2001年有一件事对我的影响很大，由此坚定了我在这个行业发展的信心。当时税务局对事务所还是很支持的，那年正赶上新的税收征管法实施①，新法变化大、涉及面广，加上时间紧，宣传任务非常重。武汉市地税局通过政府购买服务的方式委托全市的税务师事务所进行征管法宣传。印象特别深刻的是我们身披宣传横幅、手拿宣传册，提着录音机，大街小巷宣传新征管法；在每个乡镇组织纳税人面对面培训，每一场都是几十上百人。当时所里安排我去讲课，这对于一个刚入门的年轻人可是一个巨大的考验，怎么讲呢？只能逼着自己去学，把整个法律条文背得滚瓜烂熟，然后就上台去讲。虽

---

① 指2001年税收征管法的第二次修订，修订内容包括对税源管理、税务执法、纳税人权利和义务，以及与刑法、行政复议法和行政处罚法的衔接与协调。

然说那个时候讲课没有什么深度，但可能是因为我的表达能力比较强，普通话也标准，所以一场场讲下来反响都还不错，听众的肯定是对老师最大的鼓励，尤其是对一个刚走入社会的学生，可能也就是从那时候起奠定了我今天讲课的基础。

当时在事务所除了工作，其他大部分精力都在准备考注册税务师。当时考试时间是每年的6月份，所以2001年没赶上报名，2002年开始报考。初生牛犊不怕虎，我一次性报考了全部五门，当年通过了四门，2003年拿到注册税务师证书。还同时报考了注册会计师，当年过了三门，2006年拿到注册会计师证书。所以在事务所上班的前五年就是一边上班一边学习考证。

进事务所最初的工作是业务助理。脱钩改制的时候，在职的大部分回税务局，留下的都是退休老干部，所以所里的人主要是税务局退休的干部。我刚进去的时候就是跟着老同志学，一起去企业。学了两年，2003年有了一定的工作经验，加上考注册税务师的理论支撑，事务所的工作主要就靠我们年轻的同志了。最开始很多业务要自己慢慢摸索，行业刚刚起步，没有什么准则规范，要怎么做只能靠自己。所以从2003年到现在，各种类型的业务我几乎都做过，都是摸着石头过河、一步一步走过来的。

2006年两个证都考完了，工作学习上的积累也到了一定程度，工作起来得心应手。这个时候要说人生事业中的标志性事件，则是在2007年参加的一次大赛，之后事业上取得的所有成就都离不开这个契机。2007年中国注册税务师协会（以下简称“中税协”）联合国家税务总局注册税务师管理中心组织了首届“注税杯”全国注册税务师知识大赛，整个大赛包括网上海选、复赛和决赛。复赛是分区进行的，中南六省是一个区，在广州进行复赛，复赛完了再到北京参加决赛。当时我是湖北省唯一一位复赛出线闯进决赛的，因为是首届，大赛的目的也是为了进行行业宣传，所以主办单位非常重视。决赛之后还在人民大会堂颁了奖。其实当时自己也是比较幸运，本来只是想着去试试，可能是因为刚刚考完证，还处在一个学习的状态，结果获得了优胜奖。之后就在行业中渐渐有了些名气，湖北省及武汉市注册税务师管理中心和注册税务师协会都重视起来了。2007年我能到武汉市社会主义学院来学习，也是因为这次考试让行业主管部门认识了我。

由于学习和工作上的突出表现，2006年、2007年我连续两年被武汉市国、地税局、注册税务师管理中心评为“武汉市优秀注册税务师”，加上知识大赛的获奖，使当时武汉市注册税务师协会的领导对我非常重视。2008年他们推选我为中税协理事及武汉市注册税务师协会常务理事。当时我才30岁，是中税协最年轻的理事，并且一直连任到现在。当时是第四届，现在是第五届。市协会2009年被中税协撤销了，因为按照规定市一级没有资格成立协会。其实对于武汉市的行业发展来说，市协会还是起了很大作用的。2009年我又被推选为中税协税务师事务所发展与地方协会建设委员会专家委员。

第二个标志性的事件发生在2011年。为了促使行业做大做强，从2010年开始，中税协启动了行业内标杆事务所和领军人才的评选和培养工作。当时主要是两件事：一件是税务师事务所的等级认定，另一件就是注册税务师个人的等级认定。当时对所的等级认定是行业内普遍认同的，所以一直持续到现在；而对人的等级认定，很多所就不认同了，这也是为什么搞了几年就停止的原因。我由于既是中税协理事，又是专门委员会委员，所以参加了全国各地很多次的等级认定工作研讨会，注册税务师的等级认定在全国理事会上并没有通过，中税协是顶着很大的压力来推的，因为当时的会长许善达是个干实事的人，想把这个行业向前推进。他是全国政协委员，经常为行业发展提案呼吁，把行业做大做强就是他提出来的。他之所以提出事务所和个人的等级认定，也是为了使行业做大做强。行业整合以及其他很多工作也从他开始做起。他在任的五年，整个行业经营收入翻了一倍多，跨过了百亿元大关。他推行的注册税务师等级认定将税务师分为四个等级，即特级、一级、二级、三级。这四级中除了三级是评的，其他级别都需要考试和考核。我从 2010 年开始先考二级，再考一级和特级，2011 年年底通过所有考试和考核，2012 年年初拿到特级证书。当时全国只有十几个人，后来又考了两次就停了，截至目前，全国特级注册税务师人数只有二三十人。2013 年中税协换届，许善达退休了，这个考试也就停了。现在想想，当时个人等级认定的反对意见主要来自事务所所长，因为他们担心人才流失。其实这种想法挺狭隘的，这项工作对于行业培养和储备人才、提高行业的知名度和影响力能起到很大的作用。从湖北省来看，专业上做得好的人基本上都是那几年考出来的，都能在工作上独当一面。

第三个标志性的事件发生在 2013 年。2013 年是我事业及人生的转折点，因为我顶着巨大的压力出来创业了。在板桥所工作了 13 年之后，我毅然地走出来了。当时，由于板桥所地处武汉的郊区黄陂区，离市区较远，经济也不发达，经济和地域的限制导致了专业人员严重缺乏，几乎每项业务都是自己亲力亲为，感到特别累，事业发展遇到了瓶颈，想往前进，却力不从心。考虑了很久才做了一个重大决定——自主创业。当然这个决定也得到了外力的支持，那就是我的合伙人鲁红菊，她是另外一个事务所的业务骨干，专业好，人也有魄力。我们俩经常有业务上的交流，比较投缘，久而久之也就成了无话不谈的知心朋友。谈到我的困境，没想到她也有同感，于是两人一合计就出来创业了。记得我们的第一次并不算正式却能起决定性作用的“股东会”，是 2013 年 7 月 8 日在厦门大学的海边召开的，我们坐在海边的沙滩上，吹着海风，畅谈了近四个小时，确定了创业的目标、过程及各项具体安排。从厦门回来后我们迅速处理完各自手头的收尾工作，并同时递交了辞职报告。9 月份开始筹办自己的所，11 月份拿到税务师事务所执业备案证，两个月的时间，还算比较顺利。因为当时湖北省注册税务师管理中心批准成立新所是非常难的，一年只批一两家，我们的目标又必须赶在年底前批下来，因为这个行业的业务黄金期就是每年的 3~5 月份，如果年底前不把所办下来，第二年的黄金期就过去了，业务会受到很大的影响，所以风险和压力还是挺大的。因我的名字中有一个“丹”字，我的合伙人名字中有一个“红”字，我们创立的所的名字就叫武汉丹红税务师事务所（以下简称“丹红所”）。“丹”和“红”都是红，寓意红红火火。当时这个名字一想出来我们都觉得很好，也想尽我们的努力把这个所做成武汉市的一个专业品牌。

精耕细作，公司蒸蒸日上

丹红所正式运营是从 2014 年开始的。第一年所里只有 8 个人，两个合伙人，两个项目经理和几个助理。虽然人不多，但业务发展还算比较顺利，收入将近 500 万元，进入了湖北省行业收入排名前十位。其实 2014 年武汉市税务师行业发展情况比较特殊，当时有家事务所因为违法执业出事了，导致抓了很多税务干部，行业监管和执业环境受到严重影响。但这对于刚刚起步的丹红所没有造成任何影响，因为我们的定位是高端专业服务，以市场为依托，以需求为导向，业务比较稳定。2014 年以后的两年，我们所的收入保持了阶梯式增长，2015 年近 600 万元，2016 年 700 万元，2017 年实现了跨越式增长超过了 1000 万元。收入过 1000 万元在湖北省是可以排进前三的。但比较户均收入和人均收入指标，我们应该是名列前茅，因为所里人数少，没有做铺面的业务，做的都是点对点的精准化高端服务，我们的人均贡献度一直都保持在 50 万元以上。人均贡献度这个概念也是中税协提出来的，注册税务师等级认定中有一项硬性指标就是收入的人均贡献度。我们目前的客户数量保持在100户左右，服务收费一般十万到一百万之间，业务类型主要包括常年的税务咨询顾问、税务筹划、土地增值税清算、企业所得税汇算清缴、纳税争议解决方案设计等。几年来，我们始终秉承着“至专业、至诚信、至严谨、至共赢”的创所理念，利用自身特有的行业领军优势、丰富的执业经验及勇往直前的拼搏精神，在行业内异军突起，用智慧、用毅力、用品行、用专业、用口碑开创了丹红事业的良好局面，以良好的经营业绩体现了丹红税务师的开拓能力，以丰硕的业务成果展示了丹红事务所的专业实力。

我们所现有员工25人，具备注册会计师、注册税务师证书的近一半人数。我们执业团队人虽不多，但年轻有为，有思想、有活力、有干劲，平时做事的风格就是讲求效率，一个项目组三到五个人，一个萝卜一个坑，每个人做好自己的事，所以工作效率特别高。目前所里三个合伙人，我全面负责，一个合伙人管执业，一个管行政和其他事务，分工明确，内部管理也比较规范，各项制度比较健全。近几年来，我们根据公司发展的需要逐步建立了员工考勤制度、工资薪酬制度、学习培训制度、执业考核制度及档案管理制度等，并坚决将各项制度落实到位，用制度管人，按规矩办事。

首先从合伙人自身抓起，要求每个合伙人轮流组织并参与所内培训和专业考试，严格落实了规定的每年不少于一周的集中内训（春训）、每月不少于一日的学习交流及案例分享、每季不少于一次的专业考试制度。通过多种形式的学习培训，活跃了学习氛围，增强了学习兴趣，提升了专业能力；通过以考促学，挖掘并涌现出了一批优秀的年轻员工。很多年轻人比较喜欢我们所里的气氛，人员结构基本上以“80后”“90后”为主，大家共同学习、共同进步，而且所里培训学习的机会对年轻人触动也很大，他们的成长还是挺快的。我们组织的学习考试不是那种理论考试，全部是由合伙人把平时工作中要用的政策、基本口径整理好，发下来学习，学习完了我们自己出题目对他们进行考核。考核的内容主要是近期的税收新政及执行口径，比如2016年的营业税改征增值税，2017 年我们连续考了四次，主要目的是要让每一个执业人员把这些重要政策印到脑海里去，以便在平时的工作中做到游刃有余。同时，我们鼓励并大力支持年轻员工积极报考税务师、注册会计师、律师等职业资格，对考试通过的给予精神和物质双重奖励。实践证明，狠抓学习非常有利于年轻人的成长，很多员工可能第一年是税务师助理，薪资比较低，第二年能做小的项目了，收入翻一番，第三年能做大项目了，又翻一番。只要你努力了，上升空间就特别大，提升也特别快。2018 年年底我们又推行了股权激励，旨在增加优秀员工的归宿感，增强全所的凝聚力，提高工作的执行力。就是这样一种机制，激励年轻的员工认真地学习、努力地工作、开心地生活。我们非常重视专业、重视人才，注重个人与公司的共赢。税务师行业还是比较弱小的，但专业要求又特别高，我觉得比注册会计师还要高，这也是为什么我当初考完了注册税务师，还要去考注册会计师的原因。因为税务筹划以及其他高深层次的服务最后都是要靠财务去落地的，如果会计知识不熟悉，无疑是纸上谈兵，是没有办法做好税务服务的，因此我们执业人员的素质要求比注册会计师更高。注册会计师特别是大所现在主要是依靠团队作战，你一个人力量再大也无法独立完成上市审计任务。我们也需要团队，但是很多高端业务还要个人的综合能力，比如我们经常做一些高端咨询，可能不用带助理，自己了解情况、研究政策，然后拟出咨询报告或筹划方案就完成了，效率高且客户满意度也高。我们的业务有点像注册会计师和律师的结合。

为保证执业质量，我们所建立了严格的三级复核制度，所有的报告都要经过三级复核，所有的数据、报告都必须经合伙人复核通过才能和客户交换意见。我们每一个项目都有一个合伙人负责，跟踪项目服务全过程。这和律师的情况还是有点相似的，大的业务我们合伙人也会亲自去做，这恐怕在湖北省也是我们的一大特色。精准化的服务要求我们合伙人必须严格把关，以免项目经理做得不到位，影响客户的满意度。很多朋友不计报酬地向客户推荐我们，就是因为我们能够提供优质的服务，这也是我们业务获得的一个重要渠道。

深刻洞察，看准行业发展方向

注税行业没有像注册会计师或律师行业一样形成超大规模的所。这可能有两方面的因素：第一个也是最重要的因素是立法问题。律师和注册会计师都有立法，他们不仅有法定业务，而且有了立法后整个行业的社会认知度和认可度都不一样，包括在人大政协的席位也都完全不一样，这可能是一个大环境的影响。第二个因素就是我们业务开展的地域局限性。我们这个行业和注册会计师行业不太一样，注册会计师行业作为一个独立的第三方，基本上是靠市场来监控的，审计报告出了之后无须受其他部门的审核。但是我们这个行业出的每一项报告都涉及国家税款，随时都可能接受税务局的检查，同一个政策可能各地的执行口径不同而有不同的结果，所以这个业务发展的地域性很强。一旦业务涉及跨区域的沟通，难度是很大的。这也是为什么总部的业务涉及武汉的会让我们去做，因为跨区域沟通的成本代价太大了。业务发展的地域限制在很大程度上制约了单体所的规模化发展。所以税务师事务所规模化发展只能是依靠在各地吸收成员所，利用当地的资源。

全国税务师行业的发展也不均衡，发展得比较好的是江浙一带的所，年收入两三千万元比较普遍。因为当地市场经济发达，涉税服务需求量大，所以行业发展比较健康。其实行业发展和每个地区的市场环境是有关系的，就像原来的广东省行业发展在全国是最好的，但它主要靠的是当地税务局推行的准法定的鉴证业务。当时广东省税务局明文规定所有的企业所得税汇算清缴必须经过事务所出具鉴证报告才会受理，使得他们的鉴证业务特别发达，就像当年所有的工商年检都要提供会计师事务所的审计报告一样，让中小会计师事务所火了一把；但好景不长，总局下文件取消所有的鉴证业务，这对许多靠鉴证业务维持的小所真的是灭顶之灾。虽然鉴证业务的取消对整个行业影响很大，但是对我们专业所的影响不是很大，因为我们做的主要是服务，是向市场要来的业务。

税务师行业虽然没有立法，也没有法定业务，但所做的业务都是依托于国家税法，所以受政策影响还是比较大的。比如行业发展的初期，由于行业社会影响力不高，市场需求也不大，主要业务还是依靠税务局出台的一些准法定业务，最典型的就是企业所得税汇算清缴鉴证业务，后来总局一纸文书取消了所有鉴证业务，使得一批小所生存艰难。近几年来，国家大力推行税制改革，2018 年四大行业营改增，当年新的个人所得税法出台，使得企业的涉税专业服务需求剧增，有能力专业强的事务所业务源源不断。由此可以看出，政策对于行业的影响是很大的。

在我进入税务师行业的十几年里，武汉市的税务师行业经历了几次洗牌的过程，原来那一批干得比较好的所已经逐步退出历史舞台。我于 2001 年进入这个行业，可以说见证了整个行业的发展历程，总结下来，行业发展主要经历了三个阶段：

第一阶段是从 2001 年到 2007 年，一批国税局改制的所特别辉煌。其业务主要是一机多卡①代开发票，当时全国刚推行税控机开发票，很多小企业买不起税控机，成本太高，国家规定可以实行一机多卡代开发票，武汉市国税局把这块业务全部委托给了改制所，一个纳税人一年的代开票服务费可能就几千元，但是客户数量多，收费总金额就大了，小所一年收入两三百万元，大所一年收入五六百万元。这是一项非常稳定的业务，坐着收钱也没有什么技术含量，不需要专业人员，又没有风险，是旱涝保收的业务。后来总局鼓励纳税人一机一卡，自行开票，而且出台了购买税控设备支出可以全额抵税的政策，这个“一机多卡”业务就慢慢萎缩，到后来基本上没有了，连一机多卡的税控机都不生产了。这期间改制所以及社会所发展都不是很好，只能自己出去找业务，自己去开拓市场。

第二阶段是 2007 年至 2014 年。从 2007 年开始，地税局改制的所慢慢发展起来了，因为那个时候房地产市场热起来了，地产企业涉及税种多、税负重、监

---

① “一机多卡”指小规模企业代开增值税专用发票，多卡指一台主机安装多套金税卡设备。武汉市国家税务局从 2008 年 5 月起开始将一机多卡管理的工业企业分期分批逐步转出为一机一卡管理，在 2009 年 7 月前工作基本完成。

控严，同时由于地产行业涉及的主税种是营业税，所以大部分地产企业归地税局管，还有一些企业重组的优惠政策也比较多，地税局改制所有能力有资源很快就发展起来了。武汉市税务师行业最先出现的千万元所都是地税局改制所。到了2013年，是地税改制所最辉煌的时候，那时候随便一个所都是几百万元营业收入，大的上千万元，规模最大的一家做到了2000多万元，当年在全国税务师行业百强榜排名还比较靠前。

从2014年开始到现在应该是第三阶段，就是社会人士创办的税务所的辉煌时期，就像我们这一批所。由于2014年一家事务所因地税业务出了很大的问题，使一批靠资源生存的所受到了致命的打击，原来做1000万元、2000万元的所，现在只有100万元、200万元，就是这么大的差别，洗牌真的洗得很彻底。湖北省税务师行业500万元以上的所，可以排上前十，且基本上是社会所。可以说，整个行业的发展，5~8年就是一个周期了。

期待更好，加入中税网

为了响应中税协做大做强的号召，我们所去年和北京中税网进行战略合作，变更为中税网天运湖北税务师事务所。这也是经过深思熟虑的。为什么加入中税网呢？首先我看中的是它的培训平台。因为中税网有两个板块，一个是税务师事务所，另一个就是财税培训，这是全国唯一一家财税培训在新三板上市的企业，而且现在他们还启动了 IPO 上市工作。财税培训的客户源比较广，我看中的就是这个客户平台。虽然我们现在和湖北中税网培训板块的合作还不是很好，主要原因是我们的定位不同，我们没做基础铺面的业务；否则利用那个平台还是很不错的。但是从长期来讲，我们的合作前景还是比较好的。另一个原因就是中税网具有 5A 的品牌。按照中税协税务师事务所等级认定标准，要想取得 5A，一个首要的硬指标就是经营收入要达到 1 个亿，这个额度目前在我们行业里面靠单体所是无法达到的，只能抱团取暖，共举一块牌子。一旦总部评定为 5A，成员所、子公司年收入只要超过 1400 万元就可以授牌，所以我们也想利用总部的品牌拿到 5A。目前湖北省的 5A 成员所有两家，一家是中汇，另一家是亚太鹏盛。2018 年我们的收入也将超过 1400 万元，所以 2019 年年初就要准备申报工作了，希望能在 2019 年顺利授牌。

彼此成就，个人与行业共成长

我于 2010 年在板桥事务所加入中国共产党，原来关系挂在黄陂区某个街道，后来税务师行业成立了行业党委就转到武汉市税务师行业党委了。2015 年我们所成立了党支部，我任支部书记，支部现有党员 7 人。党支部成立之后，我们加强了党的制度建设和队伍建设，充分发挥党员的先进模范作用，树立了“加强党建促发展”的经营理念。党支部成立后连续几年被行业党委评为先进党支部，我个人也先后被评为武汉市、湖北省及全国税务师行业优秀共产党员。

心之所往，谁是专业人眼中的代表人士

我觉得专业服务行业的代表人士，首先要有良好的职业形象和专业口碑，专业能力应该是独树一帜的，并且得到行业的公认。专业能力的体现第一是必须拥有职业资格，比如注册会计师、注册税务师或者律师，取得职业资格是成为行业代表人士的前提条件。第二就是你的专业能力在你所在的行业应该有一定的社会认可度。比如说 2017 年我被行业协会推荐为湖北省国税局行政复议委员会专家

委员，这个委员会的主任是省国税局局长，成员包括省局各业务处室处长、武汉大学法学院教授、湖北省知名律师等，这也算是对个人专业能力的一个高级别的认可了。当然我们的专业也要体现到创造效益上去，所以第三个方面就是你的所要大，你的团队要强，你的管理要新。一个人如果专业再强，但是没有追求、没有梦想，就一直待在一个地方，老老实实做他的业务，那他专业再强，不能实现跨越式的发展，我觉得也代表不了行业，他只能代表他自己的专业。专业强只是前提，你有这个专业，还要能把专业转化为生产力，带动行业的发展，这才是最重要的。

我们和律师行业不一样。律师可以一举成名，一个案子打赢了，个人收入可以几百万甚至上千万，他就名利双收了。我们不一样，我们的大业务，需要团队作战。哪一单做得比较好，可能也只是某一个客户的满意度好。要是谈放射效应，在全国各地都知名是很难的。所以从这点来看，我们和会计师行业就比较像了，我们必须把所的规模做大才能提高知名度。很多大企业在寻求税务服务的时候，都会先去关注某个所的资质、规模以及专业团队。我们每个税务师的收入形成和律师行业也不一样。律师一个案子做下来，所里留点费用，剩下的就归他个人。我们不一样，所有的收入都是所里的，个人只是业务提成，而且提成比例不高，一般在15%，合伙人再参与利润分配。所以个人收入主要来源于业务提成和利润分红。

据我的了解，目前武汉市税务师行业内普通的项目经理，一般收入在15万~30万元。如果要达到5~8倍以上才算是行业内的代表人士。年收入至少也应该在100万元才算符合标准。

近几年来，随着注册税务师执业资格取消，改为水平评价之后①，整个行业的位置比较尴尬，同时由于协会的换届问题一直未能得到妥善解决，湖北省行业

---

① 2016年1月13日，国务院常务会议决定取消注册税务师、房产经纪人等61个职业资格许可和认定事项。此后凡没有法律法规依据和各地区、各部门自行设置的各类职业资格不再实施许可和认定，同时逐步建立由行业协会、学会等社会组织开展水平评价的职业资格制度。

协会人员老化，人手严重不足，各项工作也跟不上来，所以也没有什么标准。要说当年中税协进行注册税务师的等级认定，其实很大程度上就是想培养行业领军人才，进而打造行业代表人士，只可惜最后夭折了。

我个人认为，目前在武汉市注册税务师行业好像还真没有公认的代表人士。可能是行业发展同律师等行业相比还是不够成熟，都各自为政，所以选出行业代表人士也真有难度。这个行业发展较晚，改制也晚；而且同国际上比，大多数国家没有独立的税务师行业，一般是并到会计师行业里去的。虽然目前我们离行业代表人士还有一定差距，但是我们会努力地朝着这个目标去奋斗！

访谈手记：我第一次见到张丹时是 2007 班学员报到的时候，看到的是张娃娃脸，事实也是：她当年还不到 30 岁，在税务师行业执业也没几年。我当时嘀咕：市注册税务师管理中心的老吴为什么会推荐她？今天看来，老吴眼光真是厉害啊！现在张丹已是武汉乃至湖北省税务师行业屈指可数的人物！是的，她不同于易坤山那种完全行业素人，她有家庭背景，但这也仅是为她搭了个桥，以后的路都是她一步一步走出来的，靠的就是勤学苦练。行业给她每一次机遇她都把握到了，从做税收征管法宣传到参加全国税务知识大赛，从老所的业务骨干到自己创办新所，看似节节成功，但表面光鲜的背后却是她的踏实努力，特别是对所、对行业态势的深刻把握。今天她站在新的起点上，已经从专业代表转向行业代表，与易坤山等一批“70 后”的税务师撑起武汉乃至湖北这一行业的未来！期待她一步一个脚印，梦想成真。

跨界，让人生更精彩

——外企高管肖苗访谈录

访谈时间及地点：

2017年12月26日上午9:00；武汉市社会主义学院B402讨论室

2018年12月26日上午9:00；武汉市社会主义学院A301室

采访人：徐军（武汉市社会主义学院党组成员、副院长，法学博士）

受访人：肖苗（税务师、外企高管，无党派人士）

记录人：黄慧慧（武汉市社会主义学院办公室副主任科员）

受访人基本情况：

肖苗，女，1979年7月出生，湖北武汉人，毕业于中南财经政法大学会计专业。中国注册会计师、中国注册税务师、国际注册内部审计师（CIA）、英国特许管理会计师（CIMA）。

2000年中南财经政法大学会计专业毕业，在武汉某民营企业工作；2005年到某世界五百强生产制造企业从事会计工作；2007年进入武汉某税务师事务所工作，后任副总经理；2013年起先后任某世界五百强企业中国区中区税务经理、中国区税务总监。

2016年，领导的团队获得某世界五百强企业全球年度团队。

改制所招聘的“第一人”

从校园离开，踏入社会，我的工作经历相对比较平顺，虽然没有经历自主创业的艰苦，但是回顾一路走来的十年，却发现这是我人生的关键时期，也是我事业发展最重要的时期。

2000年，我完成了中南财经政法大学本科段会计专业的全部学业，便入职某民营企业工作，担任了五年的会计主管的职位。由于我专业基础过硬，同期顺利通过注册会计师的考试，并评上了中级会计师，从初入职场的新人过渡成一名合格的财务专业工作者。

2005年，恰逢一个契机，我从原来的民营企业跳槽到某世界五百强生产制造企业，从事会计工作。这期间在外企的职业生涯，使我个人无论从职业能力还是职业素养上，都得到全面的提高。

从会计师成为一名税务师，其中有一些偶然因素，但更重要的是我比较善于抓住机会。由于较早地通过注册会计师职业资格考试，在我心里一直有着在事务所工作的情结，也期盼着去事务所锻炼一下个人能力。但是，当时有一定规模的会计师事务所需要经常出差，一年只有一两个月在武汉，我很难接受这样的工作状态，而税务师事务所的优点就是不用出差。在 2007 年年初，武汉某税务师事务所对外招聘，经同学介绍，我通过考核进入了这家事务所。在入职初期，我对税务师这个行业完全不了解，我以为是和会计师事务所差不多，只是偏向于做税收业务。进入后才知道我所在的税务师事务所是一家改制所，就是由之前税务机关兴办或挂靠的事务所改制而来，每个区都有两家这样的改制所，分别做国税和地税业务，所里的工作人员都是税务部门退休的老领导。我们所的所长还是很有远见和魄力的，从那时起就开始在社会上物色人员，而我应该是武汉市所有改制所里对外招聘的第一人。

小试牛刀

2007 年 3 月，过完春节之后我就去这家税务师事务所上班。作为对外招聘的“第一人”，所里比较注重培养我。当年 6 月，第七次中南地区注册税务师协会协作会在深圳召开，来自广东、广西、湖北、湖南、河南、海南等省（区、市）注册税务师协会、注册税务师管理中心及税务师事务所的代表参加了会议。前期我们所提交了一篇文章，其实并不是我主写的，但所长出于锻炼年轻人的目的让我作为发言人去参加交流。我跟着武汉市国税局注册税务师管理中心的领导一起去参加这次全国行业交流，她对我的影响非常大。参会时，她放弃了单间与我同住，听我一遍遍地演练，指导我如何注意语音、语调、语速来做好这次演讲。在这期间发生了一件对我印象很深的事情。当时整个武汉市只去了 3 个税务师事务所的人，另两位都是所长，他们都问我是哪个领导的孩子，当我如实告诉他们自己没有任何背景而是通过招聘进来时，其中一位所长流露出很不屑的表情。当时我入行只有 3 个月，心里很难接受这种说法，其实这种说法就是当时税务师行业的现实反映：没有关系就没有业务，是靠关系而不是靠专业在做业务。而另外一个所长则意味深长地说这老向（肖所在所的所长）的思维却是与众不同。

后来的事实证明，所里的领导是具有相当前瞻性眼光的，参加这次交流活动对我有两个方面的重要意义：

第一个意义是帮助我深入了解了这个行业。我发现全国在这个行业领域有这么多人可以交流；同时，也让我有更高的视野来客观看待武汉市税务师行业发展的状况。当时，武汉市和其他城市有一个很大的区别：武汉市整个税务师行业从业人员年纪偏大，而外地事务所多有年轻人。这样一来，同样都是改制所，外地的事务所能发展得很好，它们的从业人员原本就是税务机关的业务骨干，都是科级干部出来的，能力确实不错，对新事物的接受能力比较强，不排斥对外招人，具有持续发展的能力。

第二个意义是通过这次交流活动，市行业协会的领导对我的个人能力予以了肯定。

一战成名

如果说参加这次协作会是小试牛刀，那么首届“注税杯”全国注册税务师知识大赛就是我的成名之战。

2007 年 7 月，中国注册税务师协会、注册税务师管理中心和中税网校三家联合举办了“注税杯”知识大赛，中央电视台、《人民日报》等都关注了这次比赛。全国分为六个分赛区，湖北属于华南赛区，整个比赛分初赛、复赛和决赛三个环节。我们所长认识到这是一个机会，她说这是第一届，肯定比较公正，其他人不重视，但我们要积极参加，还要求我把所里的一批年轻人组织起来一起学习，参加初赛的在线考试。当年，华南赛区参赛个人达 4000 多人，但只取个人前 60 名。我们所不仅是湖北省组织参赛人数最多的一家事务所，也是进入复赛人数最多的，共有 7 个人进入了复赛，而湖北省进入复赛的不超过 10 个人，我的同行张丹也在那届比赛取得了好成绩。由于湖北省在全国进入复赛的人数算是比较多的，我们也为省里争了光，省注册税务师协会为此专门给我们举办了庆功宴。也是在这个宴会上我认识了张丹，同时因为这次比赛，我于 10 月份被推荐到 2007 年武汉市自由择业知识分子培训班学习。当时，易坤山已经是事务所的老总，而我和张丹还 30 岁不到，属于行业中年轻一代的业务骨干。从武汉市注册税务师协会推荐的角度来说，也是借此希望年轻一代能给注册税务师行业带来更多的新鲜血液。

业务上的快速成长

2007 年 3 月，《中华人民共和国企业所得税法》颁布后，我们的业务在 2008 年飞速发展，那一年我也拿到了注册税务师的执业资格。

有一天接到武汉市税协的通知，去做企业所得税汇算清缴审核的底稿，以此作为武汉市注册税务师行业的标准范本。此后，我还参与了行业质量检查，那次检查基本上把武汉市大一点的税务师事务所都走了一遍，了解了他们的执业状况。经过这一轮底稿的查看，令我很震惊的是，税务师事务所的底稿和会计师事务所的底稿差得很远，根本无法比较。

2009 年，我们事务所所在区专门出台了个体户建账的规定，要求必须具备代账资质才能办理这项业务，里面有一个条件是具有中级以上会计职称，而我们所只有我具备申请负责人的资格。

2009 年，我们事务所开始从事税务鉴证业务，我们的业务量成倍增长。

离开，看似“绝情”实则有情

伴随着业务的增长，所里矛盾也开始慢慢地显现出来。前两年只靠我自已做事情是可以的，但业务量成倍增长后，单靠我一个人完全应付不过来。说实话，我对所里其他的人员不放心，他们很多不是科班出身的，每一份报告都需要我自己审核。这样，我个人的工作压力成倍增加，每个周末都不能休息，于是，我向所里提出了对外招聘的建议。

回顾这一段经历，现在看来，我当时比较年轻，有些事情还是没有考虑很周全。就当时的环境而言，我能进入这个事务所工作，本身就已经很难得了。若还对外招聘的话，面对社会化的人，事务所的老员工在谈工资待遇福利等方面会有些不适应。比如说事务所是不给员工买养老保险的，而像我这样有外企职业背景的人就会觉得不买养老保险也省不了多少钱，在这方面很难达成共识，所以人员是一直没有解决的问题。

从个人角度来说，我认为税务师事务所和会计师事务所一样，都是“人合”的公司而不是“资合”的公司，它的业务是靠合伙人去做出来的，而不能说谁有钱谁就能成立一个所。

但是，改制所的老一辈都认为吃水不忘挖井人，即创始人就要一直持股。其实原来所的领导也和我交流过，说未来如果这个所交给我的话，能不能代持一部分股份。我当时没有想很多就说可以，但是其他人最好都去考个证。我觉得“注税”不及“注会”那么难，我自己两年就考过了，不认为这是一件很难的事情。但是可能老一辈人有一些子女本身是公务员不可能持股，有些没有通过注册税务师考试，他们听到我的回答后就认为我是有其他的想法的。其实我当时真的没有考虑那么多，就是想把事情做好。与此同时，很多人建议我到外面自己去办一个所或者合伙办一个所，但是我对我们所还是很有感情的，从内心里非常感谢所里对我的大力培养，包括给我这个平台、对我业务上的培养，推荐我到市里、省里学习，开拓视野，我在事务所五年取得了长足的发展，在事务所面对的是几十家企业，遇到的都是难题，所以这五年对我的积累是很大的。

2011 年，所里为了激励我，给了我 5%的股份，我对这些并不太在意，只是简单想着把事情做好，而且我也认为自己不足以承担一个企业领导者的责任。当日益增长的业务和人员紧缺成为一个无法解决的矛盾，我觉得自己要继续下去的话，负荷不堪，也不被理解，而且也没有办法改变现状。当时正好有个契机，某世界五百强外企来武汉招一个区域税务经理，猎头找到了我，我们双方谈了几个月后确定了意向。意向确定之后，我就直接向所里递交了离职报告，并明确告知离职时间是一个月。我的这种做法看上去很绝情，没有给他们留余地，其实也没有给自己留任何余地。我不希望拿离职作为和别人谈判的条件来达到什么目的，可能真的是与这家事务所的缘分尽了。

离职时，所有人都对我的选择感到非常可惜，认为我当时在行业内的发展是无可估量的。但是，我觉得这算是给所里领导一个交代，他们在我的成长过程中确实付出了很多，在我离职之后，他们的业务也流失了不少，特别是几家上市公司和大型企业。之后听到他们在圈里说我带走了业务时，我表示问心无愧，这些他们是可以查到的，最后他们也发现这确实与我没有任何关系。

我在离职时和所里说得也很明确，我肯定会离开税务师这个行业。我总认为所里的领导是和我父母一样年纪的人，如果我离职他们顶多是一时感到不舒服，如果我还在这个行业里和他们竞争，他们肯定要说我一辈子。离职后所里一直把我的证留着，他们不相信我回企业了。我说无所谓就放在你们这边，只要所长还是法人，我的证就一直放在那边。我很信任所长不会把我的证拿出去做别的事情，但是她一旦离开了这个所，我就要拿回我的证。直到前两个月才通知我去拿回证，把我转成非执业，而那位领导真的是过了 70 岁才退休。

后来我回顾离开的整个过程，觉得他们也是受限于改制所的一个问题，无法放弃一机多卡代理开票业务，不愿意拓展新业务。老股东们认为仅凭这一项业务每年轻轻松松挣个几百万也挺好，像我们这样既做鉴证业务又做税务服务很辛苦，算下来和他们的收益也差不多。我们领导当时也说过开票业务早晚有一天要取消的（现在已经取消了），要有危机意识，事实证明这个顾虑是很正确的。

外企心路历程——人累心不累

我刚到这家外企时任中区税务经理，可能很多人都不知道企业里还有税务经理这个职位设置，其实现在国内一些大企业比如说华润、华为已经有了。我们公司将全国市场分为南北中三个区，我最初做的是中区的税务经理，包括上海、安徽、江苏、浙江、湖北、河南、重庆、四川整个中部一带，相比较而言中区还是挺大的，基本上覆盖了整个长江流域，一个省就是一家公司，有一个专门的管理团队，他们负责营运这一块，所以涉及部门之间的协调会比较多，企业内部的交道会比较多，税务师事务所内部就不会有这些事情，这是大企业的一个特点。

虽然在公司我管全国这么多地方，身体比较累，可是心不累，而在事务所只有遇到了棘手的问题才会找你，那时真的是想破脑壳头发都白了。外企的一个特点就是合规性非常强，能够只做专业，就专业谈专业。外企对税法的遵从度非常高，他们认为不该交的税就不要交，该交的税当然也不要省，比如说企业所得税是根据公司的盈利情况来交的，他们赚钱就愿意交并认为这种配比是合理的，不会做一些超过底线的事情。

作为税务经理的我负责财务团队的分工。公司将全国最基础的财务工作集中在广州成立了一个会计中心，是独立的法人，保证对全国二十几家公司按照统一的标准处理基础账务。各个地方分公司都有专门的财务部，但已经不做账务处理工作，而是专门做财务分析，帮助营运提高销售额和盈利能力。在国内，我们公司的财务分析已经做到了极致，运用系统通过大数据来分析各个市场，能够分析到最细节的地方，比如一分钟能够接待多少位客人，有多大的提升空间。税务团队隶属财务部，属总部直管，除一小部分人在总部做税务筹划专门研究相关政策法规外，其余人员分了三个区域，每个区域下面分三个人，基本上一个人管两到三家公司，需要经常出差。

我之前负责税务申报，做一些联络工作，但是 2018 年我们做了一个革新，把税务申报全部交到会计中心，他们做账后自行申报，尽量做到系统化。我们税务团队以后的定位也是向专业化服务化发展，像一个企业内部的事务所一样，并不是做那些很基础的工作。现在主要负责三块内容：第一，所有市场税务实务。每个省的税务情况各不相同，要针对每个市场不同的税务环境来做出不同的应对，以提高各单位的盈利能力、提升企业的效益。第二，在总部做税收筹划制订计划的时候加以校准，分析制定税收政策的可操作性。第三，做税务风险防控。有大量的地产租赁合同在签订前要做一些税务上的审核，现在的业务形式越来越多，促销很多，平台也很多，支付的方式也很多，这个中间也会涉及很多税务问题。此外，财务报表审计是也由税务团队来负责的。

除了没有处理账务实务，中国传统意义上的会计工作其实都在税务团队，当然也会请税务师事务所来为我们把关。在我负责中区工作的时候，我要求每家公司汇算清缴①必须请税务师事务所做鉴证；从专业税务师的角度，我认为很有必要。我负责公司全国范围内税务之后就要求每一家公司必须有这样的报告。外企在这一方面完全不怕花钱，同时我对事务所的专业性还是比较认可，由此可以看出之前事务所的工作经历对我现在的工作影响很大。我们和“四大”所都有合作，主要是在总部层面，比如说转让定价②美国总部那一块的业务，包括营改增我们整个流程的设计也是需要他们来把关，每项业务会请他们当中做得最好的参与，这也是符合税务工作的专业、精确的要求。

总体来说，这家外企品牌不错，资优的外资企业在和税务局去谈政策执行等各方面还是有一定的优势，我们还有专门的对口处室，在外企也比较单纯，也就做专业方面的事情。

---

① 汇算清缴是指纳税人在纳税年度终了后规定时期内，依照税收法律、法规、规章及其他有关企业所得税的规定，自行计算全年应纳税所得额和实纳所得税额，根据月度或季度预缴的所得税数额，确定该年度应补或者应退税额，并填写年度企业所得税纳税申报表，向主管税务机关办理年度企业所得税纳税申报、提供税务机关要求提供的有关资料、结清全年企业所得税税款的行为。

② 转让定价（Transfer Pricing）是指关联企业之间在销售货物、提供劳务、转让无形资产等时制定的价格。在跨国经济活动中，利用关联企业之间的转让定价进行避税已成为一种常见的税收逃避方法。其一般做法是：高税国企业向其低税国关联企业销售货物、提供劳务、转让无形资产时制定低价；低税国企业向其高税国关联企业销售货物、提供劳务、转让无形资产时制定高价。这样，利润就从高税国转移到低税国，从而达到最大限度地减轻其税负的目的。

现实版“杜拉拉升职记”

刚空降去的前半年我过得非常艰难，到了新环境什么都不熟悉，对内部关系也不了解，一切从头开始。我之前在事务所的时候，已经担任副总的职位，负责审核的工作，但是到了新公司，当时是异地管理，雪上加霜的是一名下属离职后没人顶上，所有事情只能亲力亲为，我基本上每天晚上都工作到一两点。那时我告诉自己，对自己的选择要坚持到底，要摒除浮躁的心态，静下心来把事情做好。经过那半年的努力，我在短时间内熟悉了公司内部的各项业务，现在回想起来，非常感谢那段岁月。

由于业务比较扎实，所以我在公司的发展比较顺利，2017 年升职为全国税务总监。外企的升职必须是职责范围进一步扩大，并非工作有业绩就直接升一级，我担任全国税务总监也只是刚刚摸到高管的门，这家外企有九个职务级别，我现在是六级，刚刚到中等级别，感觉自己很难成为公司最顶尖的高管，如果到塔尖肯定要付出和牺牲，所有的成功都不是轻易得来的，要先舍才有得。有一本书叫《杜拉拉升职记》，基本上是我们外企人员生活的写照，外面的人看起来可能没有什么共鸣，但是我们自己人看起来那确实是我们的生活。外企也有一定的争斗，但是有底线保证，我一向觉得外企还是比较好的，思想不用太复杂，公司一切都是以业务为王，能坐到 CEO 这个层面的人肯定是有营运背景的，财务人员想做到高层必须有跨部门的经历，如果不懂得经营的话没有办法去做决策。

有人很奇怪问我，中国区的税务总监为什么是在武汉而不在上海办公？当时都说总监级别高管要去总部，我一直都没有到外地工作的强烈愿望，也没想到自己会担任这个职位，我现在刚接这个职位需要经常出差去全国各地看一下情况，所以目前也没有强制让我去上海。当然了，现在只是刚开始的阶段，到时候极有可能还是让我去上海的。其实湖北人挺有才的，在我们总部武汉人相当多，特别是财务这一块的，但是都会面临异地的问题。有些人是完全没有办法，只能周末坐高铁回来，这限制了我们很多人的发展，其实他们能够更出色。

武汉市九省通衢，地处全国的中心，区位优势非常好。我们从内心希望能有更多的企业总部设在武汉，现在武汉只能算作我们的一个区域一个市场。更多的大公司能在武汉设立总部的关键是当地政府的政策和态度，这方面上海做得很好，所以落户那边的公司总部就很多。现在各地政府招商引资的力度非常大，地方政府考评不仅看税收，还会看营业额等，他们的统计指标里面还有商业购买、原料采购、提供就业等。

两耳不闻窗外事

在外企里面，不同行业之间、不同高管之间几乎没有联系，在我看来，这却是一个缺陷。我们公司的营运总监是民建（“中国民主建国会”的简称）的，他们党派以前还组织活动到我们公司参观，我觉得这样的活动非常好，大家相互认识相互交流。当时，我还提到我是真正的无党派人士。外商投资企业协会对我们关注很少，也没有组织过活动。企业之间有的时候是行业协会组织同行进行交流，外企之间有一些也是可以交流的，但是这一块现在几乎是一片空白，要是有机会可以填补空白。2007 年我参加完培训班，2008 年加入了区知识分子联谊会，不过后来基本上没有参加活动，到现在我都不清楚自己还是不是知识分子联谊会成员，几乎和组织没有联系了。

外企对法律的遵从度是非常高的。很多外企在合规性上做得不错，形成习惯后就会有良性循环。我们公司专门有一个合规部，会定期培训，让我们在网上学习考试，逢年过节会给我们发提醒短信。但是对于政治，关注度没有那么高。以前我在知识分子联谊会，他们还会经常给我发相关信息，组织我去学习，参加培训后，还是有一些作用的，因为企业的发展必定是和大环境有关的。我觉得对外企高管思想引领缺少一个切入点，有些事情不能做得特别刻意，首先要把这些人团结起来，让他们知道自己是受到关注的。比如我之前被推荐到市里培训、到省里培训，慢慢地就有这种意识了，而在参加培训之前就只会关注本专业领域的事情。

爱之深，责之切

虽然我离开税务师行业了，但我对这个行业有很深的感情。税务师行业为什么一直发展不好，我认为是与改制所和他们的人员有关，一个行业要发展，首先要做强内部，注册会计师行业的从业人员大部分是经过注册会计师考试的，所以专业性就很强。

税务师这个行业发展到现在已经类似于会计师行业，虽然发展的水平远远不及，但基本上是向这个方向发展了。税务师行业的阵痛就是把法定业务取消，把注册两个字取消，这并不一定是坏事。但是，注册税务师还是丧失了一次很好的立法机会，如果那个时候能在律师法、会计师法之后立法，税务业务就变得有法可依，法律地位就不一样了，那整个行业可以发展到一个新的局面。现在的准入门槛还是比较低，哪怕注册一个咨询公司就能够做税务业务，出鉴证报告又不要专业资质，所以我都不知道现在税务师算不算一个行业。这真的是很尴尬了，“四大”所就是用咨询公司的名义来做。

由于税务师行业与主管部门的关系过于密切，所以合规性也是大问题。这一行的老观念是：做业务不是靠专业而是靠关系。所以在某些年份只要一有税务官员出现问题就会消失一批事务所，这对那些事务所的影响是很大的，甚至对行业的影响都是很大的。取消了一些业务和特权，当时看上去对行业的打击非常大，但从长远来说绝对是有好处的，这样像张丹、易坤山他们这种完全做专业服务的才有机会出头。如果当年我面对的是现在这种环境，我就敢成立税务师事务所，但在五六年前那种环境下我觉得压力太大了，只靠专业我做不起来，当时的行业环境也不好，所以我还是决定回归我最熟悉的外企。

其实税务师行业是大有可为的。虽然大一点的企业自己成立税务部，但我们几乎90%的高端业务是“四大”所来做的，其实整个税务业务的拓展还有许多工作可做。“四大”所的税务业务比审计更赚钱，而且还不累。当然“四大”所有它的优势，拥有很多人才包括社会上的还有税务总局的人才，我后来认识了很多省局的处长级别的官员也去了他们那里。会计师行业经过行业大发展的时候也是走了联合组成大所的路，我觉得这是行业协会和主管部门大力推动的结果。

上海和江苏的税务师行业是比较好的，为我们江苏分公司提供服务的事务所同样是改制所，所长只比我大一两岁，是从税务局辞职的，非常有勇气。江苏和武汉不一样，武汉当时只有退休的老同志愿意来事务所发挥余热，而江苏这边他们在岗的税务干部就愿意做税务师这个行业，所以我觉得这是很大的不同。同样是改制所，他们发展得很好，具有持续发展的能力。他们本身是业务骨干，是靠专业取胜，对新事物有很强的接受能力，也不排斥对外招人，让我觉得耳目一新。在招聘的时候我发现，广东和上海这两个地方税务局出来的比较多，都很年轻，基本上是“80后”。在上海这边，我们发现上海的税务局有很多人跳槽，我们现在有一个上海的税务经理是从税务局出来的，他在适应企业的同时也给了我们一些新的想法，包括对政策的把握。虽然我离开了这个行业，但我一直都没有离开税务，专职还是在做税务，我有很深的税务情结，也不希望离这个行业太远。

代表人士：专业性与先进性

对于代表人士，我觉得首先是要具备很强的专业性。在税务师行业里人员的专业性确实是一个问题，这个行业不像会计师行业要求必须有证才能进入，人员素质整体还是不如注册会计师。虽然中间有几年全国有考试可以评注册税务师级别，与其他省份比，湖北省还是差了一些，被评上的数量有限，现在看到的还是那几张老面孔。

另外，我认为思想要革新求变，例如 2007 年的时候，我们所长招我入职时，别人说她的想法是与众不同的。易坤山就是这方面的代表，他的想法总是出人意料，他现在已经倾向于做税务研究，层次相对较高。

此外，我认为代表人士在行业内还是要有先进性，要代表先进的思想。现在跳出税务师行业再来看的话，这个行业发展确实不如会计师行业，武汉的发展确实也不及一些发达的城市。我曾跟张丹说过她的所还有希望再进一步，但是发展壮大后可能各种矛盾也会随之而来，就像我看到上海、江苏这些地方的大型所很多是通过合并做大做强的。以前税务师行业是受限的，只能在省内做业务，各种交流也比较少。像易坤山就是走的地方比较多才会有较多的想法，吸取别人的长处来弥补自己的不足，他的先进性就是这样得来的。

专业代表与行业代表

我认为武汉市的税务师行业相对比较闭塞，既闭塞又不交流的话，哪里能够有人才出来呢？在湖北也就只有几个人做得好一些。从全国层面来看，比较出名的税务师还是凤毛麟角。就我个人而言，以前只能说是业务骨干，可以作为注册税务师的代表，若要作为注册税务师行业的代表还是有欠缺的。我觉得一个人要能做一个行业的代表至少要扛起一个事务所的责任，我欠缺的就是这方面的能力。当然也可能是我想多了，因为人的潜力是无限的，走到哪一步都是逼出来的。税务师行业内的交流比较少，中税协可以算是一个半官方的机构，但是税务师行业不像律师行业或者是会计师行业，在全国范围内有比较知名的代表人士，所以有的时候我为税务师这个行业焦虑不已。

对于外资企业管理技术人员，我觉得尽管都是外企高管，但不同行业之间是很难产生公认的代表性人物，只能说业内某个人做得非常不错。本来行业之间的交流就比较少，又缺少了解的途径。大家平时都是工作，工作之后有自己的生活，根本就没有途径和时间去了解别人。不过我个人觉得现在没有，不代表以后没有。对于代表人物，做得好的人肯定有，只是大家都不知道、不了解而已。

访谈手记：肖苗是2007年当时武汉市注册税务师管理中心推荐来院学习的三名税务师之一，真的很佩服吴荣华主任的眼光，这三位税务师十余年后都大有所成。相比较而言，肖苗算是整个班上学员非常特别的一位，因为其他参加这次访谈的学员入行后基本上是从一而终，只有她算是例外，从外企到税务再到外企。她进入税务师行业，与张丹不同，她完全没有家庭背景，但有相关的专业背景，而且有想在事务所历练的情结；进入行业后，所里有心培养，自己分外努力，几年内就从年轻后辈成长为业务骨干、副总乃至股东。但就是在外人看来执业前景一片光明时，却毅然离职，很快在世界知名外企又开辟一片新的天地。老天总是不负敬业者，跨行同样精彩！更难能可贵的是，虽然她离开了税务师行业，但从她对原事务所的态度可见做人的厚道。她对行业思考的深入，特别是专业代表到行业代表的说法让我脑洞大开，原来新的社会阶层代表人士也是分层次和阶段的。正是在她的这一思想的启发下，我提出专业代表、行业（群体）代表、政治代表不仅是新的社会阶层代表人士代表的三个层次，也是成长的三个阶段。

善者为医　仁者仁术

——民营中医师夏小中访谈录

访谈时间及地点：

2018 年 2 月 3 日 15:00；武昌恒顺和风湿病医院三楼接待室

2018 年 12 月 29 日 15:50；武汉市社会主义学院 A301 室

2019 年 1 月 11 日 9:40；湖北省夏小中医院 12 楼办公室

采访人： 徐军（武汉市社会主义学院党组成员、副院长，法学博士）

受访人： 夏小中（民营中医师、民建会员）

记录人： 容晖（武汉市社会主义学院教研室副调研员）

黎园（武汉市社会主义学院教研室主任科员）

受访人基本情况：

夏小中，男，1958 年 1 月出生，湖北京山人，湖北夏小中医院院长、主任医师，国家级非物质文化遗产夏氏丹药制作技艺第五代传人。1979 年 5 月—1985 年 4 月，任湖北省京山县人民医院医师；1985 年 5 月—1988 年 9 月，任湖北省京山县中医外科医院主治医师、院长；1988 年 10 月—1993 年 4 月，任湖北京山县夏小中医院主治医师，院长；1993 年 5 月至今，任湖北夏小中医院副主任医师、主任医师、院长。

现任湖北省政府参事，世界中医药联盟中国传统医药非物质文化遗产理事会副理事长，世界中医骨伤科联合会副秘书长、常务理事，《世界中医骨科杂志》副总编，美国中西医结合学会理事，北京骨伤进修学院客座副教授，北京传统医药研究院副研究员，湖北省中药材开发应用研究会副会长，武汉市非公医疗机构协会副会长，湖北省毛泽东书法艺术学会法人、会长。曾任湖北省政协委员、省工商联常委、荆门市政协常委、京山县政协常委。

著有《骨关节疾病的诊断与治疗》《骨与关节结核的防治》《骨骼系统疾病 1000 问》《夏小中医案医话》等著作及医学论文 80 余篇。1998 年，荣获“尚天裕科学奖”科技进步一等奖（世界中医骨伤科联合会颁发）；2000 年，荣获“共和国名医专家成就贡献金奖”；2007 年，被评为“全国优秀民营中医医院院长”（国家中医药管理局批准）；2010 年，被评为“湖北省非物质文化遗产（夏氏炼丹术及其祖传秘方）传承人”；2010 年，获首届中国非物质文化遗产博览会银奖；2012 年被评为“国家非物质文化遗产传统制剂（丹药）传承人”；2013 年，获“优秀中国特色社会主义事业建设者”称号（武汉市人民政府颁发）；2016 年被评为“民建全国社会服务先进个人”；享受国务院政府专项津贴（文化部非物质文化遗产项目津贴）。

世代家传　耳濡目染

我的祖父母都是行医的，特别是我祖母的妇产技术，在相邻几个县非常有名气，遇到妇女生孩子难产，她一般都有办法抢救。她一年四季不分昼夜地被请去接生，帮助过很多人，人家都非常感谢她。她也擅长小儿疳科，对小孩厌食、面黄肌瘦等症状，她的绝招是用一种油线点上火后点在小儿的经络穴位上，治疗两三次后小孩就肯吃饭了；或者采用挑小儿手上肝经的方法。病人通常只要经过她的手就能治愈，还恢复得很快。

我父亲夏方清生于1927年。他把我们家传的中医针灸、行医经验和夏氏丹药融合到一起。中医针灸不稀奇，夏氏丹药才是我们家最奇特的。我们夏氏丹药，最早是皇宫里面用的。以前有一位叫李东仁的太医，在皇宫里炼丹，他从皇宫出来后，就回到家乡，带着儿子李如意在乡里行医，他因使用丹药制成的一种特色膏药而闻名。李如意和他的妻子向三姑后来一直在当地以行医为生，他俩没有子女，后来看上了我父亲的资质，把他收为义子，并且把家传的丹药传给了我父亲，这样我们家才继承了这个丹药。

炼丹是很难的，要静心，用很多药材来配，主要是矿物药，如朱砂、明矾、火硝等，这些都有较大毒性，把这些药石和提取的水银碾碎后，用陶罐炼制成丹药，治疗疮疡、骨髓炎、骨结核等顽症。我父亲本身就是中医，对针灸很在行，还参加过两年抗美援朝，在部队也是军医，他把丹药继承下来并进行了发扬，主要治疗骨髓炎、骨结核、风湿、类风湿、骨坏死、椎间盘突出等难治之症。丹药对中医外科有特效，这是大家公认的。遗憾的是我父亲患有肺心病，治愈以后肺活量一直不太正常，58岁就去世了。这个丹药就传到了我手上，我又传给了我儿子。

我是1958年出生的，在湖北省京山县长到8岁。1952年我父亲从部队转业后，先在天门县唐店大队小学当老师，一年后转到京山县钱场镇的白马卫生所工作，“文化大革命”时被划成“右派”。1966年，我们全家跟着父亲下放到天门老家。我父亲到乡下后，因不会种田，被安排在村里放牛，给村民看病，他送医送药送了十几年，分文不收。那时来看病的人很多，也没有正规的医务室，最多的时候当地家家户户都有外地来的病人借住。我们五个兄弟姊妹，还有我叔叔的两个孩子，从小一起跟着我父亲学医。父亲对我们要求非常严格，背错了药书和方子就要挨打。我父亲教我们医理时，在黑板上写的颜体字很漂亮，我很羡慕，所以从那时起我就萌生了两个愿望，一是悬壶乡里、济世救人，成为一名像父亲那样的好医生；二是笔走龙蛇、挥洒自如，练就一手好书法。

1979 年 5 月 25 日，这个日子我到现在都还记得很清楚，京山县政府落实政策，派人开车来请我父亲回去。当时他 50 岁出头，从我们兄弟姊妹中挑选我带回了京山。随后，父亲和我被安排在京山县人民医院中医科工作，他在门诊部，我在住院部。我终于实现了当医生的愿望！

县人民医院的“小专家”

1979 年，我 21 岁，在京山县人民医院中医科住院部管床。① 当时中医科有 50 张病床，我负责 25 张。我父亲回到京山后，前来就诊的患者络绎不绝，而且很多是从外省来的，病床总是不够用。县人民医院的中医科一下子火爆起来，成了医院的创收大科。我主要接诊中医骨科和痔瘘科方面的病患，渐渐有了名气。治痔瘘的药同样是我父亲传下来的，叫“枯痔散”，书本上有记载，但不容易制出来，我父亲把这个药配制了出来。1985 年，中南六省肛肠学术会议邀请我、武汉市第八医院的孙医生、湖北省肛肠医院的一位主任，代表湖北到湖南岳阳参加会议，三名代表里只有我是来自县医院的医生，我还在会上作了发言，介绍了“枯痔散”的神奇之处——不需要做手术，只用点一点药，痔疮会慢慢脱水，逐渐变成黑色，最后干枯脱掉。

迈出创业第一步

1985 年，京山县卫生局想办一所有特色、有疗效的中医外科专科医院，最

① 管床即担任住院医师。

后找到了我，由卫生局提供地方，还安排了二三十人，让我来组建一个专科医院，专门治疗骨髓炎、骨结核、痔瘘等外科疾病。1985 年，27 岁的我领了最后一次工资后，就正式从县人民医院出来，创办了京山县中医外科医院，包括我在内的所有人的工资都由我们自己承担。这是中南地区第一家中医外科痔瘘专科医院，属于集体性质，所以这段时期我的公职身份依然保留在县人民医院。

山沟沟里的“金凤凰”

办医院一年多，病人纷纷找上门来。1987 年 10 月 1 日国庆节当天，《湖北日报》以“好雨知时节”为题对我进行了报道。不久，京山县文化馆的田先光同志来到医院，为我拍摄了一张应诊的照片，当时我正在给钟祥的一位骨髓炎患者换药。这张照片后来被《健康报》的头版头条采用，同时报道了我们的中医外科专科医院。这篇报道刊登之后，影响很大。《人民日报》的记者也写了一篇报道——《大陆医生真神奇》，刊登在《人民日报》海外版上，香港《大公报》进行了转载。此后，医院在海内外的影响更大了，全国各地来的患者也更多了，还收到了中国香港、台湾的信件，找我们要偏方和药进行治疗；也有法国、日本、美国等四五个国家的患者写信来，其中不少是华人。有一位在法国地下冷库里工作的病人，得了类风湿性关节炎，在当地治不好。他写信找我，又不知道具体地址，就写了“湖北省京山县县委书记收”，当时的县委书记收到信后，在我们京山县教育工作会上讲话，说我们京山山沟沟里也有人才，法国的医学那么发达，还有人从法国写信来找夏小中。他那次讲话后，就有很多老师到我那里去看病，这是后话。一直到现在，都还有海外来信找我们求药，不是要街上随便可以买到的药，要的就是我们神奇的丹药。

放弃“铁饭碗”

1985 年我出来办医院，因为非常红火，社会上有人指指点点。三年后，县卫生局想把医院收回去。我跟他们商量，能不能不要收回去，交给我承包，每年交一定费用，但是他们不同意，执意要收回医院，所以我最后决定辞职出来单干，不要公职医生这个铁饭碗了。这在当时还是需要很大勇气的，那时我一个月的工资 35.5 元，交给父亲 15 元养家，剩下的自己还可以过得很好。那时的物价很低，一碗蒸肉才卖 2 毛钱。1988 年我辞职后，跟着我一起办医院的 20 几个人都调回去吃国家饭了，卫生局提供的地方我也不能用了，所以就搬回自己家里，正式走上了个体行医这条路。

我把自己的家办成了一个门诊部，治疗来自全国各地的病人，很多骨髓炎、骨结核患者得以治愈。有个 70 多岁的老太太，患腰椎结核瘫痪在床，她的儿子是石家庄空军干休所（军队干部休养所）的干部，听说我后，就找我拿药回去给他母亲用，不到两个月，他母亲就能站起来走路了。治好以后，他从内心感谢我，专程从河北石家庄到湖北京山来，邀请我到他所在的干休所医院去办一个中医外科科室。那个干休所层次很高，条件非常好，我在那里开设了三年左右的中医外科科室，一直到现在那家医院还保留有中医外科的科室。后来这种合作太多了，我顾不过来，就交给了我妹妹打理。

在汉口的三级跳

在京山县时我始终觉得地方有点偏，不方便病人来回。从京山出来的初衷就是要更好地服务和方便病人，让更多的人用上我们的丹药。

1992 年，我在武汉市汉口杨汉湖购下 1400 多平方米的一栋三层小楼，起初是打算建综合性门诊部，设立骨科、风湿科、外科。当时有人大代表、政协委员们提意见，说杨汉湖这么大的小区没有一家医院，不方便老百姓看病，江汉区卫生局就找到我们，希望我们办成医院。又因为那时的政策还不允许医生异地开业，所以我们就跟部队联合起来办了个专科医院。

1993 年 7 月，杨汉湖的专科医院正式开门营业。囿于当时的条件，1000 多平方米只能办个小医院，楼上楼下 40 多人，规模不大。开始几年不景气，后来修路、通公汽，慢慢就有了起色。有段时间公汽上还用“夏小中医院”作为站名，不过那是公汽公司自己弄的，可能也是因为坐车的人问得多。

位于汉口火车站旁的夏小中医院大楼

1998 年，考虑到交通状况，也为了完成我一直以来的夙愿，我在汉口火车站旁边买下一块地，2003 年建成了现在的夏小中医院，共有 12 层楼，1 万多平方米，核准的床位是 80 张。医院建成后，接诊的全国各地的病人就更多了。我们这一行是病人跟着医生走，医生到哪里，他们就跟着到哪里。但是现在仍然有全国各地的病人慕名找到京山去，所以京山的门诊保留着，有几个医生在那边值班，病人去了一样可以拿药，比较放心。除了门诊，京山还保留了一个配套的制剂室，聘请了 30 多个人，规模比较大，是按照国家标准建的，并经过湖北省药监部门审批，很多公立中医院的制剂室都没有我们那个好。目前制药主要是在京山完成，汉口这边的医院就是开药、用药。其实按照目前的政策是不允许异地制药的，我向省里反映过情况，省里了解情况后，为了不造成资源浪费，还是批准了，前提是要取得当地药监部门的认可。

位于京山县的制剂室

当然，更多的病人现在还是来汉口找我看病。我每个月定期坐诊三次，6日、16日、26日的上午，来的是全国各地的病人，有的是复诊，有的是看病。前几年，我在湖北的当阳、荆州，湖南长沙等地还有几个点，都是合作性质的。后来政策不允许这样合作，另外自制的中药制剂也不能离开本地销售，所以我响应国家的政策，现在就一心一意地守着汉口和京山的医院，两边加起来共120多人的规模。

夏小中院长接诊病人

目前我在武汉黄陂盘龙城的横店买了40亩地，打算建个分院。因为以前在杨汉湖，地方小，现在在汉口火车站旁边，地方大了，但是没有停车场，我还是想把医院的服务再提个档次，也想建点厂房制药。

申报国家非物质文化遗产

我父亲制药的方法是纯手工的，药丸是手搓的，膏药是报纸包的，那个时候都不敢想用皮子做膏药，没有那么多的资金。传到我手里后我做了很多改变，制药全部机械化，有胶囊机、压片机、粉碎机，中药要经过提取罐提取，唯一没有变的就是丹药炼制和膏药摊制还是手工的，因为这两个部分，越是原始的就越宝贵。

1998 年，在北京召开的第二届世界中医骨伤科学技术交流大会上，我提交的论文《骨严灵治疗骨髓炎 42 例临床小结》受到了来自全世界 23 个国家和地区 500 多名代表的一致好评，获得了“尚天裕科学奖”① 科技进步一等奖。

2010 年，国家在全国找一些有特色、有疗效的偏方，当时湖北省通过县、市、省一级级地申报，把我们夏氏丹药的白降丹申报上去了。等到国家级的专家们评审时，本来很多专家不知道这个丹药，其中有位专家叫柳长华②，他知道我们的白降丹，还专门评价“白降丹为我国中医丹药的炼制与传承开启了一扇大

---

① 该类为我国中医骨伤最高奖。尚天裕（1917—2002），中西医结合骨折疗法的创始人、奠基者，著名中西医结合骨伤科专家，杰出的中西医结合学者，中国中医研究院资深研究员。曾担任九三学社中央委员，第五、六、七、八届全国政协委员，中华中医药学会常务理事，中国中西医结合学会常务理事，骨伤科专业委员会主任委员，《中华骨科杂志》和《中国骨伤》杂志主编。荣誉主要有：1979 年获全国劳动模范，1988 年荣获世界文化协会授予的“爱因斯坦科学奖”，1998 年获“陈立夫中国医药学术奖”，1999 年获“中国接骨学最高成就奖”，2001 年获“中西医结合贡献奖”。

② 柳长华，男，1954 年生。祖籍山东省淄博市。国家“百千万人才”国家级人选，享受政府特殊津贴，现任中国中医科学院教授、博士研究生导师，中国医史文献研究所所长兼党支部书记，国家中医药管理局中医文献学科带头人，国家非物质文化遗产保护工作专家委员会委员，世界中医药学会联合会中医药传统知识保护研究专业委员会会长，世界中医药学会联合会中国传统医药非物质文化遗产产业联盟理事长。

1998 年获得尚天裕科学奖科技进步一等奖

门”。最后申报上了，白降丹的制作技艺进入了第三批国家级非物质文化遗产名录。能评上“非遗”，最主要的就是因为还保留了原始的制药方式，所以这些药目前仍然是手工生产。德国海德堡大学的瓦尔教授，在同济医科大学带学生，听说这个丹药后，专程与同济的几位教授到京山去参观制药，还亲自尝试摊膏药，但是膏药在他手里怎么都摊不出来，他感叹原来中国的丹药这么神奇。

以前湖北中医研究院有位艾教授，曾经组织过一批专家，要我把丹药拿出来申报准字号，这样就能解决异地不能用药的问题。但他们申报的方式，首先要求提供配方。我们有顾虑，因为洪湖曾经发生过一件事，也是某中药申请准字号，把药的配方拿出来后，被别人卖给了制药厂，官司都打了好几年。所以曾经有过把丹药产业化的机遇，但是我们没有要。好在现在政策很宽松，允许中药自制自用，允许有自己的制剂室，而且有些税还免了，可见国家很重视中医的发展。

对于京山制剂室的工人，我们现在是丹药的配制比例不外传，其他的手工活儿都教，他们四五个人，一天能摊 3000 多张膏药，关键就在于刷上去的药是书

夏氏丹药制作技艺入选国家级非物质文化遗产

本上找不到的，是我父亲通过经验和实践配制出来的，这个是保密的。

中医药是中国优秀传统文化的一把金钥匙，怎样进一步发展，怎样再提升高度？我认为，就是要好好挖掘有疗效的中医药，比如湖北的马应龙①、夏氏丹药等，都是国宝级的东西。我在省参事会上多次提到，国家是非常重视中医药传承的，省市领导一定也要重视起来，组建专人专班来大力推广，帮助把国宝级的中医药更好地传承下去。

“才不近仙者不可为医，德不近佛者不可为医”②

我父亲在世的时候对我们言传身教，说“医者不可巧饰”。我晋升主任医师

① 马应龙是一家中华老字号企业，创始于 1582 年。马应龙品牌被评为“中国 500 最具价值品牌”，成为“中国肛肠协会痔疮用药唯一推荐品牌”；“马应龙”商标被评为中国驰名商标，马应龙麝香痔疮膏多次被评为同行业最畅销产品，马应龙麝香痔疮栓被列入国家“火炬计划”。

② 语出我国著名外科专家、教授、博士生导师、中国科学院院士裘法祖。原意出自（明）裴一中《言医·序》：“学不贯今古，识不通天人，才不近仙，心不近佛者，宁耕田织布取衣食耳，断不可作医以误世！”

的时候，别人都是用《日内瓦宣言》① 宣誓，我想了想，用两句话代替，“才不近仙者不可为医，德不近佛者不可为医”，就是说，从医一定要凭良心。有的病人在病症初期是不需要看病的，比如颈椎病、肩周炎，这样的病人，我就叫他回去自己锻炼。人和植物一样，有修复功能，过度医疗、过度检查都是不好的。我有高血压，有时坐半天诊后头很晕，我还要跟病人解释后才去休息一下。从医也一定要有怜悯之心。我们的病人有个特点，即多是痛不欲生、走投无路、到处求医，而且受过虚假广告的欺骗和伤害，用药达不到效果，最后来找我看病。我们要想办法减轻人家的费用，让病人来也高兴、去也高兴。医院要搞好服务，医生的素质很关键，不仅要疗效好，还要医德好；只看到病人的钱，不看病人的病，那是不行的。我当医生这么多年，一个病人的红包都没收过，就是病人提来的鸡蛋、茶叶这种家里的特产，我不好拒绝人家的心意，也会从药费里把这些钱扣出来，我不能让我的医院把武汉的形象破坏了。前几年我有一个通山来的病人，腰椎结核，背上长一个大包，在武汉的很多大医院没有看好，这个病不能开刀，开刀后伤口长期不愈合，很是棘手。他找到我时，情况已经非常严重了，按中医的说法，骨结核是阴症，骨髓炎是阳症，他刚好伤在膀胱经，路都不能走了。第一个月，我用丹药给他敷脓包，让脓水流出来，后来他通过治疗慢慢痊愈了。现在他在福建打工，我前段时间还跟他打电话，要他有时间的话定期到医院去复查，这是对病人的一种关心，像这样的病例太多了。但是我们医生也不是每个病人都能治好的，有的病到了晚期是无法治好的。江苏有个病人，以前到京山去找我看病，骨癌晚期，大腿肿很粗，我告诉他这个看不好了，不要浪费钱了。那时交通不便，我毫不犹豫地派车从京山送他到武昌火车站坐火车，他父亲很受感动。

---

① 古代西方医生在开业时宣读的一份有关医务道德的誓词，它的主要内容取自古希腊一位医师的誓言。这位医师名叫希波克拉底，在西方被人们尊为“医学之父”。1948 年，世界医协大会对这个誓言加以修改，定名为《日内瓦宣言》，明确指出病人的健康是医务人员要首先关心、具有头等重要地位的问题，医务人员应无例外地保守病人的秘密，对同事如兄弟，坚持医业光荣而崇高的传统的职业道德准则。

自从国家新农合、医保推广以后，对我们民营医疗行业产生了非常大的影响。我们带着委员、参事们到农村去考察过，下面的口号叫得非常响，说“小病不出村，大病不出镇”。现在只要是公办的医院，哪里都是人满为患，真正治不好的病人，才会到我们这里来求治，但总是钱要用光的时候才来。其实民营医疗起步是非常难的，医生的晋升也很难。我们发展到今天，一步步走来，酸甜苦辣都尝到了。这些年我们没有遇到医疗纠纷，发展得很顺利，但我从来没有想过在医保上面做文章。比如我的医院可以摆200张病床（摆满了可以接收更多的医保病人），但我仍然坚持核准的80张病床，其实只要100张床就可以申请二级医院，但我们始终没那样做。有一次国家参事室的同志到湖北来调研一个药物监管的课题，邀请一些医院和供药单位的代表参加座谈。会上发言时，有公立大医院的领导公开说，办医院就是为了赚钱。本来公立医院和民营医院发展的起点就不一样，大型公立医院多是国家人力、物力、财力常年不间断地扶持，才能有今天的规模，但现在他们没有说要让利于病人，要时时刻刻想到病人。没有！他说要赚钱！他走了之后，轮到我发言。我就说：不敢想象，作为公立的大医院的领导，说出这样让人心寒的话！我们接诊的病人，如果没有钱，我们会安排他们吃住，给药费、给路费，这么多年来我们一直这样做，本着“善者为医，仁者仁术，诚信为本，治病救人”的宗旨救治病人，每年为贫困家庭、下岗职工减免的药费数以百万。现在有一种偏见，认为民营医院是来捞钱的，其实不是这样。民营医院也有好的，关键是从医一定要凭良心，一定要有怜悯之心，传递正能量。

为行业和社会作贡献义不容辞

从我祖父母到我父亲，再到我，也正是我们国家从一穷二白的艰难年代“站起来”，到“富起来”的时代。我父亲和我们这代人，很感谢邓小平。现在国家处于第三步“强起来”，大家都感受到了，习近平主席带领大家走得非常好。有

夏小中医院被评为“全国优秀民营中医医疗机构”

次在加拿大温哥华，我碰到一个华人跟我说，20 年前他来到异国他乡饱受歧视，现在华人完全不一样了，说话特别有底气。我能一步步走到今天，一是靠祖国的传统医学，二是抓住了机遇。从人民医院出来，这是我人生的第一跳，正是因为党中央搞改革开放，京山县卫生局要办专科特色医院，才找到我，我从那时起就是院长，一直到今天。从京山到汉口，是我人生的第二跳，我建成了有一定规模的特色专科民营中医院，特别是有了自己的一栋楼，这在全国都是不多见的。三是靠党和政府的帮助和培养。我 1985 年出来创办医院，县委统战部部长找我谈话，推荐我为京山县的政协委员、政协常委，后来我又担任荆门市的政协委员、政协常委，干过三届省工商联常委，当过省政协委员，还被评为“模范政协委员”，后来我加入民建，省民建又把我推荐为省政府参事。所以当有能力为社会和行业作贡献时，我一定义不容辞。

20 世纪 90 年代，我响应政府的号召，在京山县投资修建了一条“小中路”，我大哥也投资修了一条“大中路”，那个年代拿出那么多钱来修路是很不容易的。在我的医院里，京山籍和天门籍的员工占到 80%以上，十年以上的老员工占到 50%以上。这两个地方，一个是我老家，另一个是我事业开始的地方，他们有

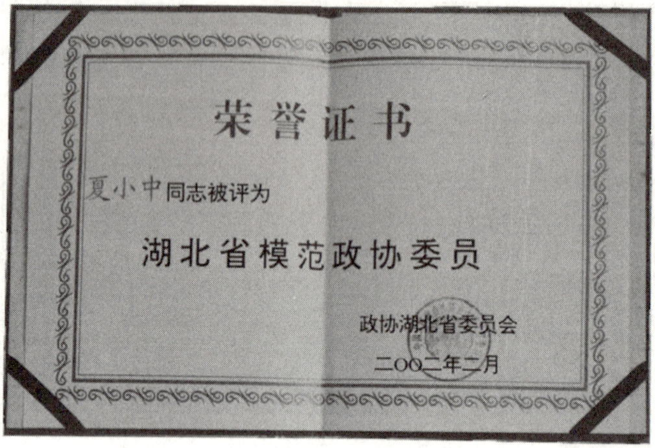

2002 年，被评为“湖北省模范政协委员”

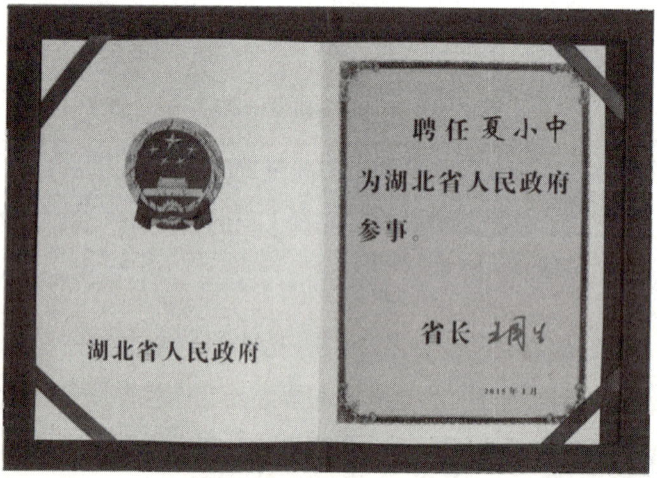

2015 年，被聘为湖北省政府参事

的是跟着我一路从京山走到现在的，有的是我专门招聘来的，别的老板是用待遇吸引人，我是用感情留住人，一方面用人性化管理尊重和吸引人才；另一方面，也作为对家乡的报答和回馈。

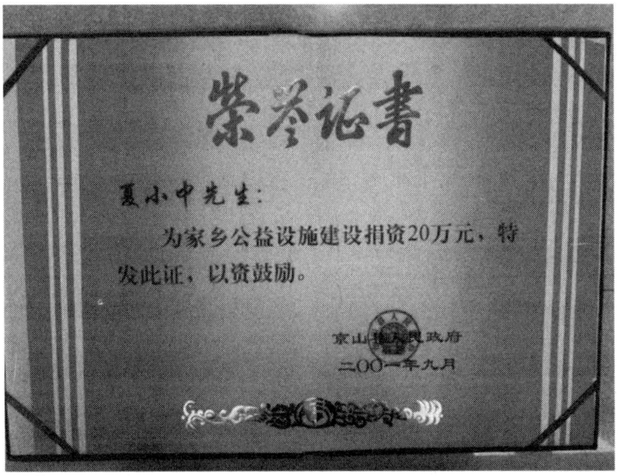

回馈家乡

2001 年武汉医师协会成立后，张德忠①跟我说，我们这些委员再组建一个中医师分会②，把老中医们聚在一起，团结起来，做大做强，为武汉市作点贡献。我认为这个想法很好，于是鼎力支持，准备申报材料、提供场所，就这样把协会建起来了。协会挂牌在我的夏小中医院，我就相当于驻会的常务副会长，尽力为协会做好服务工作。

作为一名从农村走出来的医生，我对农民看病难、看病贵的问题一直很关注，经常带领医院团队深入农村开展义诊。2003 年，我发现农民收入持续下降，

---

① 张德忠，男，主要从事肿瘤的研究和中医治疗，办有武汉科德中医医院。现任湖北省中医院学会常务理事，湖北省中医药经典委员会副主任委员，湖北中医药大学特聘教授、硕士研究生导师，武汉医师协会民营医疗机构中医医师分会会长。其“张氏抗癌散”对于治疗中晚期癌症具有显著疗效。2003 年 1 月获武汉市政府专项津贴，2003 年 12 月撰写的《抗癌散治疗肺癌 100 例临床疗效观察》被评为“第十届武汉市自然科技优秀论文奖”，2004 年 1 月《抗癌散抗肿瘤实验，临床与药学实验》获武汉市政府科技进步成果进步奖，同年 4 月“张氏抗癌散”获国家发明专利，12 月被授予“武汉市优秀中国特色社会主义建设者”，2013 年 12 月被武汉市卫生委授予“武汉中医名师”。

② 全称是武汉医师协会民营医疗机构中医医师分会。

农民生活负担加重和看不起病的矛盾日益凸显，很多农民因为无钱看病，小病拖成大病，大病拖到丢命。我便于当年“两会”期间向湖北省政协提交了《减轻农民负担，关心农民疾苦》的提案，2004年又提交了《改革农村医疗保险制度，确保农民基本权利》的提案，受到省政协提案组的高度重视，算是为农村医疗改革的推进贡献了一份力量。

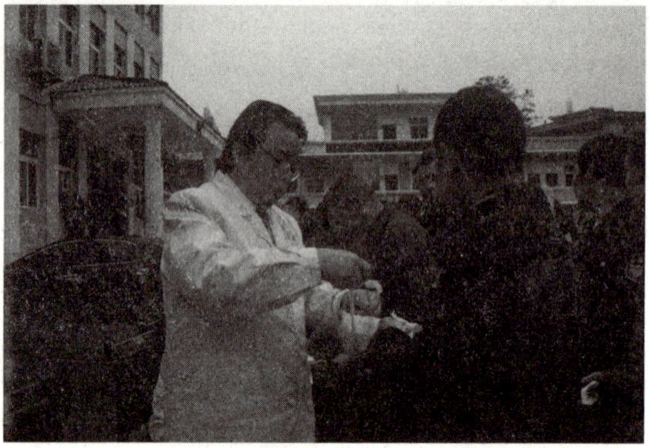

2016年，赴咸宁崇阳县港口乡开展送医送药义诊活动

2006年，湖北科学技术出版社编辑出版《常见疾病1000问丛书》，选择了18种疾病作为编写对象，交由湖北省内18家权威医院分头编写，其中17家是同济、协和等公立医院，只有我们一家是民营医院。当时我承担的是《骨骼系统疾病1000问》的编写任务，我当时的想法就是能通过我的知识帮助更多的病人，为社会尽一点义务。

醉心书艺写人生

每个人都有自己的业余爱好，我的爱好是书法，而且细究起来，书法还要排在医术的前面。它们是我从小的两个梦想，如同两个车轮一样，驾着我的人生轨迹不断向前。

写字对我来说是一种享受，我每天坚持动笔，每次铺好纸，提起笔写字时就觉得心情很舒畅。其实，书法和医术有很多共同之处，都需要多看、多练，熟能生巧，都是在创造美——医术创造健康美，书法创造艺术美。

2001 年，我出版了个人第一部专著《夏小中的事业与书艺人生》，武汉大学教授、博士生导师陈锋亲自作序。2004 年，第二本书法集《书艺人生》出版，由武汉理工大学副教授陈丙达作序。2006 年，湖北省书画研究会主办的杂志《书画印》，曾在第 4 期上给我辟了一个“夏小中书法作品选”的专版。2011 年，我参加省政协会议时，大会的主办方邀请与会的十位书法家和十位画家现场泼墨挥毫，我当时写了“时雨”两个大字，没想到后来和另外九位委员的书画作品被一同选中刊登在第二天的《湖北日报》上，一时传为美谈，此后我在每年省政协会议期间现场作书便成为惯例。最近，我的书法作品《龙的传人》被湖北省档案馆收藏。

书法作品“时雨”

因为医术带来的收入解决了我的衣食温饱问题，所以书法对我而言是不掺杂任何功利的，我不需要靠书法创作来谋生和获利，反而成就了我对书法纯粹自然、平静恬淡的爱。这种爱，经历了爱好到喜爱，到热爱，再到痴爱四个阶段，

作品《龙的传人》被湖北省档案馆收藏

已经成为我事业和生活中不可或缺的重要部分。它帮助我磨炼定力、平心静气，寄托了我对人生的理想，也成就了我医术之外的另一种人生。

行业代表人士首先要是一个好医生

行业代表人士，就是我们通常所说的“好医生”。我认为所谓的“好医生”，就一定要站在病人的角度上来救死扶伤，而不是紧盯着病人口袋里的钱。做到这一点，才是好医生，才能成为伟大的医生。病人把医生看得很神圣，把自己的生命交给医生，医生就得尽心尽责、全心全意地为他们服务。这就是好医生应该达到的境界。现在的医疗行业有点鱼目混杂，比如，有很多没有学过医也没有家学背景的人，拿钱投资医院，网罗病人。来我这里看病的人有很多是在他们那里受过骗的，这样的医生可耻、可悲！

武汉市民营中医师协会里，我最欣赏李家波①，他虽然言语不多，但是待人

① 李家波，男，毕业于湖北中医学院，武汉家波风湿骨病专科医院院长。他继承祖传医术，率领科研小组，在家传验方的基础上，经过十几年不断的研究和实验，终于推陈出新，研制出具有补肝益肾、驱风祛湿功效的“风湿壮骨胶囊”（原名“风湿壮骨丹”）、“舒筋活血液”等药物。

真诚、仁慈。

访谈手记：在当代职业中，大概很少有像民营中医这样，是与中国历史、中国文化紧密联系在一起的。它的一个特点就是不少人是世代家传，这一点在夏小中身上体现得非常明显：他出生于中医世家，从小就接受了严格的中医执业规范教育，从医技到医德，打下了非常扎实的执业基础。然而其事业真正发展却是得益于改革开放，从 20 世纪 80 年代公立医院内部改革出来办专科医院，到辞职独立执业，再到 90 年代在武汉办民营中医院，每一步都抓住了国家政策提供的机遇，每一步都是为了满足社会，特别是病人的需求。他在治疗技术、药品生产上的革新创造，步子走得非常稳健；特别是不管事业有多大发展，他从医初心不改，并且发扬光大，在民营医疗行业起到了典范作用。在个人执业大有成就后，他又投身政坛，积极利用自身执业的有利条件参政议政，同时不忘行业，助推同仁共同发展，在民营中医师群体中有口皆碑。可以说，在我调查的群体中，很少有像民营中医这样对他们群体的代表人士公认度如此高的。这既是夏小中几十年如一日的坚守，就像他对书法的痴爱一样；也离不开各级党委、政府，特别是政协统战部门、行业主管部门多年来的培养和引导。近几年来，他的儿子夏文沙开始继承他的事业，衷心期待中医这一古老职业在新时代里继续发扬光大！

心中有党　服务行业

——民营中医师周先宏访谈录

访谈时间及地点：

2017 年 12 月 27 日 9:00；武汉市社会主义学院 B402

2018 年 12 月 25 日 16:00；武汉市社会主义学院 A301

采访人：徐军（武汉市社会主义学院党组成员、副院长，法学博士）

受访人：周先宏（民营中医师、中共党员）

记录人：黎园（武汉市社会主义学院教研室主任科员）

受访人基本情况：

周先宏，男，1962 年出生，湖北武汉人，武汉市先宏中医门诊部主任。1989—1991 年，在武汉市江夏区承包医院门诊；1991—1996 年，在武汉市江岸区惠济医院承包门诊；1996—2008 年，先后创办“武汉市先宏中医门诊部”“武汉市江岸区周先宏西内诊所”“武汉市春芬妇科诊所”“武汉市春芬门诊部”，承包“武汉市江岸区惠济医院蔡家田门诊”“武汉市江岸区惠济医院黄浦路门诊”“武汉市江岸区花桥门诊部”；2008 年至今，经营“武汉市先宏中医门诊部”“武汉市江岸区周先宏西内诊所”“武汉市宏泰堂中医诊所”。

兼任中国非公医疗机构协会基层医疗分会湖北区主任，武汉非公医疗机构协会常务理事，江岸区民营医疗行业党委委员，江岸区民营医师协会会长、党支部书记。

竞聘未成，自由择业

我是如何进入民营医疗行业的？我想分两点来说：一是如何进入医疗行业，二是怎样成为自由择业者。

我是如何进入医疗行业的？我是 1978 年高考考入医学院校——宜昌医学高等专科学校，是“新三届”① 的第二届，本来 1977 年第一届高考我也参加了，但没有考上。从医专毕业以后，1982 年到 1985 年我在公立医疗机构武昌县豹澥镇卫生院工作了几年。那时时兴读职工大学，所以 1985 年我又报考了武汉职工医学院（现江汉大学医学院）中医系，脱产学了三年，这个医学院早期是医师进修学院。1988 年我从那儿毕业以后回到武昌县又工作了一年。

我是怎样成为自由择业者的？当时是因为提干的事。1989 年，我参与竞选武昌县人民医院的院长。那时候就有公开竞选医院院长这种方式了，但多半是走过场。参加竞选的第一个因素，是我认为自己手上还有点技术，有信心和决心；

① “新三届”与“老三届”相对。它有两种说法：第一种说法，“新三届”是指 1966、1967、1968 级的小学生；第二种说法，“新三届”是指 1977、1978、1979 级的大学生，即“文革”后恢复高考后的三届大学生。此处指第二种说法。

第二个因素是当时的形势，当时很多人南下去海南，也正是深圳进行城市建设的时期。武汉很多单位都抽调人到深圳去，支援他们建设，我也有这个想法，最初是准备到深圳去的，后来因为儿子出生，考虑到去深圳太远不方便照顾，为了照顾老人和小孩，我就没有去。后来参加院长竞选，我没有竞选上，有点情绪，因为当时家在汉口，于是就辞职到汉口自己开诊所了。当时下海的时候，家里的老人是不支持的，兄弟姊妹们也不太理解，对我很是担心。

得益于党和政府改革开放的好政策

进入民营医疗行业之后这么多年是怎样发展起来的？多年来我的个人体会，一是得益于党和政府改革开放的好政策。武汉个体医生很早就可以执业了，但对个体诊所这块是有控制的，1990 年前后我从体制内出来时还没有完全放开，我也算是第一批下海的。二是自己有一点过硬的技术。三是自己有一点敢闯敢干的思想。第三点很重要，只有前面两点的话不一定敢离开体制。

目前武汉市有 2000 多家民营医疗机构，包括门诊部、民营医院、个体诊所，对社会的服务量达到 50%。① 武汉市非公医疗机构协会是 2016 年成立的②，市卫计委的副巡视员马黎汉担任会长，张德忠担任副会长。协会成立以后对武汉市非公医疗机构做了统计，就目前情况来看，发展势头是比较好的，而且现在的政策放宽了不少，没有原来那么多的限制，比如过去在武汉二环以内是不允许开新诊所的，现在没有这个规定了，而且现在国家的政策落实得比较到位。

---

① 截至 2018 年 6 月底，武汉市共有非公医疗机构 2726 家，承担着全市基础医疗近一半的任务。数据来源于《武汉晚报》2018 年 7 月 4 日 07 版。

② 武汉市非公立医疗机构协会成立于 2016 年 6 月 28 日，是经武汉市卫生计生委核准，在市民政局依法登记注册的武汉地区性、行业性、非营利性的一级行业协会，为独立法人社团。该协会是由社会资本依法获得医疗机构执业许可的医疗机构，还是相关企事业单位和社会团体等有关组织和个人自愿结成的社会组织。

发展与收缩

我最初只有一个诊所，后来陆续办了很多的连锁诊所，最多的时候我在汉口地区有六家门诊部。原来做过综合门诊，现在做中医妇科的专科门诊，主要是治疗不孕不育等问题。除了这些以外，我还进行投资，用从医疗行业赚的第一桶金陆续投资了小型的地产行业，这些投资在当时都是比较好做的，经济效益也比较好。现在回想来，当时还是胆子小了点，思想不解放，不敢借贷，后来悟过来了，到2000年后才开始跟银行合作，通过银行贷款融资以后，慢慢发展起来了。

最近十年，我的业务在慢慢收缩。这与本人的年龄有关，2018年我快57岁了，我觉得做了这么多年，很累，钱赚了不少，身体也差了，再加上我老伴儿也觉得累，所以从七八年前开始，我们就慢慢收缩业务，把一些门诊部关了，通俗一点说，就是准备养老了。现在只保留了两个开得最久的门诊部。我儿子对中医行业有兴趣，他原来不是学这一行的，中途才开始学，现在国家对中医的政策非常宽松，允许学有专长的人从事中医，不需要考试，通过专家考核就行。我儿子1986年生的，现在33岁，目前跟着湖北中医院的老中医徐兴保①抄方子，已经抄了两三年，最重要的是他愿意从事中医行业，想接我的班，自己开诊所，我就把这么多年的经验慢慢教给他。而且我还在不断创造新的经验，还能再干20年，我有这个信心。我觉得当中医很好，不只可以给别人看病，实际上也是在养生，对自己身体的保养很有用。而且中医和西医不一样，西医诊所的竞争越来越激烈，压力也越来越大，老医生还要跟年轻医生竞争。中医则是五年一小步，十年一大步，名气是慢慢积累起来的，很多病人会慕名而来。我现在就是这样，我的病人全国各地甚至世界各地都有，巴西、意大利、东南亚，还有美洲一些国家，

---

①　徐兴保，男，副主任医师、副教授。原湖北省中医儿科学会副主任委员，从事医疗、教学、科研工作30余年，有深厚的理论基础和丰富的临床经验，在省内外有较高的声誉。擅长运用中西结合治疗儿童肺系统（肺炎、哮喘）消化系统疾病（泄泻、疳疾）以及疑难杂症，如重症肌无力、进行性肌营养不良、癫痫病等。

等等，都有我的病人，国内更不用说，很多人坐高铁来找我看病。因为中医的口碑很重要，一个患者在我这里治好了，就会介绍给他的同学、亲戚、朋友，这比什么广告宣传都有力，所以很多病人会大老远地找过来。再说，我主治不孕不育，帮助别人生一个孩子，一大家子都会感谢你，这让我觉得很有意义。比如有个枣阳的病人，自然流产过两次，家里人很着急，本人也忧郁。她有个同村人是我以前的病人，听了介绍后专程开车从枣阳到武汉找我，经过我的辨症，开了两个月的中药带回家煎服，结果药没吃完就怀孕了，足月顺产了一个大胖小子，后来她还专门把宝宝的照片发给我看，共同分享喜悦。所以我现在也不那么看重经济效益了，主要还是因为做中医非常有成就感，能够为别人解决问题，这也是对社会的一种贡献。今后不管我有多少钱，这一行都是不会丢的，毕竟医术还是要有个传承。

先宏门诊

行业中的乱象

现在医疗中常被提及的“××系”，前两三年很火。所谓“××系”，他们本身不是医生，而是拿着资本来开医院的经营者，是医院的投资人，但不一定受过正规的医学教育。像我们受过正规医学教育的人，不仅要学技术，更重要的是学医德。比如说，医学院有一门课叫医学伦理学，会学到希波克拉底的誓言，还要学毛泽东主席当年对医疗卫生事业的指示。希波克拉底的誓言为什么能传到中国来，是因为它和中国历代医者所倡导的职业理念是高度契合的，这就说明在医疗卫生行业必须尊重大家所公认的东西。“××系”可能没有这个概念，他们投资就是为了赚钱，而且有的时候没有底线，给病人乱治，这等于在产品中以次充好。医疗卫生行业的以次充好、以假乱真，跟工业上的以次充好、以假乱真性质完全不一样，因为它面对的对象是人本身，工业次品、假冒伪劣商品对人的作用是间接的，而且不一定会对人的健康造成直接损害。但是对医者来说，误诊、错诊会让病人贻误病情、耽误治疗，而且会让病人花更多的钱，甚至付出生命的代价。为什么现在医患关系这么紧张，对医生的仇恨那么大？这有很多因素，我认为“××系”的因素占了60%。他们在全国范围内投资大医院，看上去非常上档次，伪装性和欺骗性都很强，看病都有话术，片面追求经济效益，在那里工作过的医生，有良知的后来都辞职出来了。我们业内人对“××系”如何介入、如何发展、如何走到今天太清楚了，这不仅涉及经济领域，还有意识形态领域的东西。所以说，“××系”对中国医疗市场持续的干扰，对中国医生群体形象的损害、影响很大，不只是资本介入民营医疗行业这么简单的问题。

医生才是医改的主体

说到我为什么要收缩业务，跟现在的医疗环境也有关系，过去医改政策的诸多问题加剧了医患关系的紧张。将来的医改一定要围绕医生来制定政策，不是因为我是医生，我才提这个建议，而是因为国家投入再多的钱，也要通过医生的笔、医生的专业技术来实现，病人满不满意，也要通过医生来实现，医生应该是医改的主体。所以到了我这个年纪，对金钱的认识不一样了，钱够用就行了，医患关系的紧张把我们医生的脸都抹黑了。现在老百姓若不能了解医患关系紧张的真正原因，会潜意识地认为现在的医生都黑了良心，但事实上不是那回事儿，我可以负责任地说，中国的医生绝大部分是好的，是能够秉承自己的良知的。

重树行业信心

党的十八大以后，医疗环境逐渐改善。如果像现在这样继续发展下去，我认为，我们国家的民营医疗和公立医疗都会逐渐走上正轨，老百姓会慢慢地理解医生，也许十年以后，中国的老百姓还是会像 30 年前的老百姓一样，把自己的生命放心地交给医生，但这有一个过程。就当下来说，老百姓对医疗行业还是心有余悸的。最近武汉市搞了一个民营医疗机构“三好医生”评选活动，就是评选好门诊部、好诊所、好医生。这项活动是武汉市卫计委和《武汉晚报》联合举办的活动，对我们民营医疗行业的发展来说是一个风向标。无独有偶，我看到辽宁电视台也在评选“辽宁好医生”，这就说明老百姓对医生的态度在慢慢转变，特别是政府部门对民营医疗行业的肯定。所以对于今后的发展，我现在又开始有信心了，医疗行业生态的净化使我又看到了希望。我刚刚新开了一家门诊，装修得跟同仁堂一样古色古香的，打算回归中医的传统经营，一方面是顺应当前的好形势，另一方面也是对新时代的响应。

组织起来办协会

来讲讲江岸区民营医师协会吧。这个协会有近300家会员，人员构成的素质还是比较高的。因为现在不受户籍的限制，所以近20年来很多大医院的医生、知名教授加入了我们这个行业。特别是近10年，各地市县有名的专家也有不少到武汉来执业的。我参与江岸区民营医师协会的工作，从组长开始，慢慢做到理事，当了三届秘书长，现在是会长，算是协会里的中坚人物。

江岸区民营医师协会在全市范围来看，一是历史比较早，二是标准化建设实施得比较早，三是政治方向坚持得比较好。

江岸区民营医师协会的选举非常民主，严格参照人民代表大会的办法推选会员代表。具体措施是把200多家分为13个小组，每个小组选6名会员代表，这样13个组就有78名代表可以参加会员代表大会。然后按照我们协会理事会章程规定的候选条件和年龄界限（60岁以下）来决定理事候选人，由上一届的理事会，以及区卫计委和区民政局两个部门通过研究，共同提出9名候选人。其实这两个部门对我们而言很重要，到民政局办法人营业执照时，有一栏需要行业主管部门签字同意，行业主管部门要是不认可你，法人营业执照就办不了。但江岸区卫计委和民政局有一点做得比较好，他们列席会议但是不干预选举的过程。

根据我这么多年的经验，确定一个人能不能成为候选人，主要是看这个人的公益心和政治倾向，要拥护中国共产党的领导，要热衷于奉献。因为我们的协会其实就是一种公益组织，没有工资拿，一年到头只有两三千元的补贴。当然也会参考候选人的诊所规模和职称，但这不是特别重要，主要还是看个人的公益心和政治倾向。巧合的是，这么多年来推荐的候选人往往是业务做得比较好的、病人比较多的、经济效益比较好的。

9名理事候选人确定后，就召开会员代表大会进行无记名投票。协会的选票设计得很有意思，候选人不是按姓氏笔画排序，而是设计成一个圆形序列，不分上下前后，候选人名字是呈放射性的，选谁就在谁的名字上面打钩。这是为避免按姓氏笔画或按资历排序从而给投票人一种暗示，听说有的地方是采取举手投票的方式，我们认为举手投票有时候还是不能完全反映选民的真实意愿，有的选民会出于不好意思而举手投票。从 9 名候选人中取前 7 名，当选理事；再通过现场投票从 7 个理事中选出 1 名会长、2 名副会长；会长、副会长选出来后，由会长任命秘书长，每五年为一届。

服务会员共发展

江岸民营医师协会的人都很不错，特别是 7 名理事会成员，大家不分彼此，不计报酬，完成上级职能部门布置的任务，为会员解决问题，非常默契和自觉。前段时间九州通医药集团股份有限公司跟协会联合办了一个小活动，来了一位副总，我们临时召集理事会，结果没想到大家把自己的事情放下了，很快就赶来开会了。后来那位副总就说，你们在这么短的时间内就能够到齐，说明你们很有战斗力。我后来一想确实是这样，从这一件事情就能够说明我们这个组织非常团结，大家都很重视协会。

医疗这一行，突发事件不少，协会为此成立了一个专门解决纠纷的协调小组。十年前，由于没有足够重视医疗安全，几乎每年都发生医疗事故，要么是因为技术原因，要么是因为医生失误。有一年，一名年轻的女性患者在江岸区的一间诊所打针，结果打完针死了，那时正是老百姓对医疗行业意见比较大的时候，一大家子来闹事扯皮，他们又不愿意做尸检，最后那个医生赔了五十几万，刚刚拆迁的房子的房款都赔进去了。那几年医生都提心吊胆，病人冲到区卫计委去堵门、找局长，区卫计委也胆战心惊。针对这种情况，协会连续几年强化医疗安全教育，把会员集中起来，请专家教授讲课，并且协会内部的医生现身说法，针对如何避免医疗事故，提高大家的思想认识，多引导、多教育，慢慢就见成效了，过了三四年，就没有再发生致死的事故了。还有医疗废弃物的管理，这是个很敏感的问题，全市这么多家诊所，现在各种传染病也多，如果打针的管子、针头不处理好，对老百姓就是潜在的威胁。协会在这方面的管理非常出色，在全市都比较有名，市里还专门到江岸区来开了会，可以说我们在全市起到了示范作用。

武汉市非公立医疗机构协会成立以后，对江岸区协会也非常重视，推选我担任常务理事。还有一个中国非公医疗协会，下面有个基层医疗管理分会，在湖北有两个主委，其中一个就是我，每年都要去北京开会。

2016 年参加中国非公立医疗机构协会基层医疗管理分会成立大会暨首届基层医疗发展论坛

牢记党员使命　自觉为党工作

我是中共党员，且自己的诊所里成立了党支部，自觉坚持中国共产党的领导。我后来加入了江岸区民营医师协会，2016 年当会长之后，上级要求我们成立党支部，于是我们协会也成立了一个党支部，受区卫计委党委领导。这一方面与我个人的政治素养有关，我的党性意识来源于我的家庭，我父亲是老党员，大哥是部队提干的老党员，二哥曾经是国营大厂党办的主任，三哥是企业的中层领导，也是党员，我是老四，我姐姐也是老党员，还有个弟弟在江汉区民营医师协会担任秘书长，也是党员，我兄弟姐妹 7 个中有 6 个是党员。另一方面，与我们这个家庭几十年的发展有关系，我们老家是农村的，我父亲那一辈过得比较贫穷，1949 年以后，我们家庭才有所改善，十一届三中全会以后的变化更大，所以我们对共产党有着特殊的感情。

我从不刻意去追求协会里的某个职务，也不是左右逢源的人，不懂为官之道，但是我能够做具体的事，这是我的长项，再加上我有一点奉献精神，能够为社会、为行业做事。我在江岸区民营医师协会里奉献了十几年，这个圈子里的事情不少，上传下达，去民政局、卫计委开会，会员遇到困难或医疗纠纷，我们都要出面解决。会长也好，秘书长也罢，都是没有编制的，但我们非常看重这个位置和要承担的社会责任。作为一名共产党员、一名党支部书记、一名知识分子，我要用我的号召力和影响力做点事情。比如，我经常在圈子里讲，我们民营医疗这几十年的发展，与党和政府的好政策分不开，所以大家一定要从思想上自觉地履行公民捍卫安定团结的义务。我不断地强调这种思想，也是在占领一块宣传阵地，在我们协会几百名会员中，牢牢地抓住舆论主导权，引导大家跟党走中国特色社会主义道路。同时我们还在微信群、QQ 群里发布宣传工作制度，明确什么该发、什么不该发，后来党支部成立后，我们就以党支部的名义发布。我们要把区协会圈子里的几百号人紧紧团结在党的旗帜下，保持这个群体的纯洁性，每一分子都能自觉维护安定团结，有多大力量就发挥多大力量，只有每个公民都有这种情怀，中国才有希望。

江岸区民营医师协会有 49 名中共党员，每次组织活动，大家参与的积极性都非常高。这种感情说明现在的老百姓对党充满了热情和希望。我们支部成立以后，为协会里得过癌症的、患过重症的、生活困难的三类人群都捐过款。我是支部书记，带头捐款，支部组织的第一次捐款就募捐了 4 万元，平均下来一人捐了好几百元，作为个体医生有这种精神境界，是非常不容易的，当时我们的心理预期是募捐到一万元钱左右，没有想到大家如此踊跃。这也充分反映了协会成员对党组织的期盼和拥护，实际上也是在为党和政府分忧。

十年前的培训，十年后的感悟

2007 年的自由择业知识分子培训班对我的影响很大，我有今天的成就，与

江岸区民营医师协会党支部成立大会

当年的学习密不可分。虽然培训时间不长，但是层次很高。当年我们这个群体还是很特殊的，都是那个年代有一点思想、有一点文化、有一点闯劲的人。如果没有这三个“有一点”，也不会敢于脱离体制，因为那个时候从体制内出来还是需要一定勇气的。我为了这次访谈还专门针对当年培训班情况写了一个总结（以下为总结全文）：

武汉市社会主义学院 2007 年自由择业知识分子培训班学员十年回顾总结

本人周先宏，1962 年出生，于 2007 年在市社会主义学院参加学习。十年来，它对我的思想、世界观，对共产党、社会主义理论内涵的掌握，以及对我的行动都产生了很大影响，主要体现在以下几个方面。

第一，感受到了温暖。我们这些所谓新的社会阶层人士，是较早脱离体制单飞的、受过高等教育的知识分子。在外漂了几年，忽然受到党委部门的召集，进入社会主义学院学习，感受到了党和政府的关怀。知识分子本来都有家国情怀，再加上党和政府这样的关爱，我们内心是温暖的。

第二，坚定了跟党走、建设社会主义的信念。我们虽然游离于体制之外，但由于受过较好的系统教育，与一般的个体经营者应该说是有区别的。平时虽然为生计、为赚钱奔忙，但内心深处关注着党的动态，特别是意识形态领域的，也关注着改革的政策以及民生。通过培训班的学习，我们更加明确了肩上的社会责任，我认识到我这么多年受的教育，现在有的一点本领，与党和政府的培育，与党和政府的好政策是分不开的，那么我就有一份社会责任。共产党是代表人民根本利益的，社会主义是要实现全民小康，带大家共同走向新生活。通过学习，我的大局观增强了，奉献精神增强了，跟共产党走的信心和建设社会主义的信念更坚定了。

第三，通过自己30年辛劳、合法的经营，自己在经济上跟30年前比，可以说是有天壤之别。10年前社会主义学院的培训班学习，让我深切地感到，如果不是党和政府的培养，不是党和政府的好政策，我不可能有今天的成就。所以我在江岸区民营医师协会这个组织里积极工作，担任了10年的秘书长，并于去年被选为会长、支部书记，还担任了武汉市非公医疗协会常务理事、中国非公医疗机构协会基层分会湖北区主委。虽然工作都是公益性的，不拿报酬，但我非常认真，把它们当重要任务来完成，因此受到了上级主管部门的肯定、群众的拥护，我自己也有成就感，感觉到能为政府职能部门分忧、为群众解决一些问题。我感觉这些行动的背后都与10年前社会主义学院培训班的培训学习有关，社会主义学院唤醒了我们新的社会阶层人士的家国情怀，我们自己有能力致富、创造好生活，也有责任帮助同业者共同致富，共创新生活，这就是我的体会和收获。社会主义学院的学习坚定了我的信念，陶冶了我的情操，增强了我的社会责任感。

此外，这10年来我多次向灾区捐款、捐物，向社区困难户送米、送油、送温暖，向同业者中的困难户捐款，通过学习才有这些行动。比如向汶川地震捐1000元，通过武汉好人圈协会向黄陂革命老区木兰乡捐赠价值3万余元的B超、化验设备等医疗设备和药品。有个叫谢斌的中医，患有强直性脊柱炎，生活非常困难，是我们群体里非常困难的一位医生，我向他捐赠了3000元，虽然钱不多，但也体现了我们的社会责任感。

向黄陂区木兰乡捐赠医疗器械

当时武汉市社会主义学院把我们组织在一起，虽然对该院来讲只是办了一个培训班而已，但是对我们大家来说是非常感动的。我们当时已经在社会上漂了几年，内心上还是想有一个娘家，想找到组织、找到归属。武汉市社会主义学院办这个班，把这样一帮人组织起来，就顺应了大家的心理需求，大家心理满足以后，成长了很多，尤其是在提高跟党走的自觉性这一点上。统战部作为党委的一个部门，团结我们这些人，我们自然就会投桃报李，维护党和政府的工作。大家都在社会上吃过不少苦，受到过打击，有时候打击还不小，困难还挺大，为什么能够一路走到现在，而且心胸还越来越豁达呢？很重要的一个因素就是当年的培训，对我们这个班的人来说是非常重要的，给我的印象也非常深。10年过去了，我还是这样感觉，所以非常感谢武汉市社会主义学院。新的社会阶层人士在社会上还是非常重要的，把这些人团结起来是有必要的。将来这些人还会越来越多，党和政府更应该给予他们帮助和温暖，虽然短期内可能看不出来，但10年、20年以后他们一定会成为社会的中坚力量。

我看行业代表人士

对行业代表人士的看法这个问题，从市级层面来说，我认为张德忠是一位代表人士；每个区民营医疗机构协会的会长、副会长、秘书长，这三类人应该是区里公认的带头人。他们都是区委区政府和行业主管部门比较认可的人，在行业内，从政治素养到医疗技术，到个人的家国情怀、公益心，他们都是比较有素养的。还有市非公立医疗机构协会的常务理事，也是比较公认的带头人。

就江岸区来说，张天任比较知名，再就是区民营医师协会里有一个副会长叫宋汉文，快60岁了，是民主党派成员，为人正直，本身是军工医院退休的副教授，也是中医，开了一家宋氏中医堂，他也是能为社会做点事情的人。

访谈手记：不同于许多世代家传的民营中医，周先宏是经过正规医疗院校学习，加上后期自己钻研成长起来的。诚如他自己总结的，他当时能辞职下海投身到民营医疗行业，一是感谢党的改革开放政策，二是自己有专业技能，三是敢闯敢干。然而他对进入行业后是怎么发展的谈得不是很多，重点放在对行业协会的工作和近些年医疗环境的看法上，这也为我认识这个群体提供了一种新的视角，更加直观地看到了行业协会对新的社会阶层人士成长的作用，看到了新的社会阶层人士是如何从专业代表成长为群体代表的；同时也深刻认识到执业大环境对这些群体健康发展的重要性。最后我也很感谢他对当时市委统战部、市社会主义学院组织自由择业知识分子培训班的肯定，真没想到短短四天半的班会对他们的人生起了这样大的影响，我也深切体会到习总书记所说“新的社会阶层人士要组织起来”的必要性和重要性。

越走越宽的成长之路

——民营中医师黄伟访谈录

访谈时间及地点：

2017年12月27日14:30；武汉市社会主义学院B402

2018年12月25日15:00；武汉市社会主义学院A301

采访人：徐军（武汉市社会主义学院党组成员、副院长，法学博士）

受访人：黄伟（民营中医师、无党派人士）

记录人：黎园（武汉市社会主义学院教研室主任科员）

受访人基本情况：

黄伟，男，1976年3月出生，湖北汉阳人，武汉市必春综合门诊部主任。1996年7月，毕业于同济医科大学中医针灸专业（大专）；2000年6月，毕

业于湖北中医学院（现湖北省中医药大学）中医专业，获本科学士学位，开始个体行医；2004年7月，武汉大学心理咨询师培训班结业，获中级职称；2005年5月，自筹创办武汉市必春综合门诊部，担任法人及门诊部负责人；2005年6月，华中科技大学同济医学院全科医师结业；2006年3月，成为中国医师协会会员；2006年5月，获得中西医结合内科主治医师职称；2017年8月，创办汉阳黄伟中医内科诊所，担任法人。

曾任武汉市医师协会民营医疗机构中医师分会常务理事（2006年12月）、武汉市针灸学会第五届理事（2010年8月）、湖北省中医师协会社会办医专业委员会第一届委员（2018年11月）、武汉市汉阳区非公立医疗机构协会副会长（2018年12月）。

获首届“全国优秀民营中医医疗机构负责人”称号，2007年11月17日，武汉市必春综合门诊部被授予“全国优秀民营中医医疗机构”称号。

从小感受中医中药的神奇

我进入中医行业是受父亲的影响，他是老中医，从前是汉阳十里铺医院（现武汉市第五医院一分院—汉阳区琴断口社区卫生服务中心）中医针灸正骨科的医生，师从汉阳名老中医田承俊先生。早在1983年，他就从医院出来开始个体行医了。我从读初中的时候开始跟着父亲学医，是源于一件让我印象深刻的事情：20世纪80年代末还没有建汉口火车站的时候，那一带有很多鱼塘，有个人路过被蛇咬了，由于当时医院没有蛇毒血清，也不知道是被什么毒蛇咬伤的，病人情况非常不好，双脚肿大明显，已经肿到腹部，看人出现重影现象，解不出来小便，这说明肝肾功能损伤严重，随时都会有生命危险。万般无奈之下，他经过熟人介绍找到我的父亲。当时我家开的是个小诊所，没有住院条件，父亲就让他在诊所的竹床上观察。那时候炼制中药材不像现在这么方便，父亲带着我到田边、水沟边找草药，采回来把药碾碎，加一些中药雄黄等给病人外敷，另外开了些中草药让他熬着吃，并留在诊所观察了一晚上。第二天，病人的症状就有了明显好转，看人的重影都消失了，浮肿有了明显的消退，非常有疗效！那时我刚读初中，后来几次都是我自己一个人出去，照着草药的样子依葫芦画瓢地给他采药。不出一个星期，那个病人就完全康复了。这件事给我的触动很大，让我知道了中医、中药的神奇，为我从事中医这个行当埋下了一粒种子，打那以后我就对中医很感兴趣了。当时父亲的诊所就开在家附近，晚上都是九、十点钟才下班，我一放学就泡在诊所里看父亲给别人看病，跟着父亲学习，耳濡目染，我的医术也有了一点小进步！

早早走上学习中医的道路

1992 年我初中毕业，当时我的中考成绩过了我们汉阳第三高中的分数线。但是由于家庭条件有限，我不得不放弃重点高中的录取机会，报考了武汉市电子工业学校的中专，因为当时读中专包工作分配，还有奖学金可以拿，可以早点出来就业，这样可以减轻父母的经济负担。后来父亲看我对中医兴趣很大，又有一定的天分，就问我有没有兴趣学中医？我说有兴趣。就这样，父亲为我在同济医科大学中医针灸学院（成教班）报了名，买了书，从此我就正式走上了学习中医的道路。一般是我自己先看书，有不懂的地方就请教父亲。当时我们村还有一个中医，是我家的亲戚，我也经常去跟他请教。这样我白天读中专，晚上在同济医科大学学中医针灸，于 1996 年大专毕业。后来觉得临床知识不够用，1997 年我又考取了湖北中医学院中医专业的专升本，2000 年毕业，取得本科学历和学士学位。

所以，我从事这个行当，一是受父亲的启发，二是我觉得中医、中药特别有疗效，我自己喜欢中医，并愿意从事中医这个职业。因为我父亲以前在医院里从事的是中医针灸正骨，所以最初我报的也是针灸专业。不过我现在的方向是中医内科杂症，针灸没怎么碰了。

没有在公立医院上过一天班

当时大学毕业可以分配工作，我大学还没有毕业时，就在诊所里帮忙，所以很早就开始积累临床经验了。读大学期间，我还跟着湖北中医学院里一个同学的爸爸魏发善教授学习过。毕业以后我没有选择进公立医院（当时可以进的是武汉市第五医院），而是跟着武汉协和医院中医教研室的主任李仁康教授学习了半年多。说实话，当时汉阳没有比较好的医院，而且我在武汉市第五医院里面能学的东西比较少，所以就不愿意去。我的医师执业证①最早是挂在武汉市第五医院，但是我没有去上过一天班，实习完后直接回来跟着父亲一道开诊所了。

边学习边成长

我回来之后，父亲就有帮手了，诊所的病人也越来越多。刚开始从医的时候，总感觉自己的知识不够，于是每天下班后回家做笔记，对当天印象深的病人和有价值的病例作总结和分析。我现在都还保存着以前的笔记。初期临床时，我于 2003 年在武汉市第五医院进修，2005 年 6 月我还参加了华中科技大学同济医学院的全科医师岗位培训。在给病人看病的过程中，我发现病人在身体出现疾病时，心理也会发生变化。于是 2004 年，我又去武汉大学医学院进修了心理咨询专业。此后我就活学活用，在治疗患者的过程中特别注意调整患者的心理状态。我记得那时有个患者是我们的一个老街坊，她老公有天早上到诊所找我父亲，说他爱人中风了，口眼歪斜，口角流涎，起不了床，大小便失禁，连话都不能说了，要我父亲帮忙去看看。当时我们诊所的病人特别多，父亲忙不过来，就要我

---

① 中医职称晋升依次为医士、医师、主治医师、副主任医师、主任医师。医师能否执业的标准为是否取得医师资格证和执业证，其中执业助理医师没有独立处方权。

先去。我到患者家中看了病人的症状，查看了他的舌苔，询问了发病的经过。病人年龄不大，50 多岁，体型偏胖，平时脾气比较急躁，经过判断属于典型的肝阳上亢病症，没有生命危险。回去后我就向父亲汇报了病情，父亲要我全权负责这个病人。于是我采取三管齐下的方法，一边扎针灸，一边开中药内服，另外在扎针灸候针的时候对患者做心理治疗。当天针灸后患者言语不利的症状就有了明显的改善，病人的治愈信心明显增强。经过一周后，患者的四肢能慢慢活动了，且语言能力恢复正常，能下床扶床边行走了。大概一个多月后患者痊愈，每天又能从我们诊所门口路过去买菜了。病人痊愈后对我非常认可，逢人就夸小黄医生医术高明，还送了锦旗给我们。就这样，经过不断的临床积累，我的医术有了很大的提高，信心也增强了。

从小诊所到小医院

到 2004 年年底，我认为当时的营业面积和治疗方式需要提高和发展，提议把诊所扩大为门诊部，可以接待更多的患者和治疗更多的疾病。于是我就和父亲商量，想扩大诊所规模，只有中医不行，还要上一点检测的设备，当时很多中医院也在慢慢增添设备，我们虽然规模小一点，也要跟上形势。但是我父亲比较保守，最后通过我做工作，他还是让步了，说全盘给我，我想怎么干就怎么干，给他发工资就行。那一年我 28 岁，还年轻，我说那太好了，像您这样 50 几岁退休是我梦寐以求的，我干得好，继续做，我干得不好，您随时把我换下来。2004 年遇上了一次好机会，武汉市对民营医院这一块放开了，政策给得比较优厚。在市卫生局的领导下，我办了一个大型的综合性门诊部，门诊部以我父亲的名字为基础，叫“必春综合门诊部”，以前租的是一间门面，地点在汉阳郭茨口，后来扩大到一层楼，最后把整栋四层楼都租下来了，营业面积约 500 平方米，门诊设置内科、外科、妇科、儿科、中医科、口腔科、放射科、B 超心电图科室等，相当于一个小型医院，设备还比较齐全，聘请了包括医生、医技人员、护士、后勤人员等30余人，2005年年初门诊部正式开业。

2005年，门诊开业

在郭茨口一带办门诊部前后十年，2013年那个地方拆迁，我们就搬到自己住的地方，在村集体土地上建房子，建了七层楼，比原来的规模还要大，有近3000平方米，做了三四年后，到2017年年初又拆迁了，目前租了一个位置在过渡。这也是为什么我名下登记注册的有两个医疗机构的原因，一个是原先的门诊部，因为那个门诊部的地址不能办变更，一时半会儿也找不到那么大的地方重新开一家，所以又办了个中医诊所的执照，这两家都是由我担任法人。

病人都是忠实的粉丝

我热爱中医这行，想把它坚持做下去。现在看病，很多人倾向看中医，说明大家对自己的健康意识在加强，对中医、中药的认识在提高。我的病人很多是忠实的粉丝，就像滚雪球一样，我们是靠病人的口碑，有疗效病人自然来找你，所以以后我的重点发展方向仍然是中医科，逐步关闭西医科室，以使中医门诊再进一步。我现在希望我七八十岁的时候，还能坐诊看病、写书。

行业主管部门的帮助

在我成长的过程中，一方面得益于国家的政策，另一方面得益于市卫计委（过去是市卫生局）的领导。因为我的门诊部规模比较大，最初是直接受市里管理，主要是市卫生局的医政处和卫生监督所负责管我们，近几年才划归到区里。卫生监督所每年都对我们进行检查，做得不好的地方，我们就积极整改和学习。让认识这么多朋友和同行，包括其他区行业协会的会长、副会长们，这都得益于市卫计委组织的开会和学习。让我最庆幸的一点就是我的执业生涯中从来没有出过医疗事故，我的门诊部能够一直发展壮大，确实是得益于行业主管部门对我们的督促。我把学到的规范严格用到门诊部的管理中，对聘请的医疗人员包括护士，每个月都进行月考；别的私人诊所、门诊部甚至医院很少有考试，但我们要求得比较严，每个月都要对聘用人员进行考试，并且把考试的内容存档。还经常组织医生交流学习，对护士强调操作规范。同时我比较谨慎，西医方面重点是上设备，但是人员的话，一个专科只聘请一位比较优秀的医生。即使我规模做大了，也还是以中医为主，虽然外科、妇科手术我们也都可以做，但我只要求能够完成大医院不愿意做的小手术就行，不接大手术，即使聘请的医生能够做，我也要求他不要做，安全第一。所以我们从来没有出过医疗事故，这么多年能够一直稳步地发展。一旦出了医疗事故，声誉都毁了，更不用谈效益了。

除卫计委外，我们还受食品药品监督管理局的管理，主要是对用药进行规范。比如以前中草药都不冷藏，20 世纪八九十年代，常规的草药都是直接去周边采挖，采不到的才去医药公司进货。那时进药也比较麻烦，每次进一大堆药，公司不送货，得靠自己背扛手提。现在中药管理规范多了，进药也方便多了，公司直接送货上门，食品药品监局还经常对我们进行检查。

行业协会的历练

周先宏会长所在的江岸区民营医师协会成立得很早，其他区，如江汉、武昌、洪山、青山、蔡甸和经济开发区也有协会。2005 年年底，武汉市民营中医师协会成立时，我们汉阳区还没有协会，我就直接加入了市协会，协会的张德忠会长、李家波副会长、夏小中副会长都对我比较认可，一进协会就让我担任常务理事。由于我比较年轻，所以有什么跑腿的事情基本上是我在做。我还参与组织和策划了会员旅游等活动，经常带领门诊部的医务人员参加协会的义诊活动，到偏远地区为农民送医送药。2006 年，我的门诊部荣获市民营中医师协会“先进单位”称号。2007 年 10 月，在张德忠会长的推荐下，我到武汉市社会主义学院学习，收获良多，结识了各个行业的精英，得到了社会主义学院各位领导的帮助，尤其要感谢当时市委统战部知工处徐军处长的关怀！

2006 年武汉市医师协会民营医疗机构中医师分会先进单位

武汉市经济开发区的万久扬院长也是老中医，他是经济开发区民营中医师协会的会长。我与万院长在市协会里认识之后，就拜他为师，跟着他学习。2007 年 11 月，我和万院长受邀到北京参加了“首届全国优秀民营中医医疗机构表彰大会”，我和我创办的门诊分别荣获“全国优秀民营中医医疗机构负责人”和“全国优秀民营中医医疗机构”称号。会议是在人民大会堂新闻发布厅召开的，中央电视台现场直播，原国家中医药管理局外事司司长沈志祥亲自接待我们，整个湖北地区仅有六家医疗机构获奖，那也是我获得的最高荣誉。此后，我的社会活动和政治活动就更多了：2008 年汶川大地震发生后，我积极响应协会组织的捐款捐物公益活动；2010 年，当选为武汉市针灸协会第五届理事；2018 年，当选为湖北省中医师协会社会办医委员会第一届委员。

2007 年参加首届全国优秀民营中医医疗机构表彰大会

汉阳区有民营医疗机构 400 多家，其中个体诊所 300 多家，门诊部有 60 多家，民营医院十几家。2018 年 12 月 18 日才成立区非公立医疗机构协会，虽然起步晚，但是在各区中规格最高，我很荣幸地当选为副会长。协会的成立，有利于医师团结，也有利于跟卫计委沟通联系。以前没有协会的时候，每年年底我们都要去区卫计委送检查材料，现在是在协会的统一管理下按片分组，一个组一个片统一往上报，方便很多，也可以减轻区卫计委的工作。而且协会可以经常组织学习，帮助解决医患纠纷等一些实际问题，也可以开展内部的互帮互助。

最大的困惑

我现在最大的困惑是，从事我们中医这行的，子女不一定愿意继续从医。原因是多方面的，首先是现在医患关系特别紧张，我们个体医生更是如此，如果出了事故，一切都该你负责，压力非常大。所以我们民营医师的子女，可以说 90% 的不愿意再从事这一行。武汉市做得比较好的老中医，现在都在收缩自己的业务，一方面是年龄大了比较累，另一方面就是后继无人。张德忠会长的女儿在深圳从事会计，现在他还没有找到愿意接手的人；李家波副会长的儿子不从事这一行，出国去了；我的儿子也是如此。很多年轻人，哪怕是中医院校的学生，毕业后宁愿去卖药，也不愿意从医。其次，中医学起来比较寂寞、枯燥，要有兴趣相投的人一起。我们协会经常在一起开会，没事就探讨下心得，哪些药有效或者没有效，对我们从事这一行非常有好处。最后也是最重要的一点，中医这条路太漫长，我家里算是有一定基础，父辈有一些医疗资源的积累，我在这条路上比别人走得短一点。换作家里没有背景的人，仅仅靠在医院里面上班，那得几十年才能积累到一定的经验，实现小有所成。中医、中药这么好的宝藏，没有人传承，这是我现在最大的困惑。我儿子是绝对不接手的，要我说现在门面也有，政策也比较好，只要他毕业以后跟着我学，现在的中医哪怕大学没有毕业，办个公证、师承几年后考个执照一样可以从事中医，但是他不愿意。我身边朋友的子女大多也不愿意从事这一行，别说是中医，连进医疗行业都不愿意。其他的行业，年轻人到三四十岁就能够出成果，我们中医到三四十岁出不了成果，像我这个年龄，40 多岁，仍然是在不断学习进取的阶段，要到周先宏会长、张德忠会长那个年龄，55 岁以上，才是中医的黄金年龄。我现在的病案只能把哪些有效、哪些没效积累在一起，然后看书加学习一些理论，到一定年龄，到 60 岁左右，自己的心得才能出一本书。

能够生存下来的中医民营医疗机构的这些人，个个不简单，中医这条路漫长而且艰难，关键是要坚持，但很少人有这个毅力。我们中医学院的同学，一个班近 50 个人，现在从医的不超过 5 个人，其他医学大专院校也差不多，西医的情况要好一些。

我平时还喜欢练一下书法，修养心性，让自己沉淀下来，搞中医，就是要多思考、多沉淀，从临床到实践，再到理论，不断学习，一本书要翻烂才行。因为中医看病有一个特点，它是对人，不是对病，例如同样的感冒，分风寒、风热、暑湿等几种，但是每个人的体质不一样，用的药也不一样，为什么同样一种病，西药都用抗生素或者抗病毒的药就可以解决问题。中医不一样，它针对的是人，学中医其实学的是类似哲学的理论知识，要爱好这一行，要有一定的悟性，还要有一定的坚持，才能把这个事情做好，这三方面做不到，中医是绝对学不好也做不好的。

中医的路会越走越宽

关于以后的发展，西医诊所不好说，但中医诊所的路只会越走越宽，因为大家的健康意识在加强，而且国家对中医的政策也在不断调整。例如注册制度，原来一个医生只能注册在一个地方，我在 A 点注册执业，就不能在 B 点看病，在 B 点看病就属于非法行医，医师多点执业这个政策现在改了，允许医生多点执业。① 所以我相信国家的政策会越来越好，越来越公平、公正，我们中医的路会越走越宽。以后常见病、多发病就在附近的社区服务站解决，大一点的问题、专科的毛病直接上大医院、专科医院看。西医解决不了的病患，我们可以换个角度去解决。中医看病跟西医不一样，中医的心肝脾肺肾和西医的心肝脾肺肾不完全是一回事，中医的理论基础还是传统的那一套，最大的短板就是没有一套微观

---

① 医师多点执业是指符合条件的执业医师经卫生行政部门注册后，受聘在两个以上医疗机构执业的行为。

的、系统的东西。但中医绝对是一种比较好的治疗和预防疾病的方法，尤其是中医中药预防疾病的效果非常好。通过中医的望闻问切，可以看出病人的体质，哪方面比较虚，或者哪方面比较旺，通过调节来达到预防的目的，可以改善甚至是杜绝很多疾病。当然中医、中药不可能什么病都能治，那是吹牛的，但的确可以改善很大一部分问题，而且疗效不一定比西医差。

国家现在对中医发展很扶持，但是有些政策还没有对我们民营医疗放开，比如医保，现在社区服务站、药店都能够用医保，但是我们正规的民营医疗机构包括诊所、门诊部都不让用医保，这些问题还有待我们这一行业去努力解决。民营诊所分布广泛，都是附近的居民来看病，一是方便，二是比医院要便宜，三是确实能解决问题，有利于医疗资源得到更加合理有效的使用，但是目前国家政策在医保方面对我们民营医疗机构还没有倾斜。如果有医保，我相信可以缓解很多大医院人满为患的问题。现在随便一个小病，比如感冒发烧，三甲医院到处都要排队，什么原因呢？一是病人相信大医院，这不假；二是私人诊所没有医保，所以病人不愿意去，毕竟大多数人还是习惯能用医保就尽量用医保。像我们中医还好一点，有的病人就适合这个中医治疗，可能换一个中医疗效就不好，病人真正认准了一个中医，你搬到哪里他跟到哪里。有个病人就是这样，打了几次电话才找到我的门诊部来，他父亲先来，他等到休息时才过来看。我比较同情我们民营医疗这一行，大多数个体诊所特别是西医诊所还是很艰难的，没有好的休息，没有好的学习机会，也没有一个好的身体，天天熬着，发展艰难的占七八成，只能解决温饱问题。所以希望国家对民营医疗能有开放医保方面的政策倾斜，只要是正规的、国家批准的医疗机构，就给政策，让我们同样可以用医保，那我们中医和所有民营医疗机构的发展会顺畅很多，而且可以解决很多实际的问题。

有人会说，互联网医疗可以解决这些问题。我认为，西医常见病的初步咨询可以在网上进行，以后科技发展了，智能机器的发展也可以运用到医疗服务上，比如北京的专家通过远程系统，用电脑直接操控机械臂、电子机器人为武汉同济医院的病人做手术。但是中医不适合互联网医疗，中医是越走越专、越走越精的，病人不能通过视频找我看病，我不给你切脉的话，肯定是开不出方子来的。中医讲求的“一人一症一方”，是针对每个不同的人来对症治疗的。所以虽然现代科技可以帮助我们解决一些问题，但是有些东西还是得坚持传统。中医和书法都属于后者，练书法就是每天照着字帖练，练到一定程度，十年、二十年、三十年以后，才能练出它的韵味，中医也是一样的道理。中医后备人才培养不能像西医那样规模化、标准化培养，应该回归传统，用以师带徒的方式培养。例如中医的脉学，你光看书本、光会死记硬背书本上的东西是远远不够的，需要老中医慢慢教你辨别脉象；中药也是，不光要知道中药的性味、归经①，还要会认识中草药，辨别中药材的优劣，更要懂得中药材的炮制等。要把中医发展得更好，就是要使其变成自己的东西，这才是我们中医的精华——传承。

再者，中医师的医疗水平因人而异，个体差异很大，为什么有人看中医喜欢找年纪大的老中医，这有一定的道理。现实中的医院大多数是靠药品和设备检查来赚钱的，我们个体医生亦是如此。虽然现在国家在这方面制定了一些政策，但改善甚微。我认为，医生所从事的事业不应该是和利益挂钩的，看病救人是医生的职责，真正体现价值的是医生的诊断能力和经验。当然，医生也是人，也需要生活，尤其是我们中医，应该像传统那样收取诊金，而不是从挂号费和医药费里赚取差价。

我有一种想法，就是在征求意愿的基础上把武汉市所有的中医诊所联合起来、团结起来，办个联合门诊或者联合医院，设立分点，统一运营模式，通过专业的运营公司来管理，我们医生就只负责看病。只要想看中医的，按需要直接去找对口的医生，比如看肝病找张天任，看肿瘤找张德忠，看妇科找周先

① 性味，是中药药性理论的基本内容之一。每味中药的性味不同，因而有不同的治疗作用。归经是以脏腑、经络理论为基础，以所治具体病症为依据来确立的。每种药物的治疗作用，对脏腑、经络有明显的选择性，归经就是药物发挥治疗作用的具体部位。

宏，等等，建立一个系统，这样既节省了病人的时间，也提高了我们中医的效率。关键是运营比较繁琐，我以前做过门诊，知道管理的难处，如果有一个职业经理人来负责，就能让我们心无旁骛地把专业优势更好地发挥出来，这也许是我们以后发展的趋势。而且联合起来以后还可以相互学习、相互探讨，把各自拿手的专科经验和偏方拿出来组织讲座或者座谈，也是一种传承。

中药发展的误区和问题

我们发现，很多中医最后会走向西化，也有很多西药是由中药来转变的，例如诺贝尔奖获得者屠呦呦，她的青蒿素是从中药青蒿中提取的，治疗疟疾。我们明代就是用青蒿来治疗疟疾，只是现在把它提炼了，才变成了西药。

但是我认为，中药如果更多地用单味的药来提炼的话，时间长了就是一条死胡同。中医的精髓还是在于望闻问切的理论，以人为本，这和西医的那套体系不一样。屠呦呦的青蒿素应该属于西药，很多中成药或者是中药的软胶囊、针剂，也属于西药化，现在确实有效，但它忽略了很多中药西化以后容易出的问题，很多医疗事故就是滥用中药引起的，因为中药中有一些不明的成分。你看很多中成药的说明里，“不良反应”里标注的是“尚不明确”，这是很可怕的。例如汉阳区曾出了一件事：鱼腥草素钠针剂导致一个病人死亡。这种针剂里面的确有有效成分，但有害成分还没有研究出来，也就是说只验证了有效。中医认为，如果单纯用鱼腥草入药，肯定是要加甘草和其他成分中和的，中药要有相须配伍①，才可以发挥药的有效成分，抑制它的有毒成分。你看哪个老中医只开一味药的？为什么要加一些配药？就是因为配药和剂量都是有道理的，有的加了之后能抑制中药的毒副作用，最大限度地发挥药的疗效。而且中药采摘的季节和产地也很重

① 当应用一种药物疗效不佳时，就需要选择其他的药物进行合理的配伍或将两种有效的药物配在一起，从而获得 1+1>2 的效果。配伍是指有目的地按病情需要和药性特点，有选择地将两味以上药物配合同用。前人把单味药的应用同药与药之间的配伍关系称为药物的“七情”，相须是其中的“一情”。

要，这就是中药所称的“地道药材”。为什么洪山菜薹好吃，其他地方的菜薹就不是这个味呢？就是因为这个地方的气候、地理环境与众不同，这里种出来的东西，跟其他地方种出来的不一样。中药的提炼也同样如此，而且同一个地方，雨水、气候、气温每年都会不一样，同一个地方产的药材，今年单位重量的药能提炼10毫克的有效成分，但是明年同样的重量，不见得就能提炼10毫克的有效成分。中药走向西化的话，一些负面作用不好掌控，不能一出事情就说中药不行，其实根本就不是药的问题，是用药人的思维方式不一样。比如感冒发烧，很多人会买中成药“三九感冒灵”，但是没想到很多人是不能吃“三九感冒灵”的，它是治风寒感冒的，风热感冒不能吃，不能一感冒就买同样的药，吃了不仅没有效，而且会对自己有伤害。人们现在对中药认知度还不高，甚至有些误解，这需要我们这些从事中医事业的人来大力宣传和弘扬。有些西药有肝肾等方面的毒副作用，中药也有毒性和副作用。中医师针对每个人开出的方子都要经过深思熟虑和仔细斟酌，很多病人拿着方子上网查，发现里面可能有一味含有毒性成分的中药，心里就犯嘀咕，不敢吃了。此类事情比比皆是，这就是对中医、中药了解不够的结果。殊不知我们中药有“四气五味”①，中药方剂有“君臣佐使”②，可以相互协调治疗疾病。随着人们健康意识的提高，人们对于中医、中药的误解会逐渐消失。

另外，中药还有一个特殊性，就是很多药需要医生自己加工炮制。比如用中药泡的药酒，现在的规定是只能在自己店内使用，如果拿去其他地方卖，就以假药论处。很多中药是没有毒性的，和吃的食材一样，通过吃喝是可以治病的，不需要吃西药、打针就能解决问题。有的人湿气重，完全可以煮薏仁米、煲汤来祛湿，这也属于中医之道。这个问题需要管，也需要放，太开放了不行，管得严又限制了我们中医的发展，关键是要把握好尺度。有人说，可以把家传的偏方、特

① 中药的四气五味，是中药药性理论的基本内容之一。四气又称四性，指寒、热、温、凉四种不同的药性，是依据药物作用于机体所发生的反应归纳出来的。五味是指辛、甘、酸、苦、咸五种不同的味。每味中药的四气五味都不同，因而有不同的治疗作用。

② 方剂学术语，系方剂配伍组成的基本原则，指中药处方中各味药的不同作用。

色药申请准字号来解决这个问题，但是这个过程需要的时间太长，它是按西药那一套程序，包括审批、三期临床，一般需要十年；申请准字号对资金的要求也很高，一种药动辄得投入两三千万元，如果不是大集团公司，一般人想申请准字号，时间太长、投入太大，药厂生产还要有效益，销不动，批下来也没有用。如果周期只有两三年，可能我们去申请的就多了。

如果成立一个大的集团公司，也能在一定范围内解决这个问题，各家的特色药至少可以保证武汉市都能用。经过一段时间的尝试后，如果国家政策以后能够对中药再倾斜一点，比如能取得批文或者备案，就可以把范围扩大到省内通用。国家政策现在正向中医倾斜，只是看这个口子能否再稍微开大点。医师准入门槛是降低了的，现在的规定是不需要大学学历，高中毕业也行，师傅带两三年，就可以执业。西医就必须要正规的本科毕业才行。而且中医也不需要在卫计委办营业执照，只需要办理备案。现在就看什么时候能够对中药的经验方、特效方再倾斜一点，市里批的市内用，如果疗效好再放宽到全省全国，但这需要一个过程。

中医是越专越精越好

会计师、税务师这十年的发展非常快，比我们民营中医的进步快，因为现在正是市场经济飞速发展的时期，需要他们在当中推波助澜。但我们中医是传统行业，需要我们做专做精，这是行业特点决定的。他们是越做大做强越好，我们是越专越精越好，我如果要做大，搭个大架子，没有一些有特点、拿手的东西，是没有用的。所以这是两条完全不一样的路，发展的方向也不一样。

武汉的民营中医师，最早的一代现在都是八九十岁的人了，像湖北省中医院专家门诊名老中医任国顺先生都快 90 岁了，他属于第一代。第二代以张德忠会长、李家波副会长、夏小中副会长为代表，他们现在 65 岁左右。我们属于第三代了。第一代、第二代中医师大多是中医世家出身，第一代很多是湖北中医学院的老专家，我早期看的一些书，都是他们写的。很多老专家并没有学历，但他的理论、一些方子都是由自己的师父从清末民初传下来的，可能理论体系不是很成熟，但他开方子的思路、用药的习惯是一脉相传的。张德忠等第二代民营中医师，做到了临床和理论的融合，吸取了老一辈的有效方法和经验，再加上自身有文化和理论基础，又在中医学院受过系统的教育，所以这一代在湖北省应该是属于最顶尖的中医师。我们这一代，中医学院的毕业生仍从事这一行的不多了，目前成就也不算高。

我知道的还有一位比较知名的中医师高光岩，他比较偏向于临床，非常忙，社会活动很少参加。武汉市的中医圈子只有这么大，全市 1000 多家，真正有社会活动的就这几十人，不算多。很多有水平的埋头自己做业务，不怎么参加我们的活动，所以也不是很熟。

关于行业代表人士的标准，我认为，第一要是行业内比较推崇的，各区至少是副会长以上，市中医师协会的会长、副会长、常务理事、秘书长，加起来一共 20 多人，不太多。有年纪大的，也有退下来的，包括侯立新、高光岩、夏大中、夏小中、张德忠、李家波、周先宏、张天任，大概就是这些人，其他的可能也有比较优秀的，但是我不太熟。第二是病人的口碑。从协会和病人的口碑这两个方面挑选，不会有问题。

武汉市非公立医疗协会是西医、中医在一起，但中医人数比西医少多了。协会里面虽然也有医院的院长或者负责人，但他们有的不是医生，而是经营者，所以我认为他们也许能够代表民营医疗机构，但不能够代表我们中医，二者的定位也不一样。

访谈手记：黄伟出身于中医世家，从小就培养出对中医、中药的浓厚兴趣。不同于传统中医单个师傅的口授面提，他的成长，除了跟师傅学艺，还接受了系统正规的医学教育。这就使他的发展比一般传统中医有更高的起点，结合了许多现代医疗管理方法，因此发展一直比较平稳健康，直到拆迁调整。在有了初步成长后，他也开始积极参与行业活动，开阔眼界，争取行业主管部门的支持，成为武汉市第三代民营中医师里崭露头角的人物。他对中医当代发展有很深的见解，也有很好的思路，真诚希望他能成功，这不仅是对他个人，更是中医在当代能够生长和发展下去的需要。特别是他对民营中医代表人士的看法让我有耳目一新之感，更加坚定了新的社会阶层代表人士的成长规律和评价标准应因群而识、因类而定，而这其中，民营中医因其行业特殊性更需要特别对待。

打造执业最亮色

——律师李春生访谈录

访谈时间及地点：

2017 年 6 月 29 日 9：00；武汉市社会主义学院 B402 室

2018 年 12 月 26 日 14：00；武汉市社会主义学院 A301 室

采访人：徐军（武汉市社会主义学院党组成员、副院长，法学博士）

受访人：李春生（律师、民建会员）

记录人：王丽琼（武汉大学马克思主义学院硕士研究生）

黄慧慧（武汉市社会主义学院办公室副主任科员）

受访人基本情况：

李春生，男，1963 年 4 月生，湖北武汉人，一级律师，北京市京师（武汉）律师事务所联合创始人、副主任律师。1983 年 10 月，武汉市司法学校毕业，分配到江汉区司法局工作；1988 年调到江汉律师事务所工作；1993 年辞职创办武汉乾

坤律师事务所；2000 年合并重组创立湖北松之盛律师事务所，任副主任。1986 年武汉大学自考法律专科毕业，2003 年中南财经政法大学法律专业本科毕业，2003 年民商法硕士研究生结业。

社会兼职有：武汉市第十二、十三届政协委员（2012 年 1 月至今）；民建武汉市第十三、十四届常委、社会与法制委员会主任（2011 年 9 月至今）；中华全国律师协会第八、九届未成年人保护专业委员会副主任（2014 年 3 月至今）；湖北省律师协会第七、八届未成年人保护法律专业委员会主任（2011 年 5 月至今）；湖北省高级法院、湖北省检察院涉法涉诉“千案化解”律师团成员（2015 年、2016 年）、湖北省人民检察院法律顾问（2018 年 5 月起担任）、湖北省人民检察院民事行政案件专家委员会成员（2018 年 12 月起担任）；武汉市政协法律顾问（2013 年 7 月至今）；武汉市新社会阶层人士联谊会常务理事（ 2018 年 12 月起担任）。曾任江汉区第十二、十三届政协委员（2002—2011 年）。

曾获得如下荣誉：2008 年中华全国律师协会“特殊贡献律师”，2014 年、2007 年先后荣立省司法厅二等功、三等功，被授予“诚信鼎”，2010 年获省司法厅、省律师协会“湖北律师风采奖章”“湖北省未成年人保护先进个人”；2015 年获民建中央“全国优秀会员”称号，2016 年被评为民建中央社会服务先进个人等；2010 年 4 月 28 日，入选省委政法委涉法涉诉联合接访中心法律顾问；2009 年发起筹划并担任“湖北火凤计划”——“湖北省未成年女犯融入社会”公益项目负责人，获得中央综治委、团中央等单位“未成年人保护制度创新奖”和省慈善总会“微善行动”奖。

被动的职业选择　执着的律师追求

我出生于 20 世纪 60 年代，高中毕业于武汉一中，1981 年考入武汉市司法学校①，成为该校第一批毕业生。当时职业的选择完全是被动的，我们首届六个班

---

① 武汉司法学校是 1981 年经湖北省人民政府批准成立的省部级重点中职学校，也是湖北地区唯一一所法律类中职学校。

学的都是法律专业，到了最后一学期按检察、法院、司法三个部门各分了两个班，我被分在司法班，毕业时大部分同学就是按照班级对应部门来分配工作的。当时同学们普遍认为法院最好，检察院次之，司法局最差。1983 年 10 月，我被分配到江汉区司法局。那时区司法局有律师、公证、法制宣传、人民调解等部门，大家认为这些工作中律师是最好的，所以都想去做律师，当然了，我也不例外。刚去时被分到公证处做公证员，后来调到法制宣传科做“严打”法制宣传和“一五”普法工作，编写普法教材，到全区工厂、学校、机关讲法制课，但我和其他同学还是想去做律师。1986 年来了一个机会，司法部改变了过去由各省授予律师资格的做法，举办首届全国律师资格统一考试（以下简称“律考”），主要是在律师事务所的人员参加考试，司法局的其他部门一般是不能考的。但由于我之前报名参加全国高等教育自学考试，在武汉大学主修法律专业，获得了首批自考法律大专文凭，为此我专门找局领导要求参加全国律考，最后领导同意我报名，也许他是考虑为律师事务所储备后备人才吧。后来我的成绩在全局是第一名，这样就取得了律师资格证，但因没有在律师事务所执业，所以不能办理律师执业证。后来我多次向领导要求，终于在 1988 年如愿以偿地调到局里所属的江汉律师事务所。总的来说，分到司法班是被动选择的，但能成为一名律师，真的是自己不懈努力和不断追求的结果。

事业成长中的三个标志性事件

我来自普通工人家庭，家庭没有任何背景关系，回顾我一路走来的经历，在成长过程中有这么三个标志性事件：1993 年辞去公职；2001 年加入中国民主建国会（以下简称“民建”）；2012 年成为武汉市政协委员。

第一，1993 年辞去公职下海。以前所有的律师事务所都是国办所，工作都是分配的，律师都有公职人员身份，也就是有编制。当时武汉市首批试点开办合伙制律师事务所，归纳起来是“两不四自”，即“不占国家编制、不要国家经费、自愿组合、自收自支、自我发展、自我约束”的自律性律师工作机构。1993年我向局里申请辞职，局领导非常重视，还亲自到我家里做工作，跟我妻子说“出来风险蛮大，希望不要辞职”。最后我还是下决心出来，与几名志同道合的律师成立了武汉乾坤律师事务所。后来全省推广律师事务所改制，渐渐地，国资所都变成了不要国家拨款的合伙制律师事务所。武汉乾坤律师事务所后来更名为湖北乾坤人律师事务所，当时在江汉路比较著名的佳丽广场办公。每个地方律师事务所的发展与经济发展状况是相关联的，全省的律师事务所整体规模都比较小，省司法厅、市司法局鼓励做大做强，大家都非常积极，当时武汉很多律师事务所在进行整合。到了1999年年底的时候，出于对律师行业前景的信心，乾坤人律师事务所与省司法厅直管的蓝本、松之盛律师事务所协商合并，当时考虑松之盛所有证券从业资格，变更名称手续比较麻烦，所以三个律师事务所合并后用了“松之盛”这个名称。合并以后人员有100多人，当时算是湖北省比较大、比较有影响的事务所了。

第二，2001年加入民建。原来我是单一办案件，接触的主要是当事人。当时有个兼职律师推荐我加入民主党派，我觉得通过加入组织，可以与其他人有更多的交流，就申请加入了民建。对民主党派的认识，也是后来通过各种学习、培训等活动慢慢加深的。参加党派的一些活动，社会层面就增大了许多，认识了民建的不同职业、不同年龄的会员，特别是江汉区民建组织成立得早，有很多七八十岁的老会员，经历丰富。由于我积极参加民主党派活动，撰写社情民意、活动报道等，特别是把专业法制内容引入省市民建杂志，2002年年底，在加入民建一年多后就在江汉区政协换届中被党派推荐为区政协委员，直到2011年年底，连续当了两届。2011年市民建换届，我当上了民建武汉市委会常委，现已连任两届。

第三，2012年成为武汉市政协委员。在市政协，接触的层次更高一些了。因为我是民建界别产生的政协委员，民建联系经济界人士，为了体现界别特色，我报名参加了市政协经济委员会。在市政协，我把法治思维融入委员履职，发挥法学特长，提出“法治武汉”“从律师中选拔法官检察官”“为民营经济发展提供司法保障”等提案 24 件。在市政协常委会作“构建和谐劳动关系”专题发言，参加降成本、垃圾分类等对口协商、界别协商，担任“十个突出问题”专项督查组长，在电视问政现场对干部作风问题、市场监管不力提出意见和建议，共 4 次荣获“市优秀政协委员”称号，我做了一些委员应做的工作，开拓了视野和境界，也成为我人生的宝贵经历。

未成年人保护：职业生涯中最温暖的底色

在我的律师职业生涯中，最浓墨重彩的一笔是未成年人保护法律服务工作。2003 年全国律师协会设立未成年人保护专业委员会，2004 年 3 月又下发《关于全面推动律师参与未成年人保护工作的意见》，要求各省、市、自治区律师协会成立未成年人保护委员会。2004 年 7 月，湖北省律师协会以我们松之盛律师事务所为依托，成立了未成年人保护委员会这个机构，成立时由我担任副主任，组织开展了系列活动。2004 年 12 月，我们跟湖北团省委联合成立了湖北省未成年人维权服务中心。

全国律师协会未成年人保护这块的领军人物叫佟丽华①，后来成为中共十八大代表和参加抗日胜利 70 周年大阅兵的唯一的律师代表。那时他成立了北京致诚律师事务所，专门做未成年人保护这方面的工作，并在全国律师协会未成年保护委员会当主任。2005 年 6 月，他联系香港有关组织，在全国首批选了五个省的未成年保护委员会负责人到香港考察、学习保护未成年人的经验，其中一个帮扶劣迹青少年的“火凤凰计划”项目给我留下了非常深的印象。我考察回来后，

---

① 佟丽华，中共党员，中共十八大代表，北京市人大代表，1999 年、2005 年先后创办我国未成年人和进城务工人员法律援助与研究领域第一家面向全国的公益法律服务机构，超过 50 万未成年人、进城务工人员等弱势人群从免费法律服务中直接受益。2003 年 5 月，推动成立全国律师协会未成年人保护专业委员会，被任命为第一任主任委员。2018 年 12 月 18 日，荣获改革开放 40 周年政法系统新闻影响力人物。

做未成年人保护工作的干劲儿就更大了，湖北这方面工作干得非常红火。与《武汉晚报》148（“要司法”的谐音）工作室、湖北人民广播电台举办专题节目合作宣传、法律咨询、举办法制讲座、办理维权案件等，指导全省律师开展儿童维权工作，同时也承办了学生被体罚致癫痫案、校园运动会猝死案、高空抛物致幼童伤害案等多起在社会上有重大影响的未成年人法律援助案件。

在全省开展未成年人保护工作，到现在为止，我认为我参与了两件特别有意义的事情，说大点是可以载入史册的。

第一件是参与起草并全过程参与湖北省未成年人保护地方立法。从 2008 年 3 月起，湖北省人大常委会开始对《湖北省实施〈中华人民共和国未成年人保护法〉办法》（以下简称《办法》）进行修订工作。由于前期我与团省委开展的活动影响力比较大，团省委邀请我起草草案，拿出初稿；后来省人大内司委也邀请我参加草案修改，为此我全程参与了团省委、省人大内务司法委员会、省人大法制委员会三阶段的调研和修法工作，历时 18 个月。我执笔起草了《办法》（草案），积极发动省律师协会未成年人保护委员会和律师志愿者参与修订工作，参加了赴武汉、黄石、黄冈、孝感、襄樊等地的立法调研座谈会，广泛听取了来自 20 多个不同领域的社会各界人士对草案的修改意见。通过深入交流，仔细查阅资料，我与省人大和团省委的领导一起，提出了修订草案及说明的讨论稿。

2009 年 7 月 31 日，省十一届人大常委会召开第十一次会议，《办法》获高票通过，于 2010 年 10 月 1 日正式施行。后来武汉市进行《武汉市未成年人保护条例》立法，团市委邀请我参加征求意见，市人大也邀请我参加专家论证会，这个条例于 2017 年通过。从为未成年人提供法律服务到直接参与未成年人保护地方立法，我为自己的这段经历感到骄傲和自豪！

第二件是发起并担任“湖北火凤计划”即“湖北省未成年女犯融入社会”项目负责人并持续十年。2008 年年中，在参加省司法厅组织的一次未成年保护立法座谈调研时，我认识了湖北省未成年犯管教所副所长蒋建军，他告诉我一些未成年犯对判决不服，希望我能够为他们做法律咨询，我答应了他的请求，组织

一批律师去做了一次“法律服务进监所”活动。2008 年年底，全国律师协会未成年人保护委员会在北京开年会，这次会议表彰了十名“全国未成年人保护特殊贡献律师”，我有幸名列其中。年会中有一个名叫“美国国际计划”的非政府组织在国内开展儿童保护的活动，选择资助一些公益项目。我当时就觉得监狱里未成年女犯这个群体，年龄小、文化程度低，法律知识少，日后重新犯罪的可能性比较大，针对她们提供职业技能培训，对她们今后顺利融入社会非常有必要。经了解，当时全省只有 14 名未成年女犯，我借鉴了在香港考察“火凤凰计划”时的经验，将项目取名为“湖北火凤计划”，报上去后经多次修改，最后获得批准。“美国国际计划”资助了 20 万元，我们买了 14 台电脑，聘请了武汉大学、武汉城市职业学院、湖北省礼仪学会的专家教授辅导学员，进行计算机、化妆、礼仪等方面的培训，开展法制讲座。很多未成年犯是第一次接触电脑，电脑不仅为她们带来了一项新的技能，更让她们知道了社会的变化。其中，我帮教的一名未成年女犯因认真学习、表现突出，获减刑 10 个月提前出狱，她凭借在狱中学会的技能，持证应聘顺利走上工作岗位，其父母有感于律师的热心关爱而决定复婚，给女儿一个完整和温馨的家庭。除了技能培训，我们还做了团体心理咨询、法律讲座、一对一律师签约帮教，就是让她们学会技能和与人相处，这些女犯出狱后，没有重新犯罪的。我们前后一共做了 6 期培训，由原来的 14 名女犯扩大到 300 名男犯，聘请全国道德模范吴天祥同志为项目顾问。我充分利用民主党派等各方面的资源，先后筹集到 150 多万元款物（包括慈善家捐赠物资），捐赠了 132 台电脑、投影仪和大量学习生活用品、培训费用，奖励和资助未成年学员。特别是 2013 年我联系的一个企业一次性筹资 50 万元，省监狱局长说是全省监狱系统接受的最大一笔捐赠。整个“湖北火凤计划”共帮扶 253 人接受电脑培训，已有 127 名学员获得了职业资格证书，学员整体文化水平和职业技能得到真正提高。

做专业　带团队

未成年人法律保护是律师履行社会责任的公益项目，自己的专业还是律师，我对处理民商法律事务、公司、金融、房地产法务也有着丰富的经验，曾承办过一批疑难、复杂、标的数十亿元的民事经济案件和非诉讼法律事务。印象比较深刻的，一个是我现在做的比较大的某公司 21 亿元的担保案。该公司是从国有企业改制来的，本身只有 1.58 亿元的资产，职工占股一部分，被一家民营企业用银行保理的方式作了应收账款质押登记，后转为担保。我为此曾向副市长写材料反映情况，到最高人民法院开庭，这个案件目前还在进行之中。另外一个是2007年受托处理第六届全国城市运动会塔子湖体育场馆 5 亿元银行借贷专项法律事务，我提出了“改变借款主体、完善抵押手续、明确还贷来源、政府督促履行”的法律意见，从法律上规避了金融风险，使该工程顺利获得 5 亿元贷款，实现了借贷双方的共赢，受到政府和银行的好评，现在每次开车经过塔子湖全民健身中心体育馆时就觉得小有成就感。

我在武汉执业已 30 年了，现在也成立了一个团队，助理有两人，团队里合作律师有 3 人。现在青年律师刚开始执业，自身生存比较困难，他们有时间、有精力，但缺少案源，我分一些案子给他们去做，既增加了他们的收入，也分担了我一部分的工作；关系紧密的助理就是我自己给他开工资，团队合作的律师是按约定收益分成。总的来说，我办的诉讼案子比较少，主要是办理一些大的非诉讼案子和受聘为企业法律顾问单位的案件。

现在觉得加入律师行业还是挺不容易的，从湖北省最近一次统计来看，全省有一万名律师了，武汉市执业律师也有三四千人。① 律师行业规范性建设还是有待进一步加强，从湖北省律师协会换届就可以看出，正常情况下一届时间是四年，这一届搞了六七年，超期了。另外，参与度也不够，人选安排上没有做到让律师充分知晓和参与，这里可能有领导对律师这个行业不是很放心的因素。此外，司法改革的实施还有需要完善的地方，律师办案环境等还需要大的改善。

有关部门的助推作用

每个人的成长都离不开外界的作用，我也不例外。从我个人发展来看，政治推荐方面民主党派这一块作用比较大，司法局和律师协会相对我个人而言举荐作

① 武汉市执业律师数当时是指武汉市律师协会名下的人数，2018 年，湖北省律师协会将在武汉地区的省属所下放，全武汉的执业律师应在 7000 人以上。

用不大。司法局是律师行业管理部门，律师协会是律师行业自治性组织，当然都与律师关系紧密。2000 年前，乾坤人律师事务所属于市司法局和市律师协会管的合伙所，我在所里负责行政管理，经常与柳平、蔡学恩等律师事务所主任参加一些市里的会议。目前律师事务所还是分省、市、区三级管理体制，自 2000 年 1 月三所合并后，松之盛律师事务所属于省管所，我本人还担任省律师协会未成年人保护专委会主任，与省司法厅和省律师协会联系多了一些，与市、区司法局联系则少了。不过近期省司法厅已将省管所的管理权下放，以后与市司法局、市律师协会的联系就会多了。

虽然我加入民主党派已经 18 年了，但之前与统战部的直接接触不多。我知道有统战部这个部门，但对统战部的职能和情况不太了解，想来第一次与市统战部亲密接触是因为一份提案：2007 年我撰写了一份提案——《关于提高司法效率保障司法公正的建议》，被民建中央提交到全国政协，成为集体提案，据说被中央有关领导注意到了，有把全国法院审判改革试点工作交到武汉市的想法。后来市民建有一次会议，市委统战部常务副部长吕盛东出席并找到了我，提出如果中央把试点放在武汉就请我一起参与。到 2007 年 10 月我就参加了武汉自由择业知识分子培训班，与统战部接触得多一些了。

武汉律师行业目前很难找到一呼百应的代表人士

代表人士的涵义很丰富，包括党外代表人士和行业代表人士，这属于两个层面。如果统战口有安排的话，行业影响更能够体现，毕竟司法局在公检法司这个司法体系中相对弱势，所以其他部门安排的事情，司法局还是比较重视的。统战部这边安排了，司法局相对来说就会安排；司法局有安排，统战部不一定能安排。所以我认为对于代表人士的选择，统战部比行业协会、主管部门的作用更大。当然，如果在律师行业内比较有影响的话，司法局也会向统战部推荐，也是一个“有为就有位，有位更有为”的关系。

至于代表人士的标准，我认为一个是对内标准，另一个是对外标准。对内来说就是行业代表人物自身素质、专业造诣、政治意愿，对外来说就是代表人物在行业的代表性、影响力、参政议政能力和社会活动能力。执业了 30 年，我感觉武汉市律师行业暂时还没有公认的一呼百应的行业代表人物。这一部分原因是人性的弱点，同行往往相轻，业内想公认一件事情很难；另外一方面可能是当上人大代表和政协委员后，可能就没有过多的时间和精力把案件做得很精细，比如在法庭上法官一听就能看出来律师的观点在不在点子上，是否专业。从全国来看，还是有一呼百应的公认的好律师的。比如全国律师协会前会长于宁是大家一致公认的，他是当时全国律师代表大会选举出来的，在北京一次中韩未成年人保护律师交流会和欢迎酒会上，我跟他近距离见面交流过，感觉无论协调沟通、专业能力、人品等都与大家公认的一样好。但在武汉市要选一位公认的律师行业代表人士做律师协会会长比较难，缺乏大家共同认可、出类拔萃、人品好、专业能力突出的人，问题还是出在我们自身。我们认为外地律师谁谁谁比较好，也许当地律师却认为他不怎么样，这可能和文人相轻的道理是一样的。

律师行业内认为一个律师做得好不好，主要看专业能力，也看创收能力。但具体说收入多少能当代表人士，这个没有标准。因为现在律师行业，收入高的还不是做传统律师业务的，而是做跟律师相关的投融资、培训和新媒体等这些新业务的，发展潜力很大。比如北京天同律师事务所搞无讼 APP 平台，收入很高。现在一些所谓的大律师都不具体做案子、不出庭，就是指导别人，他们的收入也很高，所以现在有人疑惑律师的专业性到底该怎么体现。

在参政议政的舞台上实现自我价值

在参政议政的舞台上，我认为主要可以从三个方面发挥作用。第一是通过政协提案和社情民意发挥作用。在政协层面或党派层面，在律师行业层面，撰写社情民意和提案是我比较擅长的。自从 2001 年加入党派以来，我写的各种类型的文章有一两百篇，一部分是未成年人相关的内容，另一部分是法律、生活和社区相关的内容。第二是为各级单位和个人提供法律咨询和专业法律服务并获得认可。有一位民建会员的父亲在泰国芭提雅游泳时淹死了，在泰国那边赔偿处理完了，但是回国后发现旅行社向保险公司索赔获得赔付，而没有向游客赔偿，出事了旅行社还能受益？那位会员找我代理跟旅行社打官司，经过一审、二审和执行，最后追回全部赔偿款项。在为各级单位和个人提供法律咨询和专业法律服务的过程中，我获得了对方对我专业的认可，也发展了业务。第三就是利用各种社会身份全方位发挥作用。我在全国律师协会未成年人保护委员会担任副主任，在省律师协会负责未成年人保护工作，在省、市民建负责社会与法制工作；在市政协是经济委员会委员，在社会层面不仅是市监察局特邀监察员，还是国家旅游局社会监督员。这些身份都是社会平台上的，通过履职尽责，融合起来发挥作用，扩大我们的影响力。

我写的提案中有三个提案成为全国政协提案：第一个是关于城市拆迁的提案。2006 年，看到拆迁引发的群众上访乃至恶性案件层出不穷，我意识到拆迁是一项关系到千千万万老百姓切身利益和社会和谐稳定的重要问题，因拆迁引发的社会矛盾已成为城市建设发展过程中极其尖锐的社会问题。为此，我通过民建组织对拆迁管理部门、拆迁中介机构（拆迁评估公司、拆迁代理公司等）、开发商、被拆迁人等相关拆迁主体进行调研，提出了修改国务院《城市房屋拆迁管理条例》或者制定《城市房屋拆迁法》、大幅提高拆迁补偿标准、建立专项拆迁基金、拆迁与就业安置相结合等 7 条建议。据此撰写的调研报告《和谐社会建设中化解房屋拆迁矛盾的对策与建议》被民建中央作为社情民意向全国政协报送。2007 年 3 月，时任民建中央副主席王少阶在全国政协会议上就此文作了大会发言。第二个提案就是前面说的《关于提高司法效率保障司法公正的建议》，被编入民建中央《民讯》的提案汇编。第三个是《关于落实未成年犯义务教育的提案》。我们通过实施“湖北火凤计划”，发现了未成年犯是义务教育“被遗忘的角落”，我通过市民建课题立项，经过调研写成提案，被民建中央采用为全国政协十二届四次会议集体提案。后来临时联系全国人大代表蔡学恩律师，发给他，他向全国人大提出来了，跟我反馈说成为全国人大十二届四次会议的建议案。这个提案也作为省民建向省政协提出的提案，由省教育厅主办。2017 年 4 月世界读书日和 2018 年 5 月，省教育厅联系省新华书店共捐了价值 10 万元的图书。通过实施“湖北火凤计划”，我们把开展的社会服务项目转化为参政议政的成果和政府决策，为未成年人提供了实实在在的帮助。

这两年，我提了一个武汉设立城市原点和“零公里”标志的提案，市规划局认为“提案非常有意义，武汉城市格局复杂，设立要谨慎”，没有能够落地。2018 年又提了，现在答复说在论证和推进，选了江汉关、南汉嘴、黄鹤楼、防洪纪念碑等七个点，但还是没能落实。在参加市政协民主监督座谈会时我又提了这个事情，市政协常务副主席谭仁杰觉得这个提案内容很好。2018 年我提出把城市原点纳入武汉长江主轴规划中，让市民来投票，专家论证，政府决策。国际大都市和国内北上广深等城市都有城市原点和“零公里”标志，我觉得建设“现代化、国际化、生态化”的大武汉不能缺，我将继续提出，直到它落实落地。

这么多年我写的提案被省政协立案的共有 8 件，都是通过省民建党派界别提出的，涉及高层建筑消防安全、未成年人权益保护等方面。市政协提案中有 20 多件个人提案，不少于 5 件集体提案，包括建设法治武汉、人民调解、建立公平竞争审查制度、建设全国旅游中心城市等，有关联的、参与附议的提案有 20 件。区政协提案比较多，应该有几十件，区里的问题比较小一些。

通过参政议政，参加党派和政协活动，自己也在成长进步。坦率地讲，政协委员的身份对我的业务还是有帮助的，这些资源平台是一般律师接触不到的。有需要法律服务和咨询的，基本认可政协委员的身份，有些公司邀请我去当法律顾问，放心把案子交给我做。这些年，我自己成长进步的同时也力所能及地帮助他人。2014 年捐款 50000 元给武汉市委统战部青年律师发展基金，2015 年 10 月向中华慈善会馆困境儿童救助基金捐款 10000 元。我原来的律师助理陈亮，在我的带动下参加公益活动，做法制宣讲团成员，后安排他在省律师协会未保会做秘书长，现在业务发展得也很好。事实证明，律师不能功利性地只想要回报，做好了公益，律师业务也会有了。

访谈手记：李春生律师是武汉市司法学校第一届毕业生，这一届毕业生中不少是在今天武汉市政法界挑大梁的人物，而他执着地走上了执业律师这条路，坚决要求从司法局其他部门调到律师事务所，从国办所到创办合伙所，再到为做大做强而合并，这也是当年大多数律师走过的路。所不同的是，在他后来的执业生涯中，正如他自己所言，三个标志性事件就有两个是与统战有关的，一是加入民主党派，二是成为政协委员，他充分运用民主党派和人民政协参政议政舞台，既一展专业所长履职尽责，又促进自身业务发展提升，这期间当然也得到了政协统战组织、行业主管部门、行业协会以及其他相关部门、团体的许多帮助，可以说是把律师身份和统战身份结合得比较好的一个典型，这也正是这次访谈选择他作为律师代表的基本原因。他关于代表人士的看法很真实，也很让人启发，如“统战代表人士”和“行业代表人士”的关系、为什么没有一呼百应的人物，等等，我想恐怕也代表了相当多律师的看法。最后得说说他做的未成年人保护的事，这真的是功德无量的事，想从中直接得到经济收益是谈不上的，但不管是想成为行业代表人士还是统战代表人士，这样的公益意识和公益行为是必不可少的，只有这样才是我们理想中的新的社会阶层代表人士！

“无知少女”的成长路

——律师刘莉访谈录

访谈时间及地点：

2017年6月30日14:00；武汉市社会主义学院B402室

2018年12月29日14:00；武汉市社会主义学院A301室

采访人：徐军（武汉市社会主义学院党组成员、副院长，法学博士）

受访人：刘莉（律师、无党派人士）

记录人：王丽琼（武汉大学马克思主义学院硕士研究生）

黄慧慧（武汉市社会主义学院办公室副主任科员）

受访人基本情况：

刘莉，女，1969年5月出生，湖北武汉人，湖北元文律师事务所主任。1988年毕业到武昌区司法局办公室工作；1996年到律师事务所工作至今，先后任执

业律师、合伙人、副主任、主任；湖北省首批AAA级最高信用律师。曾任武汉仲裁委员会仲裁员，武汉市女律师工作委员会副主任，武汉市武昌区十二届、十三届、十四政协委员，武昌地区律师联合会会长，武昌政府法律服务机构团队负责人，武昌区纪委监察局武昌治庸问责优化发展环境工作小组成员，武昌区人力资源局（公务局）行风评议监督员。

连续多年荣获武汉市法律援助先进个人、武汉市优秀女律师、武汉市司法行政机关先进工作者、武汉市综合治理工作先进个人、武昌区优秀知联会会员、优秀政协委员等荣誉。

当律师不是我的追求

1988年，我于文秘专业毕业到武昌区司法局工作，直接分到了办公室做打字员，那个时候我还不是律师。到司法局后，因为我会电脑打字，司法局为了文件材料的提档升级，购置了一台电脑，那时叫“四通”，这也是整个武昌区委区政府机关大院购置的第一台电脑打字机，由我操作。所有的法律文书，包括大院里区委区政府、人事局等单位要求标准比较高的文件，全部是从我这里制作出来的，我业务水平高峰的时候，一分钟可以打200多个字。

1993年，我报名参加了律师资格考试，结果刚一报名就查出怀孕了，那年就没怎么复习，试了一下水，果然没过，但感觉还是很不错的，我记得是只差十几分。1996年，我已经在武昌律师事务所①做法律咨询和接待工作了，同时还兼顾着司法局办公室所有的文字工作，我属于律师事务所的事业编制。那时律师事务所的年轻人都在考律师证，我的孩子也长大了些，不那么需要我管了，所以我又报名参考，那一年顺利考过了。通过了考试我还是非常骄傲的，因为所里有几个律师报考没有考过（那时没规定从事律师工作必须执有律师证），有的一直没

① 武昌律师事务所系1980年恢复律师制度时武昌地区第一家国办律师事务所。

考过后来就没有从事律师工作了。但是当律师并不是我的追求，只是看到大家都在报名，我也凑了个热闹而已。没想到我们律师事务所主任找我谈话："考过律师，你下个月工资就没有了，你就当律师去吧。"其实当时也没有规定说考取律师证就不能待在局里，后来我觉得主任让我当律师应该有两方面的原因，一方面是主任想培养我，另一方面是出于为所里开源节流的考虑。当时律师事务所已经开始自收自支了，赚来的钱一部分交给司法局，剩下的部分律师接到案子后有29%的提成，其他留存的资金用来支付行政人员的工资、主任津贴、办公费用。我原先属于行政人员，我的工资从留存的资金支付，转岗律师之后所里不仅不需要给付工资，还可以为所里带来收入。就这样我在人生的分岔口走上了律师这一条路。

我有个好听的名字是"无党派"

我在司法局工作了八年，基本上每年都获得"优秀""先进"等荣誉，有很多人奇怪我为什么还不是共产党员，后来我想了一下，觉得这也是自己比较另类的一个方面。从我的家族来说，父母亲全部是单位里面的党委书记，家里其他人全部是党员。应该说我生活在一个红色家庭里，我在学校读书期间是校团委组织委员、班级团支部书记、学生会主席，在班上除了语数外的课代表不是我，其他学科的课代表全由我担任。那一年我们分配到司法局的九个女孩子中其余八个都写了入党申请书，就我一个人没写。我觉得也很好啊，并不影响我对共产党的热爱。这些年也有很多民主党派向我伸出了橄榄枝，但是我也没有加入，现在我有个好听的名字是“无党派人士”①。

初出茅庐的艰难探索

自从取得律师执业资格后，我一直在湖北元文律师事务所执业至今，我们所更名了好几次，先后叫武昌法律顾问处、武昌律师事务所、武汉第十一律师事务所。大致算一下，我应该是改革开放后的第二代律师，当时该所的主任应该属于第一代律师。他们是从计划经济走过来的，而且基本上是公检法系统出身，身上普遍有一种正能量，对工作很负责任，非常敬业，有着我们无法复制的人脉资源。在还没有当律师的时候，看到他们很受当事人的尊重就觉得做律师很好，对律师这个行业满怀憧憬，但当时这份憧憬很快就被现实击碎了。

说实话，刚入行时我对整个律师行业是很灰心的，因为当时就我的理解来看，一方面是律师的作用有限，另一方面是办案需要去拼关系。我当律师的那年是1996年，正值中介机构脱钩改制，律师事务所被列为中介机构，我们所全员退出了编制。那个年代，律师执业不像现在这样团队作战，很多年轻律师没有师傅带，虽然我现在在行内算是我们主任的关门弟子，但那时候师徒关系不像现在这样有经济上的帮扶，什么事情都需要自己去闯，所以刚开始做律师时我还是很

---

① 无党派人士是个特定的政治称谓，按照2015年颁布的《中国共产党统一战线工作条例（试行）》的规定，是指没有参加任何政党、有参政议政愿望和能力、对社会有积极贡献和一定影响的人士，其主体是知识分子。

迷茫的。当时有一个刑事案子，有四个犯罪嫌疑人同时聘请我们代理，我们把整个办案过程经历了一遍。我们所的主任为了这个案子，前后出差了好多次。最后案子结果还算理想，勉强达到了当事人的要求，但其中的困难和艰辛一言难尽。2000年左右办的一个案子也是至今难忘，那件案子经过仲裁程序裁决我方当事人胜诉了，根据法律规定必须到江西某地基层法院执行。到当地法院立案时，立案法官不承认、不执行生效裁决书，要求我在他们法院重新起诉、重新审理。我简直难以相信这居然是一个法官说出来的话，可是怎么跟他讲事实、讲法律、讲道理都讲不通。当时我刚开始办案子，又是一个人在外地，人生地不熟，回到酒店后我大哭了一场，那种无助感至今都记得十分清晰。以前办案子完全是单打独斗，网络也不发达，除了法律书籍基本没什么工具可以用。现在就不同了，我现在带团队可以放手让学生做，学生不懂的可以问师傅，可以上网学习相关案例，可以请教专家，还可以开案件研讨会。说实话那会儿受到的挫折让我真的很想放弃，但是如果放弃的话我又能做什么呢？律师事务所已经改制完成，行政机关肯定是回不去了，只能硬着头皮咬牙坚持做下去。消极一点地说，我当时对律师行业不怎么看好，只是因为这个职业的工作时间、工作环境、工作方式和状态相对比较自由，很适合我，我是一个不喜欢太多束缚的人。

时来运转的业务突破

让我对律师事业重拾自信的是一件经济纠纷的案子。那件案子的老总严格来说是我的第一个当事人，也是我曾经的同学。她从银行辞职后进入了建筑机械制造行业，创办了一家有限责任公司（当时只算得上是一个小微企业）。因为经济纠纷，他们在海南一个工地上的设备被法院给查封了。基于对我的信任，她聘请了我当她公司的代理律师。在办理这个案子的过程中，我付出了很多努力，和原告代理律师共同做了大量工作，双方达成了用设备抵充公司债务的调解意向，最终以调解的形式结束了案件，让他们公司渡过了一个很大的难关，也让公司老总坚定了继续发展的信念。从那时算起到现在，我们已经合作了 20 多年，公司一直聘请我做法律顾问，对外签订合同都要先给我审核。现在这个公司发展得非常好，从那件案子中，我感受到了当事人的尊重和信赖，也感受到了当事人对法律的敬畏和遵守，所以非常有成就感。那件案子对我意义重大，应该算是我进入律师行业后的一个标志性事件。一路走来，我和企业互相帮助，共同成长。

公司法务的经验积累

在执业过程中还有一个小插曲，我到一家当时非常有名的合资公司做了四年法务工作。2000 年的时候，他们对外招聘，当时为了解决生存问题就去应聘了。其实最初应聘的职位是总裁助理，没想到律师执照对我有很大的帮助：应聘时老总看到我的简历上填的职业是律师后就问我有没有律师执照，我正好带着就给他看了，后来就通知我被录取了，把我安排在法务部。他们看中了我的律师身份。当时法务部有一个不坐班的律师，但很少来公司，还有两个法律专业毕业的年轻人。公司里的案源不少，当时我一年有三分之一的时间在出差，我在法务部的第二年，公司又招聘了两位有律师执业证的专职律师。但是到了 2004 年，那个不坐班的律师的律师事务所据说解散了，他也回公司上班了，公司对上班时间有了要求，于是我和后来招聘进来的两位执业律师就辞职了。那段当公司法务的经历在我的职业生涯中起了很大的作用，对我的专业能力有了很大的锻炼和磨砺，巩固了我做律师的专业积累，之后我的案子就逐渐从少到多、从小到大，业务逐渐开拓出来了，后来又回到了律师事务所，从专职律师、合伙人律师做到常务副主任、主任。

胜诉只是手段，共赢才是目的

在律师行业一路走来，自己逐渐脱掉了身上青涩的稚气、焦躁和所谓的爆棚的正义感，对律师的工作也有了更理性的认识。律师办案件不是要赚得盆满钵满，除了刑事案件，往大一点说都是人民内部矛盾，胜诉只是手段，共赢才是目的。胜诉就意味着另外一方败诉，如果每个律师都坚持要胜诉，那肯定有另外一个当事人受伤，特别是民事案件、家庭纠纷，往往是赢了官司丢了亲情或友谊。所以一个律师最重要的是维护整个社会的公平和正义，而不仅仅是一个利益诉求者。办案子是各种利益博弈后的妥协的过程，如果把这个妥协处理得很好的话，就是很圆满地完成了这个案子，这也是需要艺术的。有了这样的认识后，现在办的案子不仅能让当事人满意，还能产生很好的社会效果。

前不久我受武昌区法律援助中心指派办理的一件机动车交通肇事案件就是典型案例。被告驾驶小轿车与骑行电动车的受害人相撞，造成受害人受伤后抢救无效死亡，交警大队认定事故双方承担同等责任。经过调查发现，受害人老家在省内某地级市，多年前来武汉做小生意谋生，租住在一处破败民房中，没有办理武汉市居住证，没有固定的收入。虽然她在武汉市生活十余年，却没有任何书面的证据可以证明其经常居住地在此，只有一些零散的信息随意描画着她在这个城市的角落生活过的痕迹。其配偶身患几类癌症，被鉴定为丧失大部分劳动能力，因受害人在事故中不幸去世，家庭生活陷入极度困难。像这种双方对事故发生负同等责任的案件，一般而言，5∶5 的责任分配、按农村户口计算赔偿义务款是判决的常态。但考虑到受害人长期生活在武汉的实际情况，我还是力争为委托人获得最大利益，在充分了解案件的基本事实、厘清法律关系及法律责任的基础上，查阅了大量类似案例及相关法律法规，在庭审中提出了应按武汉市城镇户口计算赔偿义务款、同时要求案件被告承担 60%赔偿责任的诉讼请求，并在证据提交、辩论主张、代理意见、法规及案例参考等多个方面向法官释明诉求，最终我们的诉讼请求得到了法院的支持。虽然是一起法律关系很简单的交通事故，却寄托着受害人整个家庭的殷切期盼，开庭时受害人的亲戚朋友、从异地前来的旁听人员达几十位。通过这件案子，不仅为受害人家属争取到了最大限度的权益，帮助这个困难家庭渡过难关，在让参加庭审的每一位公民在感受到法律公平的同时，更感受到法律的温度。

现在除了律师之外，我还有一个新身份是仲裁员。我是 2016 年被市仲裁委聘请的，一年来仲裁过六七件案子。和诉讼二审终审程序不同的是，仲裁程序是一裁终决，程序相对简单。我们仲裁的案子就是围绕这个特点，扩大它的优势，我所参加的案子多是建筑行业的纠纷，案情比较简单，所以都调解了，这比走法院诉讼的案子要快。

初入政坛，分不清政协统战

回首这一路走来的过程，律师事务所、统战部、政协、司法局、律师协会这些部门组织对我的成长有着或多或少的影响。

就像我前面谈到的，我所在的律师事务所是武昌区第一家律师事务所，最辉煌的时候曾经是武昌区最大的律师事务所。但因为前身是国办所，所以也有着老所的通病：人员老化、思想僵化。现在全部工作人员有十几个人，其中合伙人律师有八九个，规模就比较小了。虽然这么多年一直在谈整合，但因为时机和观念的问题，所以到现在也没有实际行动。

最开始我并没有分清统战部和政协的区别，很长时间我一直以为它们是一家单位。统战部没有一个平台，只有一些零星的碎片化的活动。在执业过程中，统战部对我们的帮助比较单一，我于2007年参加了市委统战部在市社会主义学院举办的自由择业知识分子培训班，我记得当时徐院长是我们的班主任。参加这个培训班对我执业有很大帮助，打通了我们同学之间的专业壁垒，大家现在还会有业务上的往来，这么多年下来都已经成了很好的朋友。我在这个班上收获了两个“闺蜜”，因为这个班的同学价值观念大致相同。在一般情况下，普通律师对统战部不太了解，因此统战部还有很大的发挥空间，可以通过知联会、新联会①多组织一些活动，加强沟通，多走访律师。

区政协的三朝元老

我先后担任了武昌区第十二、十三、十四届政协委员，可以算是三朝元老了。有了这个身份后，客观来说对我的业务还是有一定的帮助，当事人可能会更信任我，但最重要的收获是扩展了自己视野，接触的不仅仅是在律师事务所办理的个案，开始对社会上的问题有所思考，做一些力所能及的工作。我想自己之所以能被推选为政协委员，有三个方面的原因：一是自己在专业方面确实有较强的能力；二是因为自己是“无知少女”，我是无党派人士，算半个知识分子，又是

---

① 知联会是党外知识分子联谊会的简称，20世纪80年代在上海、重庆、武汉等地开始成立，其成员主要是无党派知识分子，是中共党委开展无党派人士和党外知识分子工作的主要平台，目前各省、自治区、直辖市、副省级城市及相当多大型高校、科研院所成立了此类组织；新联会是新的社会阶层人士联谊会的简称，从2017年开始在各地成立，其成员主要是新的社会阶层人士，包括民营企业和外资企业的管理技术人员、中介组织和社会组织的从业人员、新媒体从业人员和自由职业人员，是中共党委开展新的社会阶层人士工作的主要平台。

女同志，代表性还是很强的，十几年前律师不像现在这么多，女律师就更少了；三是从机关里出来的，可能更容易进入统战部门视野。多种因素促使我被推选为政协委员，在这之后，我的社会身份确实也多了起来，比如说担任市律师协会女律师专委会副主任、武昌区律师联合会会长，等等。

政协履职中的有声有色

我一直在武昌区政协社会法制委员会担任副组长，平时参与的活动和调研比较多，对我个人参政议政能力的提升有很大帮助，有很多平台满足了我对公益的需求，可以为一些小学、养老院募捐，为社区居民提供法律服务。接触的基层人群更多了，可以做一些法律援助，这也是我们愿意做的。在政协这个组织里，我相对比较活跃，觉得自己的能力能够得到充分的体现和展示。在政协会议上，我多次作大会发言，参与会间协商。结合自身履职实际，还写了《践行群众路线，提升区政协为民履职水平研究与思考》《政协委员界别代表作用实现路径研究》等理论研讨文章，先后被评为区政协理论文章的一等奖和二等奖，还被省政协的理论研究文集收录了，这些都是这么多年担任政协委员以来独立思考的结果。

在区政协港澳台侨委员会时，我和其他人共同提了一个关于农贸市场公益化的提案，虽然后来因为我调回社会与法制委员会而没有继续跟下去，移送给民主党派继续跟进，但在我心中还是很自豪的。当时菜市场食品安全不好掌控，环境非常差，为了解决这个问题，我们还专程自费到在农贸市场管理方面全国领先的浙江省宁波市考察，走访了三四家农贸市场，根据调研做了一个提案，想实现全区农贸市场统一采购、统一销售、统一人员管理和统一的市场管理。那应该说是一个站位比较高的提案，当年就被评为区优秀提案。虽然受限于客观因素难以全部公益化，但推动了武昌区的农贸市场升级，比如实现了肉类打码，能够追溯到肉类原产地，切实保障了群众的食品安全。

主管部门的鼎力支持

区司法局作为我们的行政主管单位，对我们的帮助很大，几任局长对我们律师联合会的工作全力支持。比如前任局长江宁，她是从法院系统出来的，亲戚和朋友中也有一些在从事律师工作，她对律师行业的酸甜苦辣深有体会，对执业的艰辛非常了解，所以到了司法局后对我们的工作非常支持，总是说“你们所做的所有决定都代表我的决定，你做的所有工作都代表我的工作，对你们的工作在人、财、时间等方面给予充分保障”。现任局长龙洁，从法制办调到司法局，到来后非常重视法律共同体的横向沟通和交流，组织了很多次律师和法官、律师和公安机关等交流活动，通过多种形式打破沟通障碍。领导的视野和决断力对律师的发展起着至关重要的作用。

积极为行业鼓与呼

执业这么多年，接触过形形色色的同行，感觉律师这个群体真的是有才的，只要给他们一个平台，他们所发挥的作用真的比一些政协委员大得多。律师社会地位的提高，还取决于有一个平台来为他们发声。因此，除了做好业务工作以外，只要有机会，我都会利用各种平台在各种社会活动中为律师群体发声。在一次政协全会的会间协商上，我和时任局长江宁关于普遍建立政府法律顾问制度的建议被采纳，并经区委区政府批准，专门下发红头文件，要求全区所有部门必须聘请法律顾问，并纳入单位年终考核。这届“两会”（指人大、政协）换届时，其他区律师政协委员数都下降了，只有武昌区两会代表委员中律师的人数较上一届有所增加。

2014 年，武昌区成立了律师联合会，这在全市各区是首家。作为区律师联合会会长，我的宗旨是把我们律师联合会当做律师尤其是青年律师的“娘家”，积极地为他们鼓与呼。当他们在执业过程中有了困惑或者遇到了困难，我们就会义不容辞地去解决。2017 年有一个年轻律师晚上十点多给我打电话，反映在餐厅遭遇到承办案件的对方当事人的当众侮辱和殴打，听到这个情况后我立刻联系司法局领导，第二天前往事发地派出所，调取录像，启动法律程序，促使此事得到了妥善的解决。

当前律师突发死亡的情况比较多。据统计，2017 年以来已经有 17 位律师去世，其中最年轻的就是我们武汉市大和律师事务所的一位律师，年仅 34 岁就突发心梗去世。这位年轻律师是家里的顶梁柱，他妻子、孩子刚刚搬到武汉不久，户口都还在老家农村，因为他的离世，孩子不得不回到乡村里上学。我们为了这个事在武昌区的律师群募捐，司法局的领导和我们都带头捐款，最后大概有 30000 元，然后律师联合会前后总共拨了 5000 元给他家属，以希望其家属知道律师这个行业不是像外面说的那样靠单打独斗，想让她感受到律师这个行业是有关怀的。

除了律师的维权工作，我们也很重视律师业务培训，定期做法律大讲堂，请省高级法院、市中级法院专家及在律师事务所管理方面有丰富经验的律师事务所主任过来讲课，给律师充电。此外，在文娱、联谊交友方面也做了一些工作，举办了户外行、防护赛等活动，以增强律师行业的凝聚力。2018 年，我们律师联合会要成立律师党委，然后要成立一个青年律师委员会和女律师委员会，再成立两个专业委员会。根据区里的中心工作，这两个专业委员会初步打算分别以拆迁征收和金融工作为中心。

谁是代表人士？一言两语难说清

我觉得很难用一言两语就说清楚究竟谁是律师代表人士。能用创收能力来评价是否为代表人士吗？十几年前市律师协会评选“十佳律师”，当时有一条规定就是年收入要达到多少万元，武昌区的冯家启律师就站出来说：“我的营业收入就能达到这么多，但是我没有赚到这么多，我做的都是公益，把我每个公益案子加起来，我的收入就有这么多。”后来正式评选时这一条就默默消失了。再一个就是收费最高的与社会影响力最高的可能不是同一个律师。所以我们一直在争论，做律师是关系重要还是专业能力重要，争到最后，只能说缺一不可，综合能力最重要。律师算是知识分子，知识分子有一点互相不服气，律师有一个最大的特点是对抗性很强，大家在庭审中都是相互对立的，可能今天这个案件你胜诉了，明天另一个案件我就胜诉了，有时大家会基于当事人的角度相互不买账。所以我还真想不出代表人士，心里也没有由衷地佩服哪个律师。

代表人士的三要素：社会责任、业务能力和创造价值

如果撇开实际情况来谈律师代表人士的标准的话，我只能从我目前的认知来说。比如说我有很多师弟师妹刚起步做律师时就说“我以后要赚多少钱”，那他们

的目的就比较明确，就是创收要达到多少。我认为作为律师行业的代表人士，首先要有责任心，这个应该排在第一位，包括社会责任和其他方面。其次要有扎实专业的知识基础，要在这个行业立足这点比较重要。别人可能不费吹灰之力赚了 50 万元，但是你要费很大的力才能赚 5 万元，有可能还做得不好。再次就是要创造价值，如果每天喊大口号，但是连自己都养活不了也是不行的，律师价值要通过社会责任、业务能力和创造价值来体现。其他的要求就比较零散，还没归纳出来。

政治安排不等于行业代表

现在可能有种观点认为代表人士一般是人大代表、政协委员，虽然我自己就是政协委员，但我觉得二者还是不能简单地画等号。就拿政协委员来说，委员的产生有不同的推荐渠道，有些是“知联会”的会员、工商联的委员，有些是民主党派的成员。一般可以通过知联会、工商联、民主党派等向上推荐，这种推荐不是以他们在行业内顶尖为前提的。还有些专职律师本身业务很过硬，但没有参加这些组织，就闷头做自己的案子。所以对代表人士还是要综合各方面因素来评价。

访谈手记：不同于李春生，刘莉一开始并没有非常强烈地想进入律师行业的愿望，只是因为在司法系统工作的缘故，比较了解这个行业，觉得它的职业特点比较适合自己的个性。但真正进入这个行业后，她却是非常用心地先努力生存、后尽力发展，从一件件小的业务做起，终于做出了自己的一片天地。之后又开始跨界进入政坛，把参政议政做得有声有色；同时始终持有律师情怀，服务行业，把武昌区律师团结起来。今天她在行业内也很有成就了，我曾问过她，为什么不到一个大所去实现更高层次的发展，而是屈身那个“小所”，她说是因为舍不下那个引她入门、一路伴她成长的“家”。虽然她只是位区属所主任、区律师团体会长，但我认为她很好地体现了一位新的社会阶层人士如何从专业代表成长为行业代表。

一生执着　样样精彩

——自由作家陈本豪访谈录

访谈时间及地点：

2018 年 12 月 1 日；武汉市社会主义学院 B402 室

采访人：徐军（武汉市社会主义学院党组成员、副院长，法学博士）

受访人：陈本豪（自由作家、无党派人士）

记录人：赵虎（武汉大学马克思主义学院研究生）

受访人基本情况：

陈本豪：男，1953年3月生，湖北省武汉市江夏区安山街人，自由作家。著有散文集《沃野》《秋声》《咸叶草》，长篇纪实文学《与教育约定今生》《金港车城》《江城古镇马鞍山》《京剧谭门》等。1970年11月到武昌县安山采石厂工作；1979年年底到安山公社炼灰厂工作；1981年调入安山公社株山林场和株墩林场，分别担任副厂长和技术员；1982年年底，调任安山林业站副站长；1984年出任武昌县林特汉口经理部经理；1989年到安山“蓝天服装厂”做供销员；1990—1991年创办化工厂；1991—1994年在武昌县教育局保温材料制品厂做供销员；1994年创办武昌县第一保温材料厂；2000年回安山镇开发苗木花卉产业；2002年开始文学创作，2003年成为湖北省作协会员，2018年成为中国作协会员。

曾兼任武汉市江夏区政协常委（2002年任区政协委员）、江夏区文联驻会副主席，中国作协会员（2018）。2006年荣获“武汉作协突出贡献作家奖”；2009年被列为湖北省改革开放百位名作家。

文学情缘：“天生喜爱”，“没有停止过阅读”

我曾经讲过一句话：“喜欢不需要理由，爱好不是罪过。”我与文学结缘纯属天生喜爱。虽然文学创作起步相当晚，而且过程颇多曲折，但从小开始的文学梦一直在心中生长，从未间断过。

我喜欢读书，大半生以来基本没有停止过阅读。特别是文学对我有着与生俱来的吸引，即使走路看到地上有一角报纸抑或有几个字的纸片，都会拣起来看一看。继连环画之后，我阅读的第一本书为《桃花女》，第二本为《张打鹌鹑李钓鱼》，这是两本神话故事，我至今都没有忘记。后来慢慢开始阅读《欧阳海之歌》和《钢铁是怎样炼成的》，这两本书在“文革”中一直没有遭禁，很容易接触到。其实，在那段时期，四大名著我都曾“啃”过，在那种一知半解中，我对这些书仍然爱不释手。

最糟糕的是，当我刚刚进入“阅读热”的时候，恰逢“文革”到来，几乎所有的文学书籍都被禁，人人自觉或被迫地将家中的书拿出来上交组织，成堆成堆地点燃焚烧。作为基干民兵，我也被派到焚书现场，看着那些书籍在熊熊烈火中化为灰烬，有泪只能往心里流。有一天傍晚，我避着人偷偷地从火堆里抢出一本书来，却被守卫在场的民兵大队长发现了身影。幸亏我跑得快没被撵着，否则就惨了。大队为此临时抓来三个人预审（包括我），终究因为没有证据而不了了之。我从来没有为此事后悔，却很长一段时间都沉浸在后怕中，梦中不知几次在满头大汗中醒来。后来，我将这件事写成一篇《窃书之迷》，收入在我的散文集中。

“文革”时想读文学书籍很难，书店里基本没有此类书籍出售，家里更拿不出钱来让我去买书读。我悄悄地找一些干部子弟借阅，他们胆大藏了一些书，比如《青春之歌》和《三家巷》等。那时还没有电灯，我们家穷，点不起煤油，只能点柴油，还得把灯芯挑得小小的，一是为了节约，二又怕看书被人发现。当时父亲用斧头在我睡的西屋墙壁上凿开了一个长方形的大洞，我们称它为土窗。每当月亮东升的时候，我就借着土窗里漏进来的月光看书。

书籍里丰富的知识与生活，填充了我天生的饥渴感，字里行间隐约有一盏灯照着我前行。武侠小说我的确读得很多。在改革开放之初，港台武侠小说捷足先登涌入内地，我几乎进入了疯狂的阅读期。那时，我正好在汉口经理部当经理，不仅有钱买书，而且是时间绝对的主人。金庸和古龙的书我全看了，梁羽生的书起码读了百分之九十，什么萧逸的、温瑞安的、柳残阳的、卧龙生的书我都看，但我崇拜的却是古龙。毫不隐瞒地说，武侠小说对我的文学创作影响很大。

年少磨难：“文革”时“过不了政审关”，“继续向前走”

小时候家大口阔，兄弟姊妹七个，加上父母和奶奶，共十口人。那时我们都小，家中没有劳力，辛辛苦苦喂的一头猪，年底卖了仍入不敷出。平日开支，全靠父亲空闲帮人做木工，获得些许微薄酬劳维持家计，油盐酱醋全指望鸡蛋换钱。逢年过节才有肉吃，衣服基本上靠亲戚朋友馈赠，再就是小的跟着大的拣旧。虽然我十岁才发蒙，读二年级下学期，但我很会读书，每门功课成绩都摆在学校的展览栏目中，尤其是作文，篇篇都被老师当做范文。我的数学成绩也挺好，常爱用老师所教之外的方法解题，是老师和同学们心中的榜样。我读小学的时候兼任湾村①扫盲班的小老师，还担任生产小队的记工员。社员们都信任我，我记的工分基本上不会有什么问题。不幸的是，正当我对学习知识满怀憧憬的时候，1966 年“文化大革命”爆发。那时贫下中农管理学校，小学升初中必须通过推荐和选拔。我因为富农成分，过不了政审关，推荐时就被挡在门外。我背着陈旧的书包回家务农，感到了前所未有的绝望。看到其他同学上初中，心里想的和眼睛里看到的几乎都是灰色的，我终于撑不住倒下了。

我躺在床上连续三天水米未进。母亲看到我这个样子即对我说，孩子，人生的路不只有读书一条。是人有一运，是花有一红，只要你来到人间，总会有一条路等着你去走。我什么都听不进，只想在安安静静中离开这个世界。第四天晚上，母亲给我煮了一碗腊肉豆丝，还打了一个鸡蛋，我依然没有一点食欲，对着母亲摆摆头。当时母亲几乎崩溃了，老人家顾不了许多，扑通一声在床边给我跪下了。我慌忙从床上滚下来，母子俩相拥而泣。我一边流泪，一边将豆丝吃完了。那一碗腊肉鸡蛋豆丝，沉甸甸的，因为那是一个母亲为了儿子几乎倾尽家中所有做出来的。而母亲床前那一跪，则给了我天高地厚般的爱和无穷的奋斗能量。

虽然社会无情地关闭了我学习受教育的大门，但我从来没有对此抱怨过。毕竟在那个大环境下，遭遇过类似打击和挫折的并非我一个人。自从不能上学之后，我更加如饥似渴地学习，不仅读书本更读生活。人生就是一本大书，书本只是其中摘取的枝叶而已。我自认是一个向前看的人，从来不会将自己纠缠在昨天

---

① 湾村是南方农村特有的人文景象，由于南方多丘陵山地，河流从中经过山湾谷地形成农业聚居，因此很多农村的名字中带有“湾”字。

里，万事只会在总结中继续往前走。

青春风发：走出乡村、洗脚进城

在家务农的几年里，我不仅没有消沉，反而活跃在生产队里。只要湾村里遇有红白喜事，大家都来找我帮忙写对联；我还帮他们剪大红窗花，有时还画几幅简单的水彩画贴在墙上。13岁的我就能搬着架梯，拿着笤帚在湾村的墙壁上书写红色标语，村头的毛泽东和雷锋画像都是我的作品。在那个风靡样板戏的时代，我甚至还主演过《红灯记》里的李玉和与《沙家浜》里的郭建光，在台上牛得很呢！后来，公社里有两个调往县京剧团的指标，但因为家庭成分不好，我失去了这次机会。

1970年11月3日，我永远不会忘记那个是我人生转折点的日子。那天，我背着行李，一步一回头地走出了故乡那条长长的山巷，奔向了外面的世界，心里什么感觉我真说不清楚。当时的确是一个机遇：公社兴办采石厂，我们生产队被分配到一个指标。队长的弟弟是最靠得住的人选，但他想去当兵，又怕进不了部队反而丢了去社办企业的机会。队长是个极聪明的人，他安排我先顶替进采石厂；假如他弟弟没当成兵再可换我回来，因为派其他人去的话便不好更换。天赐良机，队长的弟弟如愿当上了兵，我也留在了采石厂。

公社采石厂开始是炸乱石，专供山坡机场建筑营房用料，后来改为成品加工（石匠业），给武钢初扎厂加工高炉耐火石。马鞍山①盛产层积岩，具有结构密实耐温高的特性，且是打造石磨和磨刀石等乡村生活制品的上好材料。我在采石场一做就是9年，成了一名出色的石匠，大家都管我叫“一把锤子”。当时加工耐火石，有人一天只定两块半的任务，我却每天能完成八块，是全厂最高的，而且是唯一获得武钢免检的产品。虽说我身材和气力不如别人高大，但我的本事一般人难以企及。当时省军区和咸宁军分区的首长点名要我打家用小盘磨，磨盘的出

① 此处马鞍山指的是位于武汉市江夏区的马鞍山，因山形似马鞍而得名。

口和磨盘上均雕刻着龙凤图案，连磨刀石上都雕有花鸟虫鱼。虽然我的家庭成分不好，但我却一直是厂委会的成员，并身兼出纳、事务长和记工员三职，而且凡是厂里出墙报和写材料，都由我来完成。平心而论，在采石厂那 9 年是我生命中最火热的几年，要风得风，要雨得雨，真正体验了鹤立鸡群的感觉。

1979 年年底，公社采石厂撤销，我没有服从公社安排去新窑耐火厂任技术副厂长，而私自跑去公社炼灰①厂当挑管工。很多人惋惜我那么好的手艺给丢了。但是做石匠对身体伤害很大，我不能依恋手艺而坏了身体，为此我还受到过领导的批评；但稍微凉了一段后，又担任起了公社炼灰厂的出纳和会计。1981 年，因矿山整治，炼灰厂撤销，我先后被调往公社株山林场和株墩林场，分别担任副厂长和技术员。1982 年年底，又调任安山②林业站副站长。1979—1982 年，是我转战南北的几年，不断地转行却成了我思想跳跃的起点，由此我萌生了外出闯荡的欲望。

到 1984 年，我的家乡安山乡成立了农工商总公司。一次偶然的机会，让一向循规蹈矩的我，决定辞去林业站副站长职务，“洗脚进城”③ 经商。一位我新认识的汉口朋友鼓励我进城经商，告诉我前期所需的一切都包在他身上，只要我办好武昌县④这边的手续就行。我不仅敬佩他且相信了他，把“宝”全押在了这位新朋友身上。我的举动超出旁人所料，家人和身边的朋友没有一个人支持我。所以我怀着美好憧憬的同时，也暗暗做好了遭遇曲折坎坷的准备：万一不成功，像刘欢唱的那首歌一样——大不了从头再来嘛！

于是我选在商业汇集的汉口试办商业，登记名称为“武昌县林特汉口经理部”，由我出任经理。经理部聘请了汉阳商场退休的一位老领导担当业务副经理，经营进展相当顺利。首批我们从南昌购进一批飞鱼牌自行车，分别在武昌和汉口

---

① 指石灰炼制。

② “安山”即“马鞍山”的“鞍山”讹称。

③ “洗脚进城”是农民离开农村进入城市的城镇化现象的通俗说法。

④ 武昌县是武汉市江夏区的旧称。1912 年前，江夏区名为江夏县，1912 年改名为武昌县，1975 年 11 月划归武汉市辖。1995 年 3 月，武昌县撤销改设武汉市江夏区。

两地展销，当时上海产的凤凰和永久自行车还没有放开指标，所以我们的自行车卖得相当好。虽然经营势头火爆，但我依然保持农民本色，出门极少坐出租车，总是骑着自行在街道中穿行；晚上有客来访，我临时睡办公桌也不去宾馆。随着门路迅速拓宽，朋友也如浪潮般涌来，大家对我十分看好。当时的形势一片大好，不仅中央政策鼓励农民进城，而且在朋友的牵线搭桥下，武汉市政府分管经济的几位领导还将我的经理部作为农民进城经商的试点。后经武汉市人民银行的批准，经理部在汉口工商银行首次就成功贷款到了 50 万元。

由于门路宽又有钱，我们在深圳从港商那边购进了几批日立彩电和多个品牌的双卡收录机，一时成为汉口市民抢购家电的中心，连六渡桥和武商两大国营商场都来我们经理部批发。由于形势发展超越预期，政府支持力度也不断加大，我们多次谋划后拟定与汉口一元街联营合作，贷款修建两栋高楼，一座以抵扣街道的地价，一座由我们自主经营。在同市政府、街道办和银行的有关领导洽谈后，我们就兴高采烈地着手准备奠基仪式和具体策划。正当我们紧锣密鼓地准备时，国务院颁布了银根紧缩的政策，人民银行不仅紧急下发停止一切贷款的通知，而且开始全面清理贷款业务和催收贷款。计划三天内完成贷款手续的我们遭遇当头棒喝：贷款没了，不仅大楼盖不了，而且外面包括深圳、东南亚的业务都无法运作了。刚有繁荣迹象的商业之路被迫全面收缩。面对从极热到极冷的打击，一向内心强大的我真的病倒了。这是我人生中少有的心灰意冷之时，身体又出了状况，只得将经理部转手他人。

起起伏伏：生意路上的奔忙

交出经理部后，我便去武昌结核防治所检查身体，经过反复检查后确诊为肺结核。医生为我制定了为期 18 个月的疗程，并特别嘱咐，必须坚持治疗；否则一旦复发，再无治疗良方。我比较遵守规矩，更知道珍惜自己的身体，于是安心治疗，再图复起。我静养了半年，病情明显好转的时候，我又出来工作了。

当时是 1989 年，安山“蓝天服装厂”（以下简称“蓝天”）正经营红火，飞行服、皮夹克、中长大衣、马夹、皮鞋等一系列产品销往全国几大军区。厂里天天有客来，人声鼎沸。我弟弟陈本杰当时任该厂厂长，他是湖北省首届农民企业家，大幅彩照被挂在县政府大院栏目里好几年。厂里拥有五六名专职业务员，手里拎着当时极为时髦的密码箱，进出常坐飞机，比国企员工还潇洒。但不久因为皮料紧张，面临停产危机。一位副厂长和几位业务员上门，请我出山帮帮忙，说是可以先发给我一个月工资，连工作证都带来了。这对一般人而言可能是一个难得的契机，毕竟当时的“蓝天”不是任何人想进就进得去的，更何况人家上门来请。而我却不假思索地婉拒了，因为我一有自尊心，二有爱心。当时我并不确定他们厂里是否真的存在采购皮料困难，还是说因为我弟弟是厂长所以想照顾我；假如是因为弟弟是厂长，借此为照顾面子而来，我绝对不能去给弟弟增加压力。即使真是采购皮料困难，但我对该行业又不熟，如果去了打不开局面，弟弟和我两人都会难堪。但我弟弟急了，亲自上门来说，厂里的确皮料告急，所有的业务员都出去了，依然没有缓解的迹象。后乡政府的领导出面，提出了一套不是专为照顾我的计酬方法，我最终答应了。

我背着包准备出门之前，他们的技术员当场教我几种识别皮料的方法，又为我提供了全国一些比较有名的制革厂的路线图。经过反复思索，我第一站选择了湖南省的衡阳制革厂。一是地域相邻，二是该厂在全国居中上等规模，还属国营，质量相对可靠。那天我在衡阳下车后，冒着滂沱大雨前往制革厂，下衣几乎湿透了。首先由销售科的一位女科长接待，我递上介绍信说明来意，明确了“求援”两个字。女科长很灿烂地笑着对我说，实在对不起，我们厂属省级先进企业，现在连出口任务都完不成。她对我两手一摊，基本把门关上了。我不甘心，脑子一转，又拟了一套说辞。我说，湖南湖北一衣带水，我今天顶风冒雨，带着深情与希望而来。我相信风调雨顺的说法，老天都有成人之美，难道就不能令你有一丝心动吗？我的开场白有点效果，她把板凳向我挪近了一点，还喊来隔壁的一位女同胞，为我端来了瓜子和糖果。于是我趁热打铁继续道，正因为你们是省级先进企业，我才慕名而来。我们“蓝天”去年也捧回了湖北省先进企业的牌子，为了同样的荣誉，你们应该给予我们一份支持，不然，感情上有点说不过去吧？刚才你说你们今年连任务都完不成，这句话显然是想将我推出门嘛。对方科长忙解释说不是。最后在我的说辞打动下，她直接将我引到了分管生产与销售的厂长办公室。因时间已近12点，厂长指着时钟对我说，你有什么事快讲，快要下班了。我即将介绍信向他一递，简洁地用一句话表明求援之意。厂长说，这样吧，要么你下午上班再来，要么你随我一起去吃饭，我们边吃边聊。一起吃饭更好，我表明主动请客。厂长说请客不必，今天原本是别人请他，只需要我与他同往就行。那就不好意思了，那我以什么身份参加呢？厂长很爽地说，你就作为我的朋友嘛。这一下可好，刚见面就成了厂长的朋友。那天中午的饭局有点长，大家喝了不少酒，我自然不能掉面子，那时我一斤酒下肚没有问题。酒席中，我适时地发挥我的语言特长，博得了大家的喝彩声，厂长很高兴。就这样我紧紧抓牢和这位厂长的关系。后来厂长对我说，你暂时回去，半个月左右，我通知你开车来装皮子，但不一定能满足你的要求。于是我就回厂里报喜去了。转眼十天过去了，蓝天的仓库里几乎清空了，弟弟也慌了，忙上门催我再去衡阳。我只能再次登程。为稳妥起见，我先拍一份加急电报，对方必须签收，一表明他已收到，二表明他在家。弟弟亲自开车和我同往。那天一到厂门口，恰好厂长在门口送客，我隔老远就给他打招呼。厂长笑着说，你来得正好，我刚准备给你回电报的。听了这句话，知道有戏，真不枉我再跑一趟。根据厂长安排，答应给三万尺，后来实际装了五万尺，那就是几千件衣料啊！这彻底缓解了蓝天的皮料荒。衡阳那批皮料无论是质量还是价格都让人很满意，我们兄弟俩挣足了面子，我的业务费更拿得光彩，蓝天人都很感激我。后来，我又帮他们接上了郴州制革厂的关系，蓝天的供应链基本得到稳固。那是我经历汉口经理部挫折后第一次外出联系业务，全程的顺利让我之前受伤的内心得到了一分宽慰。

1989年，我的病早已痊愈，孩子们慢慢也大了。为了他们的将来，经过兄弟们商议，我举家从安山迁到了纸坊城边的关山村，暂时租房居住。经朋友介绍，我和武汉大学的三位教授合作，创办一家制造植酸的化工厂。这一次生活又开始戏剧化了。1990 年和 1991 年，那是我前半生经历最难的两年时光。化工厂搞了两年的实验，不仅以失败而告终，而且耗尽了我的所有资金，一时间我又成了无产阶级，家里连温饱都难以保证。那时我真的放下了，拿起铁锹下塘挖藕、割鸡头泡①。我还自己动手搭猪圈，一年喂了六七头猪，勉强维持一家人生活。

1991 年年中的时候，武昌县教育局兴办了一家保温材料制品厂，规模不小。但厂里老师们居多，教书都是能手，跑业务搞营销的确不太在行。我的一个远房亲戚在那边任职，管销售的副厂长又是我的同学。经他们一番推荐鼓励，我又开始跑起了业务。我还记得夏天的时候，我顶着烈日沿着武汉城区的街道走，只要有建筑工地我就去联络，不知多少次因没有预约而被门卫阻挡。功夫不负有心人，我最早联络成功的居然是武汉大学。他们的材料科刚换新科长，对原来保温材料供应商的产品质量不太满意，正想更换厂家，锅炉又马上需要保温，我去得正是时候。洽谈后，厂长专程将他们接过来考察，最后顺利签单。不久，经武汉大学的科长介绍，我又与华中师范大学接上了头。有了两家保底，再慢慢发展，门路基本拓开了。1992 年年初，我还盖起了一栋三间砖瓦房。搬进新房的那天晚上，我的妻子第一次当我的面哭了。又经过几年的打拼，到 1996 年，我终于无债一身轻。那回，我破例"高消费"一次，在中南商场买了一台 26 寸的彩电，抬着过天桥的时候，所有的路人都望着我们。我又选购了一台进口的碟机，加上 20 多盘磁带，花了大概一万六千元，我妻子责备我有一点钱就脑袋发烧。

人到中年：转型再创业

1994 年年初，因教育局保温材料厂实行了个人承包制，我婉谢了厂长的挽留，办起了武昌县第一保温材料厂，自己当厂长，属民政局福利院下辖的企业。当时民政局的政策是：除对福利院上交一定的利润外，还解决残疾人职工人数占

① 鸡头泡，学名为芡实，长长的茎上有刺，处理干净后是一种颇受民众欢迎的蔬菜。

总职工人数的三分之一以上，则可享受免税待遇。材料厂符合这项政策，所以这个厂属于福利企业，也有人称之为爱心企业。第一次办起了自己的企业，压力大于希望。不过，几年的保温材料销售使我有了一定的资源渠道，同时经过市场考察，我还改革了生产模式，使生产出来的产品易于运输和安装。我不断地往返于中南设计院、武汉建筑设计院和各个公司，游说并推销产品，相继打开了一些公司的大门，虽说过程艰辛，但整体发展较为理想。我始终觉得做业务不仅要靠好听的语言，还得靠实力和真诚。在我做保温材料的十多年中，甲方的领导将我当成了朋友，相信我是一个诚实可信而又十分亲近的人，因此我们联系到的业务没有一家不是持久的。

我的企业发展相当平稳，但步子走得不快，很多朋友曾为此批评过我说："依你的水平，企业早不应该只有现在的规模。"站在他们的立场，他们说得不错。但我做人一求心安，二求平稳。我做了几十年的小老板，自从汉口经理部之后，我再没有向银行贷过一分钱款，也从不向朋友借钱扩大企业，我有多少钱就做多少事，宁可小一点，也不承担超大的风险。

因保温材料对身体有些影响，我的肺结核病在此间曾复发过一次，而且特别厉害。我便思考尝试改行从事苗木花卉生产，搞绿化建设工程，这是一个有利于社会而又不会对身体有伤害的行业，且市场发展趋势较好。我原在林场当过副场长兼技术员，对苗木生产比较熟悉。我还有一个表哥是咸宁地区林科所总工程师，因此搞苗木我具有一定的技术基础。2000 年，我回到故乡安山，在 107 国道边租了 130 多亩地。那时，江夏除了林场之外，还没有苗木生产一说。我的想法算是很超前了：根据世界发展规律，工业革命到了一定阶段，就必须提倡环保，我们国家将来肯定也得走这条路，何不赶一回潮头呢？尤其是儿时水碧天蓝的景色，现在离我们越来越远，我们不得不为将来和后代考虑。

当时搞苗木花卉产业，也有些冒险，在我们当地根本没有先例，家人朋友几乎都反对，还有人预言我注定失败。我又一次顶住了压力，成了安山第一个吃螃蟹的人。那时候还没有取消农业税，只要不交税费，农民们乐意将土地出让承包；镇里领导也很支持，因为我在故乡人缘较好，还颇有一点名气。经过考察与比较，选定了 107 国道边的一块地。占地面积实为 130 亩，但除去道路、水渠、荒角，合同面积为 80 亩。经政府领导按一般农业税费计算，每亩地决定年费为 15 元。尽管合同公证过，但充分考虑到农民利益，后来我也适当地给村民增加了一些租金。继我开创第一家苗木生产之后，由我出面还介绍了几家武汉市区的朋友来安山开辟苗木生产基地，政府十分欢迎，制定了引进产业奖励费用的政策。我想为家乡谋点事是应该的，所以没有收取政府一分钱奖金。在我的带领和引荐下，安山的苗木生产迅速发展，现在已经拥有苗木生产商 300 多家，10 年前就被湖北省定为苗木花卉实验基地。现在的安山，不仅处处苗绿花香，且每年可给地方农民创造亿元以上的收入。我们一直跟当地的民众相处较好，确实给他们创造了出门打工回家吃饭的便利，收入比起外出打工也只高不低。

当时搞那块绿化基地的时候，我真还有些压力，也有一些难忘的故事。承包土地刚刚开垦出来的时候，80 多岁的母亲要去现场看看。她站在高处朝下一望那是一片无涯。老母亲深深叹了一口气说：“你要这么多地怎么办哟？这要得多少钱投资啊？过去我们家还只是富农，就是地主家里也没有这多地啊！”刚开发的那年，春上雨水较多，几乎三两天一下，根本不能锄草。我当时栽的桂花多为

一至两年的苗子，高不过尺许，结果草长起来比苗子还高，遍地只看得见草，却看不见苗。邻村的农民说，看来陈本豪马上就要卷被窝走人了。等到春末夏初时，天晴地干，我赶快请人锄草，常常是一锄头挖下去，草没挖起来，却先将苗挖断了。当初我栽的五万多棵苗子，除去薅草①挖断和干枯死的，剩下还不到两万棵，算是损失惨重！

不过，我并没有卷被窝走人，而是坚持了下来，最后成功了。因我种得早，大约四年后便开始进入销售，见效较快，成本回收也快。接着我又逐渐缩减保温工程，开始承接绿化施工。十几年前绿化市场的利润比现在高得多，相对要求也比现在低。因事业成功，很多人都说，陈本豪确实聪明，他看得远，那不是一般人能比得上的。听了这些评价，我真感到有些哭笑不得。我自己也在反思，我虽然是一个性格比较温和的人，却又是一个热衷于事业的人，只要看准了的事，任谁也阻不住，就是通常人们所说的"九条牛也拉不回来"的人。但我想，人的内心多在坚守本质，而行为则重在修为，这就是人生表与里的区别吧。

晚起的政治生活：努力地做人做事

由于我在安山的产业发展产生了社会效益，加上地域之情亲近了与大众的关

① 薅（音蒿）草，即除草的方言。

系，社会影响也逐渐扩大。2002 年，村里和镇里的干部就推荐我加入江夏区政协，区政协的常务副主席还亲自去找我谈话。但那时候的我，在政治上实属一个素人，平日几乎不和政治沾边，更谈不上觉悟和积极态度。当听了领导动员我参加区政协委员时，我回复说："我是一个政治敏感度不高的人，也不想搞政治，谢谢领导。"领导从没遇到过如此政治冷漠的人，在失望中不由得火了，认为我自视清高了不起。幸好，镇村两级干部当面急忙帮我打了圆场，说我是一纯搞业务的人，真的不太懂政治，但大家都看好我更信任我，应该是一个理想的政协委员人选。经过一番周折，我也有些意识到刚才的唐突，即向领导赔罪认错，并表示愿意加入区政协。就这样，那年年底，我在区政协大会上被增补为区政协委员，从此开始了我晚起的政治生活。

我原本就是一个做事认真的人，更因为有了前面那样一个插曲，所以进入政协以后，我真的是十分努力地做人做事。我认真撰写提案，并做到对每一件提案落实跟踪，力求收到最佳的效果。无论是写一份材料，还是安排一次大会发言，我都会认真调研，积极应对。从进入政协到现在，我年年都被评为优秀委员。在众多提案中，我提了三件较为有影响和建树的提案：一是通过连续五年的呼吁，促成了江夏区文学艺术界联合会和江夏区作家协会的成立。二是提交了一份建议案，使安山街枯竹海获批国家级湿地公园。三是推动谭鑫培文化建设，使之成为江夏区五张文化名片之一，并由此建成了谭鑫培公园。我国江南最大的仿古戏楼——谭鑫培戏楼和谭鑫培大剧院也启动建设。关于谭鑫培文化建设还有不少活动，如 2009 年的"京剧谭门故乡（武汉·江夏）行"和 2017 年的"纪念谭鑫培诞辰 170 周年"大型活动。这两次活动，汇聚了全国京剧界各流派精英，可谓前无古人、后无来者。对在振兴京剧艺术的文化建设中，将江夏建设成京剧艺术朝圣地的目标正在逐步得到实施。

在担任政协委员期间，我曾经连续 13 年担任区行评组组长 。我是江夏区连续担任这一职务最长的人，而且是被区组织部和区政协双推的两个代表之一。在担任行评组长期间，区里协调难度大的市管单位，全都分在我一个小组，但我依旧圆满地完成了行评工作。我们小组的成绩历来都居各小组前列，受到了领导、社会和被评单位的高度赞赏。

2006 年，陈本豪在江夏区政协会议上发言

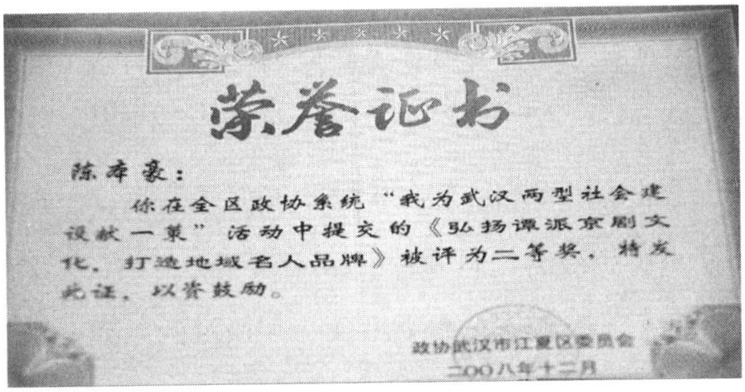

荣誉证书

陈本豪：

你在全区政协系统"我为武汉两型社会建设献一策"活动中提交的《弘扬谭派京剧文化，打造地域名人品牌》被评为二等奖，特发此证，以资鼓励。

政协武汉市江夏区委员会

二〇〇八年十二月

2008 年，陈本豪在区政协系统献策活动中获奖证书

荣誉证书

陈本豪：

由你撰写的《关于加强文化品牌建设的提案》，被评为区政协二〇〇九年度优秀提案。

特发此证，以资鼓励。

政协武汉市江夏区委员会

二〇一〇年元月二十日

陈本豪在区政协获优秀提案奖

文学创作：死亡召唤后的激发

文学创作是现在离我生活最近的部分，更是我奋斗目标中最大的部分。

前面讲过我对文学的爱好缘于从基因里萌发的爱好，但真正走上文学创作之路，的确需要契机，就像火山爆发一样，必须有一个爆发点。

我永远记得1999年9月15日那一天，我带着复发的肺结核病入院武昌结核防治所。医生当时的说法是，按计划完成18个月的疗程后，95%的病人都不会复发；一旦复发，又有95%的人没有治愈希望。倒霉的我恰恰遭遇了5%的复发，又必须去求取5%的生存希望，所以情况不容乐观。当时的病情十分严重，连续不断地咳嗽还带血丝，骨瘦如柴的我连走路的力气都没有，入院治疗，一连七天没有任何好转，80高龄的母亲担心儿子在世的时间不多了，陪一天算一天，每天坚持到医院亲自招呼①。我天天强装笑脸面对母亲，但不争气的身体使我无法让母亲获得半点安慰。

不知道是天气还是情绪影响，那几天整个城区迷雾沉沉，院子中的一棵枇杷树，不知什么原因，手臂粗的主杆从中间折断下垂，只有一点树皮连着没有落地。晚上，蛇山边的火车咣啷咣啷的响声像开往地狱的专列，身边的一切都失去了生气。我天天躺在床上，仰望着一滴滴流进血管的药水，不知是好转的希望，还是死亡的催眠。虽然天天检查，但医生却拿不出任何可靠的方案，更诊断不出病情一点都不见好转的原因。

面对死亡的召唤，我回顾着自己40多年的生命历程，真是无尽的感慨和留恋。我无力抗拒死神的肆虐，又不甘心就此撒手人间。从进院的那天起，我就开始写日记，只想让自己生命的呼吸和感念在文字中得到永生，好让儿女和亲友们在日后的阅读中与我默默交流。经过一周的治疗，虽说病情没有好转，但我似乎一下子想开了：要走就走得洒脱一点，面带微笑而去，不必带着悲观向人间告

---

① 招呼，即“照顾”的意思。

别。忽然我脑中突发奇想，为什么这么重的病却依然没能让我倒塌呢？白雪冰封的季节不就在春天的隔壁吗？更何况我还有那么多未来奋斗的计划等待去实施呢！那天晚上，我写下了一首诗——

梅稀春已近，雪薄天自晴。
曲间求理直，难中踏歌行。

写完那首诗，我心便豁然开朗，浑身轻松了许多。第二天蒙蒙亮，我没有像往天那样要人搀扶，自己下了床，披着衣服在病房里踱步，母亲像不认识似地望着我。就这样，到住院一个月后的10月15日，医生检查发现我的病居然开始奇迹般地好转。从那天起，我便开始第一篇散文的写作练习，即后来的《绣绿》，从此再没有间断。再过了一周时间，医生同意了我出院的要求，大弟弟开车接我回家后，小弟弟晚上请来了江夏的几位楚剧名家在家里唱“堂会”，一为我的康复，二为给母亲一点安慰。我现在都还记得那天从四周拥来的邻居们挤满了院子和外边过道的场景。

病好之后，我一边写日记，一边练习写散文。原本手边的产业也慢慢放手了，似乎铁了心要走文学这条路。但一个只读了三年半小学的人，从事文学创作谈何容易？我也不知道为什么就这样下了决心，只感觉一股不明的力量在心中鼓动不能平息，让我完全忘我地往前走。一开始，文章写得非常艰难，既无法写长，又感觉下笔之后很快无话可说。一篇千字文章，标点符号要错上二三十个，这就是我当时的水平。我有心找个老师辅导一下，便挑了两篇散文稿找人求教。但半个月过去了，却如泥牛入海。我知道，老师根本看不上眼，觉得文章没有修改价值，他不愿浪费精力去指导一个根本未入门的学生。没有老师指导，无非多走一些弯路，但我绝不会因为别人的态度而轻易放弃自己对目标的努力。

我的文学练习与日记是分不开的。自从1999年到现在，我每天都会写一篇日记，截至目前我写了近一千万字的日记。日记是我的一块“自留地”，我想怎么写就怎么写，爱怎么写就怎么写，不受任何拘束。“工多业熟”在我的日记中体现得淋漓尽致。写多了，不仅思路打开了，而且语言也圆润流畅起来。

到2002年，我的大儿子当时在武汉大学读书，他高中时就发表过散文，文学功底比我好，他是我所有文章的第一读者。每回他从武汉大学回家来，我就将文稿交给他看。儿子对我的文章不好评说，只是给予鼓励，其实他更多的是应付，可能他也看不到我在创作上有任何希望吧。但当我写到第46篇散文的那天晚上，可能是茅塞顿开，也可能是功到自然成。那天晚上，我感觉脑子里像江潮起伏一样，思如泉涌，写了一篇《故乡的月光》。我仿佛一下子走进了儿时故乡老屋的后山边下，月光下晃荡着山影和灯火，阵风吹来，人就像置身海洋中一样随波荡漾，一切是那样的美。那篇文章，使我第一次冲破了一千五百字大关。似乎还有点意犹未尽，文章收笔之后，我一口气复读八遍，激情还不能平息。等到周六晚上儿子回来了，我急不可待地和儿子分享喜悦。当他读完那篇文章后，我看到了他眼中两道兴奋的目光。我记得那天夜里，外面还飘着雪花，我们父子俩却在烤火器旁一直聊到凌晨四点才睡觉。

当时，儿子读过文章后对我说，“爸爸，你以前的文章，我是作为一个儿子被迫阅读。但今天这篇文章，虽然还不太成熟，但我看到了希望，你一定可以写出来！”在我成为省作协会员以后，有一次儿子当着好多人曾对我说：“父亲当初的文章让我读，那真有一种说不出的无奈和痛苦，假如他不是我父亲，换了别人，给两百元请我读我都读不下去，我压根没有往爸爸还能当作家那条路上想。”在从事文学创作当初，除了母亲和妻子外，家里没有人支持我，朋友们也持反对意见。可以说，他们没人看好我，也没理由看好我。

那天晚上完成的文章没有发表，稿子也一直被我珍藏在书柜里。那时我前后从事了三年的练习写作，也写了数十篇散文。后来请教的一个老师是华中师范大学汉语言文学毕业的高才生，他功底很深，很喜欢我，说我很有灵气，将来一定能有所作为。当时，我正在热读贾平凹的作品，受他跨界写作的观点鼓舞，我用散文的语言写了一篇小说《长尾巴的小姑娘》，讲的是一个长着尾巴的小姑娘的故事：一个小姑娘一出世就长着一条尾巴，给原本患上肝癌晚期的父亲带来无限伤感与打击。父亲临终前用尽最后的一点力气握着妻子的手说，你一定要把女儿养大，要想办法为她去掉尾巴，不然，一个女孩子怎么为人呢……

老师带点勉强将我这篇作品寄给了《中国作家》，却意外地收到荣获小说类二等奖的通知。后来，老师陪我去北京人民大会堂领奖，周围的人都不相信老师对我的介绍。一个只读三年半小学的人，1999 年起笔，2002 年刚刚发表作品，就获得了《中国作家》二等奖？后来，很多作家曾来信问我，那个小姑娘是否真人真事，她现在过得怎样？但不管我怎么解说，依然不能释去他们心中的迷雾。

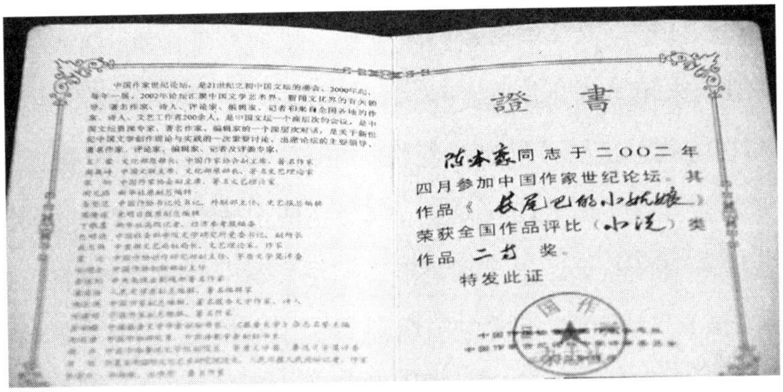

2002 年，陈本豪参加中国作家世纪论坛，作品《长尾巴的小姑娘》获小说类二等奖

2002 年对我的创作而言，的确是一个春天。那年春末夏初，应祝志明老师的邀请，我和我的老师，还有广东中山大学的一位教授，一起去江夏乌龙泉中学讲课。虽说我还不是作家，但我的生活经历丰富，语言能力一直较好，一堂课下来，受到了师生们的普遍赞赏。回家的路上，随行的诗人何炳阳问我：“陈老师，什么时候去你家玩玩？”我随口回复说：“好，过几天我专程来请。”没想到他是个典型率真的人，他说：“还等什么呢，我们今天就一同去你家，酒你家总该有吧？”这一下我只能硬着头皮答应。何炳阳不仅自己说来就来了，还打电话叫来

了当时《江夏报》的主编曹俊华。我们在家里一起喝茶，何炳阳一边催我将散文稿件给他看。那时，我还没有用电脑写作，便将两本硬壳本的文稿递给他。没想到他和曹俊华翻了一会儿后表示，他们马上安排在《江夏报》上发表。这一下我便慌了。我自认作品还不太成熟，原计划写两年再寻求发表，但他们却说这些文章已经可以发表了。我坚持将稿本要回，但他却不给。曹俊华说，你放心，即使有一点不合适的地方，相信我会给你磨合一下。从那天以后，我的这些千字文陆陆续续在《江夏报》上刊出。简直像轰炸一样，不到一年时间，竟连登了我的 46 篇散文。这在当地卷起了一阵不小的旋风，很多人开始议论我的名字。

从这一年开始，文学创作的荣誉也纷至沓来。这一年，我在《长江日报》上连续发表散文 10 篇，并荣获该报先进新闻工作者和散文优秀奖。因为多次参加省市作协组织的笔会和文学活动，所以我很快加入市作协，2003 年又成为省作协会员。我后来相继在《芳草》和《长江文艺》上发表多篇作品，并被全国多家文学刊物转载。比如《母亲的麦酱》一文，被《散文（海外版）》转载，后被收入《2003 年度中国最佳散文选》；《母亲的记性》一文被《读者》转载并刊发头条，后来被收入《读者十年精华文丛》和《长江文艺 60 年·散文卷》；《秋雨》一文被收入《2005 年度中国精短美文 100 篇》；还有多篇文章被收入《南方文鉴》和《爱是一场渐行渐远的分离》等中外名家经典。2004 年出版首部散文集《沃野》，2006 年出版第二部散文集《秋声》和长篇报告文学《与教育约定今生》。2006 年荣获“武汉作协突出贡献作家奖”，2009 年更有幸被列为湖北省改革开放百位名作家。

到 2017 年，我的第三部散文集《咸叶草》、长篇报告文学集《金港车城》、长篇纪实文学《京剧谭门·卷一·一代宗师谭鑫培》陆续出版，2018 年年底又陆续发表长篇纪实文学《江城古镇马鞍山》。值得一提的是，《京剧谭门·卷一·一代宗师谭鑫培》一书在“纪念谭鑫培诞辰 170 周年”纪念活动中举行了首发式，由新华社发通稿，全国政协副主席卢展工、全国文联副主席杨承志出席首发式并登台向读者赠书。这本书受到了众多名家们充分的肯定和赞赏。武汉文

陈本豪的著作

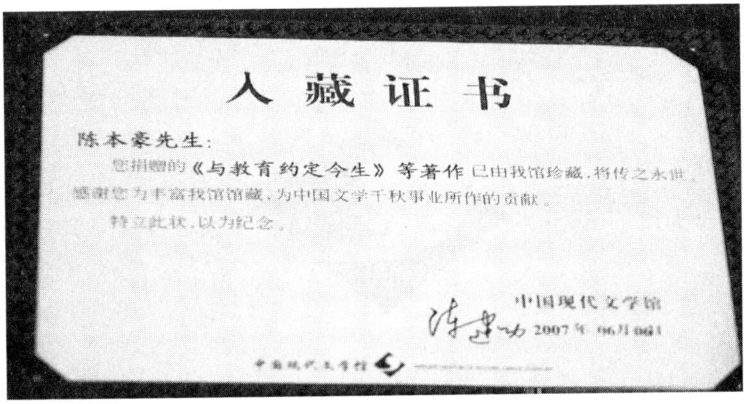

入藏证书

陈本豪先生：

您捐赠的《与教育约定今生》等著作已由我馆珍藏，将传之永世，感谢您为丰富我馆馆藏，为中国文学千秋事业所作的贡献。

特立此状，以为纪念。

中国现代文学馆

2007年06月

2007 年，陈本豪的著作《与教育约定今生》入藏中国现代文学馆

联的领导说，该书填补了湖北武汉文学戏曲史的空白，是一项浩大的文化工程，期望加速和提高后三卷的创作，争取走出湖北、走出国门，为京剧谭门这块国际文化品牌增光添彩。现在《京剧谭门》第二卷已经完稿，正在出版过程中。第三、第四卷计划于 2019 年年底之前续集出版。

在 2018 年 7 月，我正式加入中国作家协会。至今，我在全国 30 多家报刊上发表文学作品 300 余万字，超越了我预期的目标。当然，在文学创作上，我绝不会感到满足，更不会自大。一个字“走”，三个字“向前走”，这就是我的态度与目标。苦难激发和成就了我，使我不得不努力将劣势转化成动力和优势，这就是与命运抗争的改变。我的“向前走”应该将这种改变继续下去。就像我笔下

陈本豪采访京剧谭派名家刘志广

的谭鑫培那样。他本是武汉江夏人，为了躲避战乱，1853 年 6 岁时跟随父亲谭志道北上逃难至天津。历经艰苦卓绝的努力与奋斗，谭鑫培将京剧唱响皇宫，深得慈禧青睐，创造了“天下无派不谭”的历史奇迹，为京剧最终成为国剧作出了不朽的贡献。

但我并非想成为谭鑫培那样的大师。对于名利，我真的看得很淡，因为我的一切都是在奉献中得来的，我只需要默默地被别人认可就足够了。不过，每看到文学创作的一分收成，我都不免有些激动。就像我第一次拿到稿费的时候，虽然只有 5 元钱，但掂在手上很重，我真的流泪了。我做生意时也曾一笔赚过几十万元，但它永远无法与稿费相提并论。

作家以作品说话

在我们这个圈子里，作家以作品说话，这是非常重要的。拿我的作品来说，发表散文的，有几家核心刊物，一个是《散文》，一个是《读者》，一个是《美文》。申请加入中国作协，其中就有这么一条，你必须在核心期刊上发表五篇文章以上。你写诗歌，一个《诗刊》，一个《诗选刊》，一个《星星》，再就是几个

陈本豪与京剧名家谭元寿合影

全国比较有名的诗选刊，你要在这些刊物上发表。再像《长江文艺》，它在全国也是比较有名的刊物。只要是圈子里的人，根本不需要你宣传，作家的名气通过各种规格的活动就出来了。

不过宣传对党外人士还是有用的。后来，我参加了“2007年自由择业知识分子培训班”，这个班里的学员，既是自由择业者，又是新社会阶层，和我之前在江夏所接触的圈子有很大的不同。这对于提高我的认知水平和开拓我的视野起了很大作用。既然领导对我这么关照，给予了我这么高的荣誉，我怎么来回报武汉市社会主义学院？怎么来回报统战部？我想觉得我出的书——《京剧谭门》，算是向武汉市社会主义学院、统战部交了作业，这就算回报。武汉市社会主义学院对于我来说，开拓了我的视野，提高了我的境界，给了我极大的鼓励和鞭策，更激活了我的创作热情，推动我走上了一个新的台阶。我希望在有生之年，争取在武汉、湖北，甚至在全国，让我们自由择业者，在党外、在新阶层，放出更为耀眼的光芒。而我的《京剧谭门》后面还有两卷，全卷出版后，江夏区计划在北京人民大会堂召开一次新闻发布会，希望这三部曲能成为我人生更进一步的台阶。

访谈手记：陈本豪是 2007 年武汉市自由择业知识培训班中年龄最大的一位，也是经历最丰富的一位。如果不是你亲耳听到，你很难相信，一个在今天湖北文坛出了这么多作品、有这么高知名度的作家竟然连初中文凭都没有，但这就是中国自由作家的现实！他虽然没有受过多少正规的学历教育，但从小就有对文学近乎痴迷的热爱，而跌宕起伏的人生为他的创作提供了大彻大悟后的动力和源源不断的素材。当然历经沧桑后的创业有成，也使他能在相对比较宽裕的生活中，怀着一颗对文学纯粹的爱来创作。所有这些铸就了他的成功，难能可贵的是，在他的创作初有所成之后，他能将自己的参政议政生活与文学创作紧密结合起来，推出《京剧谭门》系列作品，把自己的创作推向新的高峰，在精彩的人生路上书写新的辉煌，也深刻揭示了中国自由作家应该走的路。

新的社会阶层代表人士的进入、成长和评价标准研究

——以武汉市“2007 年自由择业知识分子培训班”为例

武汉市社会主义学院课题组①

摘　要：武汉市2007年自由择业知识分子培训班在武汉市新的社会阶层人士工作中具有标志性意义，通过对该班部分具有代表性的学员深度访谈，可以看出武汉市新的社会阶层人士具有显著的群体体征：在进入方面，多数没有家庭背景，但有专业背景；在成长方面，普遍具有强烈的职业信仰、极强的业务开发能力、持续的内部治理创新能力，获得了行业主管部门、行业协会的大力支持和统战部门、政协、各级社会主义学院的热情帮助；在评价标准方面，主要是政治坚定可靠、专业突出或精湛、行业引领、业内公认或认同、业外知道或知晓。

关键词：新的社会阶层代表人士；进入；成长；评价标准

---

① 此稿原载于《江苏省社会主义学院学报》2018 年第 6 期，收录本书时文字有改动。

武汉市社会主义学院课题组组长：徐军，武汉市社会主义学院党组成员、副院长、中国统一战线理论研究会党外知识分子统战工作理论研究湖北基地学术委员会委员。顾问：宋俭，武汉大学马克思主义学院教授、博士生导师；郝俊严，湖北省委统战部新的社会阶层人士工作处处长；何文娟，武汉市委统战部知工处处长；潘世炳，武汉市 2007 年自由择业知识分子培训班班长。组员：桂斌，武汉市 2007 年自由择业知识分子培训班班委；黎园，武汉市社会主义学院教研室主任科员、助理研究员；魏丽萍：武汉市社会主义学院办公室主任科员；黄慧慧，武汉市社会主义学院办公室副主任科员；赵虎，武汉市社会主义学院实习生、武汉大学马克思主义学院硕士研究生。

本文系中央社会主义学院统一战线高端智库委托课题“新的社会阶层代表人士成长规律研究——以湖北省武汉市为例”（课题编号：ZK20170223）的阶段性成果。

改革开放以来，中国出现了许多新的职业群体，2015 年中共中央颁布《中国共产党统一战线工作条例（试行）》及 2017 年召开的全国新的社会阶层人士统战工作会议将其中的四类群体（民营企业和外资企业的管理技术人员、中介组织和社会组织的从业人员、新媒体从业人员、自由职业人员）统称为“新的社会阶层”。团结、引导这些群体便成为新时代中国共产党巩固执政基础、扩大群众基础的重大政治任务。而要做到这一点，首先就要做好其代表人士的物色、联系和培养工作。这些代表人士是如何成长起来的，有没有规律可言，其界定标准又是什么？这一系列问题成为开展新的社会阶层人士工作首先要解决的理论前提和基础问题。

2017 年年底到 2018 年年初，本课题组尝试以 2007 年在武汉市社会主义学院举办的全市自由择业知识分子培训班（以下简称“07 班”）为例，对上述问题进行综合性研究。之所以选择这个班，因为它在武汉市新的社会阶层工作史上具有标志性意义：其一，该班是 2006 年第 20 次全国统战工作会议之后举办的第一个完全由新的社会阶层人士组成的培训班。其二，该班是武汉市社会主义学院建院以来唯一一个一直坚持开展班集体活动、始终保持强大凝聚力的班。其三，该班涌现出一批迄今为止仍是全市甚至全省新的社会阶层代表人士。据不完全统计，在 2018 年刚刚完成的省政协换届中，这个班就有 4 名学员担任省政协委员，还有两名省政府参事，这是其他新的社会阶层人士班所没有的。其四，该班学员在全市新的社会阶层人士工作中始终发挥着骨干作用，许多重要的新的社会阶层人士工作是依托这个班上学员展开的。其五，该班学员其实起点并不是很高，但在最近十年发展迅速，不少已成为所在行业中的领军人物。正是基于以上五点，该班学员这些年走过的道路可以看做是武汉市新的社会阶层人士成长的一个缩影，在他们身上体现出来的相关工作也是全市新的社会阶层人士工作的真实写照。因此，以这个班为样本进行研究，可以从一个方面发现武汉市新的社会阶层代表人士内在的成长规律。

此次研究主要采取访谈方式进行，为此在 37 名学员中选择了 13 名具有一定代表性的人员，每人进行了半天的深度访谈。综合起来看，13人中，从政治面貌看，中共党员4人、民主党派成员3人、无党派人士6人；从年龄结构看，20世纪50年代出生的2人，20世纪60年代出生的5人，20世纪70年代出生的6人；从性别看，男8女5；从行业看，律师2人、会计师2人、税务师2人、估价师1人、民营中医师3人、房产经纪人1人、自由文化人1人、外企高管1人。可以说，无论是从政治面貌、年龄、性别还是行业看，都在武汉市新的社会阶层人士中具有一定代表性。

访谈主要围绕三个问题展开：一是他们是怎样进入现在所在行业的？从而了解他们成为新的社会阶层人士的基础和动机，也就是初心。二是他们在所在行业中是怎么成长起来的，有哪些因素影响他们成长？三是他们认为其所在行业中代表人士应具备的条件。现将他们对三个问题的认识归纳如下：

一、进入方面

“进入方面”主要是指考察他们是怎样进入现在所在行业，主要考察因素有家庭背景、职前学历、职前经历、职业兴趣、国家大政等方面。

一是从家庭背景看，多数是没有的，少数有。尽管有少数人是靠父辈帮助进入到中介机构，但是这些机构当时都还是政府下属的事业单位，其父辈并没有想让他们成为民营经纪人和税务师、会计师，他们走上后来路是自己选择的结果；真正直接受影响的是民营中医师，有两位是中医世家，其中一位是国家非物质文化遗产继承人，到他已是第五代；一位则因目睹世代行医的父亲用传统方法治活一名垂危的病人，从而坚定地选择了从事民营中医这条道路。

二是从职前学历看，大多学的是与后来进入行业相关的专业。多数人在进入之初就打下了比较好的专业基础，不少人谈到当时自己下海时一个主要因素就是有专业优势：在专业上没有多少人可以和我比，大家都希望我去，去了就可以撑起来。这其中只有税务师、自由文化人没有相关的专业基础，可能同这两个行业特殊性有关。税务师并不是世界各国普遍有的一个独立职业，我国大学到今天也没完全设置对应专业；而自由文化人更多的是靠自身的积累和勤奋。

三是从职前经历看，多数经历了一个从党政机关或国有事业单位再到改制后的民营机构的逐步转变过程。他们多数在参加工作不久，就开始到相关专业机构执业，随着这些机构在上世纪末本世纪初陆续改制，他们也转换了身份，这就使得他们在进入之初就打下了执业的基础。

四是从职业兴趣看，程度不一。13 人中，有 8 人是一开始就比较强烈想从事现在职业的。而他们之所以有这样强烈的兴趣，有的是看到职业前景，认为随着国家改革开放，自己所从事的职业有很好的发展前途；有的则是冲着较高的收入，有的则是从小爱好。另有 5 人开始愿望并不强烈，如税务师开始都不太了解这个行业是干什么的，有的考相关执业资格只是抱着试试看的心理，随着工作进行逐步确立起对职业兴趣乃至信仰。与此相关的一个问题，就是职业态度，就是不管有没有兴趣，一旦进入这个行业，包括之前岗位，他们的工作态度都是非常认真的而且普遍具有非常上进的学习精神，像三名税务师，开始都没有专业基础，硬是在后天不断学习，成为行家里手。

除了上述这些因素，不得不提的还有两个相关联的因素：一是国家改革开放。他们中不少人说过，党和国家的政策是促使他们下海的重要因素甚至是决定因素。一位民营中医师说：第一位的原因还是党和政府的好政策，如果没有改革开放的政策，个人再有本事，还是会在体制内陷着。二是个人的信心和决心，也可以说是敢闯敢干的精神。一位估价师就说过，当时估价所改制时，11 人中只有 4 个愿出来，他就是其中之一。两位会计师在考取注册会计师资格后，原单位都想留他们，让他们当财务部部长，但他们都义无反顾地出来了。

二、成长方面

从访谈情况看，影响他们成长的因素主要有职业信仰、业务开发能力、行业洞察、内部治理、行业主管部门和行业协会、政协统战部门等。

其一，都有坚定的职业信仰。一是坚守行业。除一位税务师外，其他人进入后就再没有离开自己所在行业，而是始终如一在这个行业中奋斗。其他人不是没有离开所在行业和机构的机会，如一位会计师曾受一家大型国企邀请，连他自己所在所的所长都过去了，但他自己没去。正如他说："好不容易从国有企业的笼子里跳出来了，现在事务所这边很自由，如果要是我又到你这个体制内来，那我当初为什么还要跳槽呢?"二是勇过难关。在成长期间多数人遇到过很大的波折，但都挺过来了。有的所在机构一度业务下滑得十分厉害，有的在办新所时遇到重重阻力，一年多时间里不能接业务，但是他们都不怨天尤人，而是积极想办法走出困境。三是与所在机构关系看，多数人始终是在一个机构执业，而且陆续成为机构主要负责人。因此从某种意义说，他们的个人成长是与其机构成长紧密联系在一起的；换句话说，他们的成长已不仅仅是个人的成长，而是机构的成长，是事业的成长，甚至可以说是行业的成长。这里面只有三人换过两次以上单位，而他们之所以换，很大一个原因就是第四个表现，就是都有很高的职业追求。一位会计师之所以离开原来所，很重要一点在于："在理念方面还是有很大的差异，特别是在专业标准、工作底稿的要求这方面，因为我不停地在学新的东西，他们还在用一些老的东西。"可见他们投身这个行业，主要目的都是希望自己的专业和业务不断向前发展，而不仅仅是把它当成赚钱的工具。

其二，都有很强的业务开发能力。该班学员大多集中在现代服务业，而从事服务业若没有很强且持续的业务开发能力，连生存都成问题，更不用说发展了。一位估价师所在机构刚改制时只有一个土地评估资格，到现在，已有 7 个板块，40 多个中队、300 多个小队业务，正如他说："这就不仅扩大了业务收入，更重要的是奠定了极强的抗风险能力，当遇到国家政策调整，某一业务收缩甚至取消时，只有单一业务的机构很难生存，而我的机构仍蓬勃发展。"一位税务师走的则是从散杂到专精的路子。改制之初，税务师事务所基本上是什么业务都做，而他在湖北乃至全国最早提出要分专业做税务，集中人力物力去开发房产税务业务。还有一位会计师当2007年市国资委一夜之间把所里赖以为生的国企审计业务都收走后，他把眼光投向中小科技企业正大量兴起积聚的武汉东湖新技术开发区。在这里，他从一般会计师事务所都不做的小微企业财务外包开始做起，逐步聚焦科技类创新企业，从最基础的记账逐步向增值业务延伸，做了10年后，收入也有近20倍的增长。其他学员也都有这方面的经历，每个人在业务开发上都有自己成功的一套。在业务开发过程中，还有两点值得注意的是：一是往往都能很好地把握国家改革开放带来的机遇。如有的在所改制之初，都很好抓住了国企改制带来的机遇，迅速壮大了人员和业务规模。二是都非常注重走市场化道路。尽管他们中大多数人是从国有事业单位改制而来，开始阶段并不愁业务，但是他们都有很强烈的市场意识，认为单靠政府的业务是不行的，正如一位会计师说："纯市场化的业务，从来不存在请客吃饭的问题。做得很有尊严。"

其三，对行业态势有深刻的洞察力。在这次访谈过程中，受访者几乎无一例外地谈了对行业发展历程及前景看法。如一位税务师把税务师事务所分为三个阶段：2001—2007年是国税局改制所红火的时候，2007—2014年是地税局改制所红火的时期，2014年以后则是社会所红火的阶段，而她正是把握了社会所开始火红的机会从原所出来，办了一个完全社会化的所，从而迅速发展起来。也正是因为对行业发展态势深刻把握，他们才能带领其所在机构渡过一个个险滩，成长壮大。

其四，都很注重内部治理。这里包括制度建设、股权设置、党建、企业文化等，不同人侧重点不一样。一位估价师曾回忆所在机构2005年面临了改制后第一次大的危机。危机的原因除了市场因素外，主要还是内部管理跟不上。董事长让他做总经理，他进行了大刀阔斧的改革，当年就把下滑的颓势扭住了。一位税务师在所里搞权益合伙人制度改革，很好地解决了所的规模做大后利益共享问题，从而调动了所里业务骨干的积极性。随着规模的做大、人员的增多，他们不约而同地在机构内开展了企业文化建设。有的把党建、公益事业、内部福利及文体活动都纳入企业文化建设范畴，很早就开展各种文体活动，每年都搞春节晚会，如羽毛球、乒乓球比赛等；还每年开展公益捐赠活动，少则几万多的几十万，到现在已经超过两百多万；还有一家机构在全国估价行业中第一个建立单一机构党委，现在每年都是先进党组织。而一位会计师则更加细致生动介绍了是如何开展党建的：最初他也不理解为什么注册会计师事务所要搞党建，但他后来看到凡是党建搞得好的所一般都得到政府的大力扶持。“因为他们党建做得好，绝对放心，绝对可信。”他就开始琢磨这件事，觉得党建还是要抓，但不能按原来体制内老办法。“我们搞党建还是要有利于我们事务所的发展，有利于注册会计师这个行业发展，这样的党建才有生命力，才有意义。”他从如何发挥党员先锋模范作用入手，将党建与业务工作、人才培养实实在在结合起来。他还探索通过党建完善公司内部治理结构，妥善化解了一些老员工扯皮问题，真正感觉党支部是发挥了战斗堡垒作用。

其五，注重处理与行业主管部门、行业协会关系，争取支持。他们都讲到与行业主管部门、行业协会的关系，绝大多数认为这些对自己事业发展起到了重要作用。如一位税务师讲了自己成长过程中四个标志性事件，其中两个都与行业主管部门、行业协会有关：一是参加 2007“注税杯”首届全国注册税务师知识大赛，她获得优秀奖，是当时湖北省唯一获奖的。因为这个原因，“之后才算是在行业中脱颖而出了，省协会、市协会也就开始重视起来了，所以市协会推荐我到市社会主义学院来学习了”。而且因为这个原因，“到了 2008 年推选中税协理事的时候，就推荐了我，当时是最年轻的，才 30 岁”，并且连任四届，这对于当时还只是一个专业人员的她来说是非常难得的。二是被评为特级税务师。从 2010 年开始，全国注册税务师协会开展了注册税务师个人的等级认定工作。她在第二次考试中被评为特级，成为全国 34 人之一（湖北只有 2 人）。一位会计师讲自己成长过程中五个标志性事件上有三件与行业主管部门、行业协会有关，其中一件是在中国注册会计师协会举办的“发展专业服务推进创业创新”论坛上的交流。协会秘书长给他打电话，邀请他做一个主题演讲，他就讲财务外包服务中小科技企业。“后来陈秘书长亲自给我写了封感谢信，感谢我这个经验的分享与交流，就是说为行业作了很大的贡献。那么就坚定了我们要一直走财务外包服务中小创新企业这条路，把它作为中小会计师事务所转型发展、科学发展、诚信发展、创新发展的一个典范。”他们普遍认为行业主管部门、行业协会在自身发展起到了推介宣传、业务扶持、执业监管等作用，而且他们绝大多数也在行业协会任职，很好地锻炼了组织协调、诉求表达、利益整合等能力。

其六，都很感谢政协统战部门的帮助。他们中绝大多数人担任过人大代表、政协委员。一位担任了三届省政协委员的学员说：这方面最大的好处是给了一个很好的学习、提升的平台，用他的话说：“为什么我们对党的十九大和国家文件非常认真地学习？因为目前行业迭代变化很快，周期越来越短，必须转型升级，如果不学习中央文件，不掌握政策，不掌握大方向，往哪升级你知道吗？”通过参政议政，还可以学习高层次人才思考和处理问题的方法，另外也给他发挥专业优势提供了渠道。“我很专业，我的这些业务，国土也好，矿产也好，地质也好，环境也好，都跟政府有很强的相关性。所以我们对政府提建议和议案，他们是很欢迎的。”而且这些参政议政活动与其业务形成了正向关系。“我是 2006 年当总经理，2007 年参加统战活动，2008 年当省政协委员。我公司从 2006 年开始一直在增长。五六年的时间增长了六七倍，不仅没有影响我的工作，而且还相互促进呢。”一位税务师谈到统战及行业因素，认为真正对他有影响的是统战。“人大这个平台确实让我去关心国家大事，我原来对国家大事是不关心的，什么民情、国情、市情，我想跟我有啥关系，把自己的事做好就行了，通过人大这个平台确实发现这个民情、国情、市情对行业的发展是有影响的。”他加入统战工作后，除了积极参加统战部组织的学习、考察、调研、联谊活动，发挥自己专业优势参政议政，还自觉学习《毛泽东选集》，到革命圣地去考察，经常到国外去看看，“我去过那么多国家后感觉到身在中国还是很幸福的”。一位会计师则把自己进入统战、政协部门作为其成长的五个标志性事件之一，他开始思考作为政协委员，自己的责任是什么？“我的责任就是要结合我的注册会计师专业，做好这个经济工作的守夜人，而不再仅仅是考虑如何去赚钱的问题。”他还通过政协来促进自身及行业的发展，曾连续两年提出建立东湖会计服务示范基地的提案，头一年不成熟，没有成功；第二年他继续提，后来督办成功。中注协、湖北省财政厅、武汉市财政局、东湖高新区管委会四方签订了合作协议，还举行了武汉·中国光谷自主创新会计服务示范基地的挂牌仪式，东湖高新区拿出2000万元的资金出来支持基地的建设，包括对引进的中介机构房租免费、为小微企业代理记账服务政府买单等。在谈完政协后，他又特别谈到统战部门和武汉市社会主义学院。“我觉得最开始给我的，就是一个家，我们可以一起交流，可以一起谈心交心，可以很放松。”他觉得参加统战部门的活动、学习，最大收获就是提高了政治站位和政治自信。“感受特别深，就是要坚定一心，跟着党走，你要是不跟着党走，那肯定是落伍。”一位民营中医师说：“我觉得我们这个群体，武汉市社会主义学院把我们组织在一起，虽然对武汉市社会主义学院来讲只是一个培训班而已，但是对大家的感觉是非常好的。因为我们当时在社会上漂了几年，从内心上还是想有一个娘家，还是想找到组织、找到归属，所以当时武汉市社会主义学院组织这个活动，回应了大家的一种心理需求。”

综上，可以看出，他们在成长方面也不是一帆风顺的，不少人也经历过许多波折，但他们都不改初心，一路坚持下来，逐步成长为机构的主要负责人，表现出坚定的职业信仰和很高的职业追求。在这一过程中，他们都表现出了对行业发展态势的深刻洞察力，善于把握国家改革机遇，有极强的业务开发及维持能力，注重内部治理，建立了完善的企业内部管理制度、适应机构持续发展的股权激励机制和企业文化建设制度，特别是充分发挥党建在治理中的独特作用。多数比较注意处理好与行业主管部门、行业协会关系，从而争取了很大支持。他们普遍感谢统战政协部门在其成长中起的作用，既包括统战部门、政协和社会主义学院为他们学习和运用政治、发挥专业参政议政、实现心灵回归，也包括掌握政策和行业发展导向、开阔视野，提高社会声誉度等。

三、标准方面

作为代表人士的评价标准，首先要考虑专业代表与行业代表的区别。这一点，最早是一位税务师提出的。她说："像我以前只能说是业务骨干，可以作为注册税务师的代表，若要作为注册税务师行业的代表还是有欠缺的。我觉得一个人要能做一个行业的代表至少要扛起一个所的责任。"另一位税务师也有类似看法："一个人如果他专业再强，但是没有想法，没有梦想，他就一直待在一个地方，老老实实做他手上的事情，我觉得也代表不了行业，他只能代表他自己的专业。"估价师、会计师也持类似观点，看来至少在经济鉴证类中介行业里面是比较认同的。

现在主要研究的是既做专业又做管理，不仅是专业代表，更是行业代表的人。下面就个人素养、政治条件、规模条件、业务性质、机构治理、业内外任职等方面来解析这一类人。

一是个人素养。新的社会阶层都是专业人士，没有较高的专业造诣在群体内显然无法立足。对此，这次访谈的学员普遍注重个人素养。有的是从综合素质角度，不说在全国范围内，至少在全省行业里面，大家都要认可你，觉得你技术不错、水平不错、为人也不错。这是最基本的一条。有的则强调为行业服务：你既然说是行业的代表人物，那还是应具备一定格局的。你肯定要为这个行业的发展去培养人才，肯定要为这个行业以后的兴衰去考虑。有的讲的是专业能力：专业能力应该是独树一帜的，做案子、发表文章、讲课等，都是专业能力的体现方式；再有就是专业能力在你的圈子里面应该有一定的社会认知度。"作为行业的代表人士，首先就是要有专业的水平。如果你没有专业的水平，你谈政协提案也好、参政议政也好，那也是鬼话，没有深度、没有广度。"有的则是指职业形象，"我说的职业形象，不是说穿着打扮一定要是名牌，但是至少从你的品质、气息、追求中表现出来"。还有的认为：坚持做专业，那种纯粹做管理的人不能作为重点培养对象。自由文化人在这一方面评价标准有些特殊，主要是通过作品体现出来。“作家以作品说话，这是非常重要的。”一是看作品发表的刊物，不同体裁的作品都有其公认的权威刊物；二是看出版的著作，是专著还是汇编资料，有时也看是在哪个出版社出的。还有的注重社会声誉，如民营中医师比较注重病人的口碑。

二是政治条件。在访谈中，不少学员认为设置政治条件很有必要，一位会计师说：“因为我们这个行业还是有它的特殊性，它主要是涉及维护国家信息安全方面。如果他做一个‘中’字头的项目，如果他的政治不过硬是很容易出问题的。”他还就如何衡量政治条件提出了具体标准：①加入“知联会”注册会计师分会。他认为目前成为这类会员还没有严格入会标准和程序，如果有，可以作为条件之一。②参加学习培训的情况，主要是指党校社会主义学院的培训，有一定期限。③在人大、政协、党代会、青联、妇联等机构任职及年限的情况。④要能为行业积极发声。“行业选你作为代表，你根本不为我们行业去说话，不为行业鼓舞呼吁，你说你还能够称得上是代表人士么？”另一位会计师则是从引领行业角度谈的：“要热爱这个行业，而且要引导这个行业为社会多作贡献，能引领我们行业在经济建设中发挥作用，包括给我们政府提供专业上的帮助。要有这样一种境界，他才配作为我们行业的代表人士。”一位民营中医师谈到江岸区开业医师协会理事的条件时说：“理事的人选，首先是政治倾向，起码要拥护中国共产党的领导，要坚持四项基本原则。再就是要有公益心，起码你要热衷于奉献，因为我们搞这个协会，说白了就是一种公益，我们在里面不拿工资，了不起就是有一点补贴，一年大概有两三千元。”显然，他们说的政治条件与我们一般讲的在侧重点上还是有区别的，除了遵纪守法等大的政治原则外，他们更强调的是为行业发声、代言、服务（也就是公益心）。

三是规模条件。在访谈学员中，多数是赞成要强调所在机构人员和营收规模的。正如一位估价师所说：领军，一个人走叫什么领军？你在前面走，后面有人跟着走，那才叫领军。领导的人越多，则能力越强。一位税务师持相同的观点：

“税务师行业是不能仅凭个人执业的，必须依靠事务所来执业的。那么一个事务所，就必须考虑这个事务所的规模，规模大则其在行业里面的影响力也就大。”会计师的看法也相同：“作为一个代表人士，如果你不能够把你的所的收入做高，你怎么能够代表？你代表谁？所以我觉得这是一个定量的指标，肯定要有。”他们一口气谈了会计师行业可以定量的四个指标：事务所总营收（在武汉，要2000万元以上）、人均产值（35万元以上）、注册会计师人数（20人以上）、专业领军人才。民营中医师则不是很赞成这种讲规模做法，他们认为：中介行业是做大做强，他们是做专做精。另外，也有访谈者提出这些数值不是绝对的，不同时期应有不同的标准。

四是业务性质。这是访谈中不少学员非常强调的一点，这是因为中国许多中介服务机构是由政府下属事业单位改制而来，从改制之初直到今天，所谓政府业务、法定业务占了很大比例。但是这些学员一致认为，现在选拔行业代表人士，要注重其所在机构业务的市场化、社会化，那种靠主管部门来做业务的肯定不行。一位税务师就说：“如果完全是跟税务局高度融合在一起做业务的，则这种所不具有代表性，它不代表行业的发展方向。而且已为历史所证明：这种类型的所都将被淘汰，尤其是那种技术含量很低的所淘汰的速度会更快。”另一位提出税务师行业代表人士不仅要有专业性，还要有代表性和先进性，要代表比较先进的发展方向，在思想上革新求变。

五是团队状况和机构治理。这一点在经济鉴证类机构和法律服务类机构有明显区别，后者（律师）虽然也强调所在机构作用，但机构主要是提供平台、服务，执业基本上还是个体；而前者（估价、会计、税务）则基本上不可能个人执业，非常强调团队的作用，所在所的团队状况便成了衡量一个机构的重要内容。一位会计师说：“大家共同来做这个事情，共同帮助，共同学习，共同开拓市场，氛围完全不一样，一家人的这种感觉，给人的感受和支撑都不一样。”与团队相关的另一个问题是所内机制，这是因为中国许多中介服务业简单为了做大而做大，一些所谓大机构是靠简单合并或加盟，并没有很强的凝聚力。一位会计师认为，机制对所的发展比较有深远影响。机制有它的引导方向，做专业还是做大，这两种方向肯定还是有很大区别的。有的是加盟，虽然它是“几大”，但又不是真正意义上的“几大”，实际上很容易就被击垮。

六是业内、业外任职情况。业内主要是机构内及行业协会任职情况。在机构内任职，在这批学员看来，应担任机构负责人甚至是主要负责人，至少是合伙人。至于行业协会，一些已经转轨完成或纯粹民办的协会任职还是可以作为行业代表标志，像这批学员所在的行业协会基本上已实现这种变化。因此，民营中医师的三位直截了当地认为他们市协会常务理事及以上人员可以公认为行业代表人士。业外任职主要是人大、政协及统战团体安排，目前还不能完全代表行业。当然这个情况不同行业程度不一样，经济鉴证类又比律师好些。

综上，可以看出在评价标准问题上意见不是很统一。比较相同的是：个人要有良好素养，特别是专业能力要突出；政治上要过硬，除了遵纪守法、自觉维护国家利益外，还要有很强的公益心，能够积极代表行业、为行业谋利；在营收、人数等可以量化的数值标准方面，应该是全市排名居前的机构，且主要业务应是市场化、社会化，而不是靠政府照顾；有一个好的内部治理机构，注重文化建设，有一个朝气蓬勃的团队；一般应是机构负责人或行业协会负责人。

通过这次访谈，结合平时掌握的情况，可以把新的社会阶层代表人士评价标准从政治、专业、行业、业内、业外五个维度来度量，每个维度在不同细分群体中又有区别，在本研究中主要是区分为律师、经济鉴证类中介行业人士（包括估价师、会计师、税务师、经纪人等）、民营中医师这三类群体。从其标准整体来看，大致可归纳为：政治可靠或坚定、专业突出或精湛、行业引领、业内公认或认同、业外知道或知晓。

所谓“政治可靠或坚定”，三类群体中有共有内容，就是坚持中国共产党的领导，坚定不移走中国特色社会主义道路，遵守国家法律法规，在大是大非问题上与党保持一致，积极支持本行业和所在机构党团组织建设等。同时，由于职业特点不同又有细微区别：律师由于事关国家政治和司法制度，与政治具有高相关性，因此要求“没有任何违法不良记录，能够自觉站在党和国家立场上执业”，政治上必须十分“坚定”；而经济鉴证类中介行业人士，由于其行业通常都事关国家经济信息安全、经济运行正常秩序，因此要把“规范执业、坚守正道，自觉维护国家经济安全，当好政府经济警察”放在十分重要的位置；民营中医师是一种救死扶伤的特殊行业，事关人民群众的生命健康，政治上主要是强调“可靠”。

所谓“专业突出或精湛”，就是除了具有专业资格、能够熟练把握专业业务，解决各种专业难题等共性要求外，作为民营中医师来说，由于职业特殊性(人命关天)，对其中代表人士不仅要求专业突出，还应要求“精湛”，就是要在中医某个专业领域具有好的疗效和口碑，受到病人乃至社会的普遍认同，同时能够经常、持续地开展相关研究工作，有成果或产品问世并得到行业主管部门的肯定和认同，有相关论文发表或专著问世，一般具有副高以上职称。可以说，在专业方面，民营中医师是三类群体上要求最高的。其次是律师，“精湛”意味着长期从事某一领域法律服务，完成多项有影响的案例，发表过相关研究成果；所在事务所长期致力于某一领域，专业特色鲜明，自己是这类事务所的主要合伙人或负责人；担任着协会内相关专业委员会职务，专业“突出”。至于经济鉴证类中介行业代表人士，他们中大多数人现在已不仅是专业代表，而是行业代表，更多的是承担管理职责而非技术职责，因此不能像民营中医师那样要求达到“精湛”的程度，用“专业突出”就可以了。

所谓“行业引领”，就是要求这些行业代表人士能够深刻洞察行业发展趋势，并在具体业务实践乃至内部治理等方面能够率先变革，引领行业向前发展，成为业内其他执业机构或执业人员学习榜样。在这点上，三类群体没有大的区别。

所谓“业内公认或认同”，在这一点上，对于经济鉴证类中介行业人士和民营中医师的代表人士，要求的是“业内公认”，也就是要求这些行业代表人士在个人素养、执业成就、机构地位及热心代表行业等方面，受到业内绝大多数人员的信服和肯定。相比较而言，律师在目前想做到业内同行绝大多数信服还不太可能，只能是“业内认同”，即能够经常自觉主动为行业代言发声；能够积极维护律师合法权益；通过民选担任行业协会职务；能够积极谋划行业发展，并推动实施；人品、口碑公认好，与同行关系融洽。

所谓“业外知道或知晓”，在这一点上，对律师和民营中医师是“业外知晓”，因为这两个行业都是与社会关联度非常高的行业，要求代表人士应具有很高的社会知名度；而对经济鉴证类中介行业代表人士来说，由于这些行业其服务对象往往集中在企业、单位而非社会大众，社会知道就行了，目前还达不到社会普遍知晓的程度。

后　记

经过几个月的紧张工作，《我们的成长——武汉市2007年自由择业知识分子培训班访谈录》终于结稿了！

几个月来，我和我的团队在武汉市社会主义学院党组书记刘善明、副院长徐辉的领导下，紧张工作，用一个月时间学习编著体例，拟订编著方案；用一周时间完成了13位学员的补充访谈；用一个月时间完成了访谈初稿，而我除了完成体例统一外，还逐人写了访谈手记；又用一个多月时间反馈给学员，校订更正，配加图片，形成二稿；再用半月多时间校订。团队每位成员都兢兢业业，如期完成任务，而他们每人都还有自己的本职工作或学业，正是年终繁忙的时候。在此，我要对团队的每位成员由衷地表示感谢，他们是：负责估价师潘世炳、房产经纪人谢娟访谈录的武汉大学马克思主义学院研究生万雅雯，负责注册会计师梅佑轩与朱清、自由作家陈本豪访谈录的武汉大学马克思主义学院研究生赵虎，负责税务师易坤山、张丹访谈录的武汉市社会主义学院干部魏丽萍，负责民营中医师夏小中、周先宏、黄伟访谈录的武汉市社会主义学院干部黎园，负责律师李春生、刘莉及外企高管肖苗访谈录的武汉市社会主义学院干部黄慧慧。

本书在编写过程中，一如既往地得到"07班"学员的全力配合和支持，在年终业务工作和社会活动十分繁忙的情况下，他们不仅每人都拿出半天时间到我院来进行补充访谈，而且对自己的访谈录字斟句酌、反复修改，许多人还提供了自己从业以来非常珍贵的照片、实物，让这本访谈录显得更加真实可信、丰富多彩。诚如他们所说：这本书不仅是为个人立传，也是为他们所在的行业和群体代言，更是为中国改革开放历程画像，要与我们一起把它编好。在此，特别要说的是这个班上组织委员——桂斌学员，他并不是受邀访谈者，但从课题开始起，就做了大量协调组织工作，在向这13位学员代表致谢的同时，特别要为桂斌“点赞”！

本书是中央社会主义学院统战高端智库“新的社会阶层代表人士成长规律研究”课题的后续成果；本书在编写过程中，《中国统一战线》副总编辑浮新才一直鼓励有加，从最终起意到方案制订，给予了许多具体指导；武汉市社会主义学院党组书记刘善明协调全院力量，从经费保障到人力支持，保证了该书的顺利完成；湖北省委统战部、武汉市委统战部相关处室负责人都对本书编著给予了许多指导。在此一并表示感谢！

本书如今结稿了，但我得老实承认：这次编撰由于缺乏经验、没有专门时间，特别是我本人期间还住院手术，耽误了不少时间，肯定有不少疏忽差漏；每位访谈者材料组织也是参差不齐，如果说有什么问题的话，那首先是我的责任。好在这是关于新的社会阶层成长实录及研究的第一本书，但肯定不是最后一本书，我有充分理由相信：我们会将这一领域研究长期做下去，一定会拿出更高质量的成果来！

徐 军

2019年3月29日